UNE MORT SOLITAIRE

LES ENQUÊTES DE DÉTECTIVE KAY HUNTER

RACHEL AMPHLETT

CHAPITRE 1

Kevin Short enfonça sa casquette de baseball bleu marine sur ses oreilles et plissa les yeux dans la luminosité du soleil matinal. Une fraîcheur persistait dans l'air, une légère rosée s'accumulant sur le toit des voitures d'occasion alignées sur le sol en béton.

La circulation grondait, les automobilistes ignorant le panneau de limitation de vitesse ancré dans le trottoir à quelques mètres de l'entrée du parking. Ils ne ralentiraient qu'en tournant au coin, juste avant le radar et huit cents mètres avant le passage piéton.

Les portes du bureau des ventes étaient maintenues ouvertes, le bruit d'un aspirateur en train de frotter d'avant en arrière sur la moquette fine et une légère odeur de cire pour meubles au pin flottaient jusqu'à l'endroit où Kevin se tenait près d'un robinet extérieur, un tuyau dirigé vers le seau en plastique jaune à ses pieds.

Il examinait les véhicules disposés sur l'aire en béton, et il évalua ceux qui prendraient le plus de temps et ceux qui n'auraient besoin que d'un rapide coup de chiffon.

Son regard s'arrêta sur un véhicule garé à l'extrémité gauche de la rangée.

Il était plus ancien que les autres et n'était pas là quand il avait fini son travail la veille.

La voiture avait été garée de face à côté du mur de briques blanchies à la chaux le long du parking, au lieu d'être reculée, mais la peinture bordeaux semblait correcte d'ici, pas trop minable.

Il pensait que s'il polissait l'éraflure qu'il pouvait voir sur la porte arrière côté passager, elle serait prête aujourd'hui, et il pourrait alors prendre de l'avance sur les papiers une fois que tous les autres véhicules seraient préparés et prêts pour la vente du jour.

Kevin baissa les yeux alors que l'eau éclaboussait ses chaussures.

Il jura, atteignit le robinet et le ferma avant d'enrouler le tuyau d'arrosage derrière l'une des portes. Il souleva le seau d'une main et la boîte de produits de nettoyage de l'autre, et il se traîna vers la berline argentée de quatre ans à l'extrémité droite de la rangée de véhicules exposés en demi-cercle la plus proche de la route.

La berline subissait le plus d'usure ici, comme toute voiture dans cette position. Garée à côté du trottoir, elle était soumise à toutes les éclaboussures et saletés éjectées par les véhicules passants et elle supportait le plus gros des bosses et éraflures causées par des piétons négligents ou malveillants.

Les matinées de week-end étaient les pires.

Kevin ne savait jamais ce qu'il allait trouver à cause du nombre de clients ivres du pub plus haut dans la rue qui passaient devant le garage en rentrant chez eux la nuit.

Aujourd'hui, un lundi, c'était mieux.

Plus calme pour commencer.

Un vieux bus s'arrêta en grondant à l'arrêt en face du garage, crachant des fumées de diesel et une paire de retraités qui remontèrent lentement la rue vers les feux de circulation tandis qu'il repartait. Kevin tourna la tête sur le côté et cligna des yeux, toussant pour s'éclaircir la gorge alors qu'il commençait à travailler.

Il pulvérisa une quantité généreuse de savon sur le capot de la berline, puis aspergea d'eau le véhicule, grimaçant en frottant la fiente d'oiseau qui s'accrochait au toit.

C'était la raison pour laquelle Mike, le propriétaire de Mike O'Connor's Used Car Sales, insistait pour que les voitures soient nettoyées chaque matin avant l'heure d'ouverture officielle. La plupart des occupants des véhicules passants regardaient Kevin travailler, peut-être en train de jeter un œil à leur prochaine voiture.

On ne savait jamais d'où viendrait la prochaine vente, c'était ce que disait Mike.

Kevin se redressa et s'étira le dos avant de porter le seau au véhicule suivant. Il le nettoya tandis que ses pensées se tournaient vers le couple qui avait testé la voiture hier après-midi.

Ils avaient fait tous les bruits habituels à leur retour, tentant leur chance, essayant de négocier un meilleur prix.

Mike n'avait rien voulu entendre et il les avait renvoyés avec une recommandation d'essayer le vendeur automobile de l'autre côté de Maidstone s'ils voulaient un véhicule bon marché – un qui tomberait probablement en panne avec une régularité alarmante.

Il ne vendait que des voitures d'occasion de qualité ici, rien de moins.

Kevin essora l'éponge, tira un chiffon de sa poche arrière et essuya l'humidité des vitres et du pare-brise.

L'eau était fraîche contre sa peau chaude, et il lissa sa frange rebelle avec le dos de sa main avant d'ajuster sa casquette de baseball.

L'application météo sur son téléphone promettait une journée torride, et il voulait avoir fini avant que le soleil ne dépasse les bâtiments en face du parking.

Il travaillait aussi vite que possible, se déplaçant vers l'avant du véhicule suivant et frottant les insectes morts de la calandre.

Un autre essai hier, une autre vente plus tard cette semaine peut-être.

Au moment où il avait essoré le chiffon et fait rouler son cou, la sueur picotait son front. Il s'arrêta pour enlever son sweat-shirt et l'attacha autour de sa taille, puis il jeta un coup d'œil par-dessus son épaule à la circulation passante alors qu'un klaxon retentissait.

Huit heures et demie maintenant, et les esprits commençaient à s'échauffer.

Un téléphone sonna à l'intérieur d'un 4x4 bleu foncé, le système mains libres faisant résonner la voix de l'appelant alors qu'on répondait et que le volume augmentait tandis que le véhicule avançait lentement et qu'une dispute s'ensuivait.

Kevin secoua la tête, se demandant si les gens savaient à quel point leurs conversations s'échappaient de leurs cocons métalliques.

Sifflotant doucement, il continua d'avancer le long des

voitures en retournant vers le bureau, s'arrêtant pour vider et remplir le seau d'eau propre avant de reprendre son travail.

Il fit une pause pour vérifier sa montre alors que la voix de Mike portait à travers les portes ouvertes, son large accent du Wiltshire couvrant le bruit de la circulation tandis qu'il parlait dans son téléphone portable.

Kevin leva la main à son front pour se protéger les yeux de l'éblouissement du soleil alors qu'il jetait un coup d'œil à l'intérieur du bureau pour voir Mike faire les cent pas, en train de gesticuler de sa main libre, une pointe de frustration dans sa voix.

L'aspirateur avait été abandonné au milieu de la moquette.

Il se retourna, vit Kevin, et baissa le téléphone.

— Tu as fini ?

— Presque.

— Le temps presse. Tu n'es pas censé être à l'école à onze heures ?

— Le cours a été annulé. Je ne dois pas y être avant quatorze heures maintenant. Tu veux que je m'occupe des papiers pour le nouveau véhicule quand j'aurai fini ?

Mike fronça les sourcils et ouvrit la bouche pour répondre, mais quelqu'un glapit à l'autre bout du téléphone et il fit signe à Kevin de s'éloigner.

Kevin comprit le message.

Vingt minutes avant l'ouverture, et cinq voitures encore à nettoyer.

En se dirigeant vers la nouvelle voiture au bout de la rangée, il plissa les yeux lorsque la lumière du soleil frappa la vitre arrière, l'aveuglant un instant.

Il posa le seau sur le béton à côté de la roue arrière, essora l'éponge et examina les dégâts sur la portière.

De plus près, ils semblaient plus profonds, et récents aussi. Il n'y avait pas de rouille incrustée dans l'entaille et, en s'accroupissant pour regarder de plus près, il remarqua que le passage de roue portait également des marques d'éraflures.

— Merde.

Kevin passa sa main sur la peinture, estimant qu'il faudrait quelques heures de travail supplémentaire pour réparer ça, puis il se redressa. Il tendit la main vers la poignée de la portière et émit un grognement satisfait lorsqu'elle céda sous sa pression.

Pendant un bref instant, il se demanda si Mike savait que la voiture était restée déverrouillée toute la nuit.

Puis ses yeux tombèrent sur la silhouette affalée sur la banquette arrière, le visage de l'homme tourné dans l'autre sens, ses jambes repliées dans un angle bizarre.

Une flaque sombre de liquide avait imbibé le revêtement en polyester sous l'homme, et la lèvre supérieure de Kevin se tordit en un rictus tandis qu'il reniflait l'air.

S'il a pissé partout sur le siège...

— Génial, marmonna-t-il, puis il éleva la voix. Mec, debout ! Les bars ont fermé il y a dix heures. Il est temps de se lever.

Il fronça les sourcils, puis renifla l'air.

Pas d'odeur d'alcool.

Aucun signe que l'homme avait vomi.

C'était déjà ça, au moins.

Mais comment diable avait-il réussi à garer sa voiture sur le terrain toute la nuit ?

Et pourquoi ?

Kevin tendit la main pour le secouer, puis s'arrêta.

Il y avait une humidité froide sur le jean de l'homme, des marques d'éraflures sur ses chaussures en cuir, et en regardant de plus près, il vit que ses cheveux étaient mouillés aussi.

Mais il n'avait pas plu depuis des jours...

Le cœur de Kevin fit un bond, une nausée lui serrant les entrailles.

— Mec, ça va ?

Pas de réponse.

Laissant la portière ouverte, Kevin fit le tour de la voiture de l'autre côté. La main au-dessus de la poignée, il jeta un coup d'œil par-dessus le toit vers le bureau des ventes, mais Mike était toujours occupé, le téléphone à l'oreille et le dos tourné au terrain.

Il prit une profonde inspiration et ouvrit la portière, puis recula en titubant, les bras battant l'air alors qu'il trébuchait sur les bordures basses entre le parking et le trottoir.

L'homme le fixait depuis la banquette arrière avec des yeux morts emplis de terreur, la bouche ouverte en un cri figé qui révélait des lèvres et une langue bleues, tandis que ses doigts agrippaient un ennemi invisible.

Kevin hurla.

CHAPITRE 2

À neuf heures et demie, la route avait été bloquée dans les deux sens et une déviation mise en place, pour détourner les conducteurs mécontents de la Tonbridge Road vers un itinéraire tortueux entre Barming et Maidstone.

Un soleil chaleureux baignait le trottoir devant le concessionnaire de voitures d'occasion, la fraîcheur du petit matin depuis longtemps oubliée.

Le bord de la route était encombré de voitures et de fourgons de la police du Kent aux couleurs officielles, ainsi que d'un groupe grandissant d'agents en uniforme qui s'étalaient le long d'une ligne de ruban bleu et blanc déjà affaissée en son milieu sous les rayons du soleil qui frappaient le parvis en béton.

Quatre tentes blanches placées stratégiquement de l'autre côté de la propriété abritaient les enquêteurs de la Crim' à la fois des intempéries et des drones non autorisés qui pourraient passer.

L'inspectrice principale Kay Hunter détacha sa ceinture de sécurité alors que la voiture banalisée bleue s'arrêtait derrière une camionnette sans marquage et elle fronça les sourcils à la vue d'un individu dégingandé qui fumait une cigarette en s'appuyant nonchalamment contre les portes arrière.

— Le corps est toujours sur place, alors, dit-elle. C'est Simon Winter de la morgue.

— D'après ce que j'ai entendu, il ne bougera pas avant un moment, répondit l'inspecteur Ian Barnes en coupant le moteur avant d'ouvrir sa portière.

Kay sortit et retira sa veste de tailleur, la déposant sur le siège arrière avant que son collègue ne verrouille la voiture et ne se mette à marcher à ses côtés.

— Qu'est-ce que tu as entendu, alors ?

— Il est complètement gelé, lança Simon alors qu'ils approchaient, écrasant sa cigarette avant de placer le mégot dans une canette de soda vide.

Barnes plissa les yeux.

— Par ce temps ?

— C'est ce que Lucas a dit.

Simon fit un signe du menton vers le parc de vente encombré.

— Il est toujours là-bas si vous voulez jeter un coup d'œil.

Kay retira un élastique de son poignet, attacha ses cheveux blonds mi-longs en queue de cheval à la base de son cou et se dirigea vers le premier cordon qui s'étendait sur le trottoir entre un panneau de limitation de vitesse et un poteau de clôture.

Au-delà du ruban, l'entreprise de voitures d'occasion semblait être en bon état avec un groupe de véhicules de modèles plus récents à vendre, aucun ne semblant avoir plus de sept ans. L'enseigne au-dessus des doubles portes ouvertes était lumineuse et propre, et le parvis en béton semblait avoir été nettoyé à haute pression régulièrement.

Quelqu'un prenait beaucoup de fierté dans son travail et se souciait des premières impressions.

Elle pinça les lèvres en s'approchant du ruban.

Cela ne ressemblait pas à un endroit qui attirerait des problèmes, alors pourquoi un corps avait-il été trouvé ici ?

— Bonjour, chef.

Le sergent de police Tim Wallace lui adressa un sourire joyeux et lui tendit un bloc-notes.

Avec son mètre quatre-vingt-quinze, il dominait Kay, son gilet pare-balles et sa ceinture d'équipement ajoutant à sa carrure imposante.

—Bonjour.

Elle griffonna son nom sur la feuille d'émargement, puis la passa à Barnes et se pencha pour passer sous le ruban.

— Quelles sont les dernières nouvelles ?

— Lucas Anderson est là-bas à l'intérieur du cordon principal, dit-il en pointant du doigt la plus grande des tentes blanches. Il a confirmé que le type était mort mais il voulait rester pour effectuer d'autres tests pendant que Harriet et son équipe travaillent. J'ai une équipe de huit agents qui recueillent des témoignages auprès des entreprises et des propriétaires le long de cette portion de route, et nous avons appelé la mairie pour demander leur aide afin d'obtenir les images de vidéosurveillance.

— Bon travail, vous avez été occupés. Une idée de qui est la victime ?

— Non, chef. L'équipe de Harriet n'a pas trouvé de

portefeuille ni de téléphone portable sur lui. Il n'y a pas non plus de documents dans la boîte à gants.

— Un homme mystère, alors.

Le regard de Kay se porta sur la petite foule qui s'agitait entre les voitures.

— Qui gère actuellement la scène ?

— Gavin Piper.

Wallace pointa du doigt le bureau.

— Il est à l'intérieur, en train de parler au propriétaire et au jeune qui a trouvé le corps. Apparemment, il ne travaille que trois ou quatre jours par semaine entre ses cours à la fac.

— Merci.

— On jette un coup d'œil avant de parler au propriétaire ? dit Barnes en faisant un signe de tête vers la tente à côté du trottoir. Autant voir à quoi on a affaire.

— Je te suis.

Kay emboîta le pas à son collègue, levant la main pour saluer une agente de la Crim' mince enveloppée dans des vêtements de protection alors qu'ils approchaient.

— Bonjour, Harriet.

— Bonjour, Kay.

La responsable de la police scientifique libéra son masque de sa bouche et de son nez.

— Lucas termine juste son examen si vous voulez vous équiper et le rejoindre.

— Si ça ne te dérange pas.

— Nous avons terminé les préliminaires, donc tant que vous ne touchez à rien, ça ira.

— Pas de problème.

Kay prit la combinaison de protection qu'un autre agent de la Crim' lui tendait.

— Que savez-vous sur le véhicule jusqu'à présent ?

— Rien pour l'instant. Vos officiers interrogent toujours le gamin qui l'a trouvé et le propriétaire du terrain.

Kay déchira l'emballage plastique de la combinaison.

— On se revoit avant qu'on parte pour le commissariat, alors.

Dix minutes plus tard, des surchaussures par-dessus ses chaussures et vêtue de la combinaison de protection complète et de gants, Kay suivit Barnes à travers l'ouverture de la tente et recula immédiatement face à la température causée par tant de personnes en train de travailler dans cet espace confiné.

— Bon sang, c'est étouffant ici, marmonna Barnes derrière son masque.

Une silhouette accroupie à côté de la portière arrière de la voiture jeta un coup d'œil par-dessus son épaule et leva un sourcil vers lui.

— Vois le bon côté des choses, il va décongeler plus vite comme ça.

— Bonjour, Lucas, dit Kay.

Elle s'approcha, regarda par-dessus l'épaule du médecin légiste, puis déglutit.

— Bon sang. C'est différent.

— N'est-ce pas ?

Il tapota le bras du mort avec un doigt ganté.

— Vous n'aurez pas les résultats de l'autopsie avant au moins quarante-huit heures. Il va mettre la majeure partie d'aujourd'hui et de demain pour revenir à une sorte de normalité.

Les yeux de Kay parcoururent la teinte bleue de la peau de la victime, et elle frissonna devant la terreur figée dans son regard.

Il avait été placé sur la banquette arrière sur son côté droit, ses genoux pressés contre le dossier du siège passager avant et ses pieds pendant maintenant de l'autre côté de la voiture.

Elle leva la main pour se protéger les yeux alors que Patrick, l'un des agents de la police scientifique, se penchait et levait son appareil photo, le flash illuminant l'intérieur pendant qu'il faisait le tour du véhicule.

— Très bien, dit-elle en se déplaçant sur le côté pour que Barnes puisse jeter un coup d'œil, quelles sont tes premières impressions ?

Lucas jeta le dernier de ses instruments dans un sac en toile à ses pieds et se redressa.

— Il n'y a aucun signe de blessures ou de traumatismes autres que les signes évidents de gelures aux doigts et au nez. Il n'y a pas de sang dans ses cheveux, mais je ne peux pas exclure une blessure à la tête avant de le ramener à la morgue pour l'examiner de plus près. C'est pareil pour le reste de son corps, en fait. Nous ne pouvons pas risquer de le déplacer pour l'instant alors qu'il est encore si gelé.

Barnes jeta un dernier coup d'œil à l'homme mort avant de tourner le dos à la voiture.

— Comment s'est-il retrouvé dans cet état ?

Lucas leva une main gantée.

— C'est tout ce que vous obtiendrez de moi jusqu'à ce

que je procède à l'autopsie. Je ne vais pas me hasarder à deviner, il y a trop de facteurs à considérer. Maintenant, si vous voulez bien m'excuser, je dois organiser son évacuation.

Kay le suivit à l'extérieur et plissa les yeux dans le soleil éclatant.

— C'est inhabituel pour toi de traîner ici pour faire ça, Lucas. N'est-ce pas pour ça que Simon est là ?

— Celui-ci va être un peu délicat.

— Ah bon ?

Le pathologiste grimaça.

— Disons-le comme ça, Hunter. Je ne veux pas que quelque chose d'important se détache si on peut l'éviter.

CHAPITRE 3

Kay déposa sa combinaison de protection, ses gants et ses surchaussures usagés dans une poubelle pour déchets biologiques à l'extérieur de la tente et elle prit un moment pour examiner les voitures disposées sur le parvis.

Elle jeta un coup d'œil par-dessus son épaule à l'arrière du véhicule où la victime avait été trouvée, le pare-chocs arrière visible à travers une ouverture de la tente tandis que Patrick se tenait dehors, en train de parler à Harriet et de faire défiler les images à l'arrière de son appareil photo.

La voiture à quatre portes était plus ancienne que les autres exposées – plus usée, plus fatiguée.

Et d'une couleur différente.

Toutes les autres voitures étaient de diverses nuances de blanc, gris ou argent.

La peinture bordeaux semblait déplacée à côté d'un rutilant 4x4 blanc âgé de seulement quelques années, et tandis qu'elle tendait le cou par-dessus le toit de la citadine deux portes la plus proche, elle se demanda pourquoi le vendeur de voitures – O'Connor – l'avait achetée ou prise en échange.

— Nous avons acheté la voiture d'Emma ici, dit Barnes en la rejoignant. Il y a deux ans, après qu'elle a eu son permis.

— Vraiment ?

— Juste à temps, apparemment. Les prix ont beaucoup augmenté depuis notre dernière visite. Je ne dépenserais jamais autant pour une première voiture.

— Peut-être qu'O'Connor vise une clientèle différente pour gagner plus d'argent ?

— Peut-être. On lui demande ?

— Allons-y.

Kay le suivit dans le bureau des ventes et, tandis que ses yeux s'habituaient à la lumière tamisée, elle aperçut une silhouette élancée familière aux cheveux en épis assise à un bureau au milieu de la pièce, face à un homme corpulent dans la soixantaine.

Gavin Piper était un enquêteur compétent sur lequel elle avait appris à compter davantage au cours de l'année écoulée, alors que le personnel de son équipe avait changé, et une vague de fierté l'envahit en l'écoutant guider Mike O'Connor à travers ses questions préliminaires.

Elle leva une main vers Barnes et s'arrêta près d'un présentoir allant du sol au plafond rempli de brochures pour des compagnies d'assurance, des entreprises de pièces automobiles et d'entretien dans la région, et elle prit un moment pour observer le petit bureau.

Une odeur de citron flottait dans l'air et, alors que son regard parcourait la pièce, elle vit un aspirateur abandonné à côté d'un second bureau sur la droite. Les murs avaient besoin d'une nouvelle couche de peinture mais, dans l'ensemble, l'entreprise semblait bien entretenue.

L'homme assis en face de Gavin tressaillit quand le téléphone sonna, ses yeux se portant sur les lumières clignotantes affichées sur le dessus d'un boîtier en plastique noir à côté de son coude avant qu'il n'appuie sur un bouton pour le faire taire.

Les lumières continuaient de clignoter.

O'Connor leva les yeux lorsqu'elle et Barnes s'approchèrent, et Gavin se retourna au bruit de leurs pas.

— Bonjour, Gavin.

— Chef.

L'enquêteur se leva de son siège, carnet à la main.

Il fit un geste vers l'homme plus âgé assis derrière le bureau qui portait un costume gris clair assorti à son teint.

— Voici Mike O'Connor, le propriétaire. Laura discute avec Kevin Short, le jeune qui a découvert le corps. Ils sont dans la cuisine, à l'arrière.

— Comment tient-il le coup ?

Gavin soupira.

— Je ne pense pas qu'il ira à l'université cette semaine, chef. Je vais peut-être voir comment Patrick s'en sort dehors si tu veux parler à monsieur O'Connor.

— Merci, Gavin.

Kay se présenta ainsi que Barnes.

— Monsieur O'Connor, la voiture dans laquelle le corps de la victime a été trouvé, est-ce l'une des vôtres ?

— Mon Dieu, non. Trop vieille pour commencer.

Malgré les circonstances, la poitrine du vendeur se gonfla tandis qu'il se redressait sur son siège et s'éclaircissait la gorge.

— Je ne vends que des véhicules d'occasion de qualité ici.

— Dans ce cas, comment expliquez-vous ne pas l'avoir remarquée en arrivant ce matin ?

Kay jeta un coup d'œil par les portes ouvertes.

— Elle détonne plutôt, comparée aux autres voitures que vous avez là-bas.

O'Connor passa une main sur sa tête, et des rides d'inquiétude creusaient son front.

— J'avais beaucoup de choses en tête, inspectrice, c'est aussi simple que ça. En plus, l'entrée du parvis est du côté opposé à l'endroit où cette voiture a été garée et j'habite à Wateringbury, donc j'arrive aussi de la direction opposée. Je ne l'ai pas vue dans ma hâte de me garer derrière le bâtiment et d'entrer dans le bureau ce matin.

— Comment vont les affaires ? demanda Barnes.

— Que voulez-vous dire ?

Le regard d'O'Connor passa de Kay à Barnes, puis revint.

— Ça va. Ça va.

— C'est juste que vous avez mentionné avoir beaucoup de choses en tête en ce moment, dit Barnes, d'une voix posée.

O'Connor s'affaissa dans son fauteuil et leva les mains.

— Mon ex-femme essaie de me soutirer plus d'argent, c'est tout. Elle prétend qu'elle n'a pas eu une part équitable des bénéfices quand j'ai racheté sa part l'année dernière.

— Elle possède aussi l'entreprise ? demanda Kay.

— Non, elle possédait. Nous étions partenaires.

O'Connor renifla.

— J'ai dit à mon comptable que c'était une erreur de faire d'elle une actionnaire quand j'ai acheté l'endroit.

— Quand Kevin vous a parlé de l'homme mort qu'il avait trouvé, êtes-vous allé voir ?

— Je ne l'ai pas cru au début, dit-il, une main tremblante saisissant un bloc-notes adhésif qu'il feuilleta tout en parlant. J'étais en train de me disputer avec ma femme à ce moment-là. Mon ex-femme. Kevin est entré ici blanc comme un linge. Je suis allé jusqu'au 4x4 et j'ai pu voir le type sur la banquette arrière. C'était suffisant pour moi. Je vous ai immédiatement appelés.

Kay fit un signe de tête à Barnes et attendit que l'inspecteur sorte son téléphone portable de sa poche.

— Nous allons avoir besoin que vous jetiez un coup d'œil à cette photo, dit-elle. Je suis désolée, ce n'est pas agréable, mais j'aimerais que vous me disiez si vous le reconnaissez.

Elle observa O'Connor lâcher le bloc-notes, ses yeux s'écarquillant.

— Mais...

— S'il vous plaît, monsieur O'Connor. C'est important pour notre enquête.

— Oh... d'accord.

Ses yeux se remplirent d'horreur lorsque Barnes tourna l'écran vers lui.

— Non… non, je ne le connais pas.

— Merci.

Kay se retourna au bruit d'une porte qui s'ouvrait pour voir l'enquêteuse Laura Hanway amener un jeune homme dans le bureau des ventes, puis elle se leva de son siège.

— Monsieur O'Connor, merci pour votre temps. Nous resterons en contact. En attendant, vous pouvez parler à l'enquêteur Piper à tout moment au cours de cette matinée, mais je vous demanderai de rester ici dans le bureau des ventes plutôt que sur le parvis.

— Je comprends.

O'Connor désigna d'un mouvement du menton les portes ouvertes.

— Une idée du temps qu'ils vont rester là-bas ?

— Aussi longtemps que nécessaire, monsieur O'Connor.

CHAPITRE 4

Laura Hanway présenta Kay et Barnes à Kevin Short, puis posa sa main sur le bras du jeune homme et le conduisit vers le second bureau.

— Je vais te chercher un verre d'eau pendant que tu parles à l'inspectrice principale Hunter, dit-elle. Je reviens vite.

Elle adressa un petit sourire à Kay en disparaissant par la porte intérieure, et Kay réalisa que sa dernière recrue apprenait vite sous la tutelle des membres plus expérimentés de l'équipe.

Sa décision d'interroger seule un témoin clé, pendant que son collègue parlait au patron du gamin afin qu'ils puissent avancer rapidement dans les premières étapes de l'enquête, démontrait une nouvelle assurance qui émanait de leur dernière recrue.

L'attention et le soin qu'elle avait accordés au jeune témoin étaient également rassurants.

— Kevin, nous aimerions juste revoir quelques points si ça ne te dérange pas, commença Kay.

Le jeune, encore un adolescent, était peut-être aussi grand qu'elle, mais le duvet sur son menton portait les signes de quelqu'un qui essayait désespérément de laisser derrière lui ses années d'enfance, tandis que ses grands yeux conservaient une innocence juvénile.

Une innocence qui avait reçu un brutal réveil quelques heures plus tôt.

Il haussa une épaule, puis sembla se souvenir à qui il parlait et se redressa un peu, désignant deux chaises rembourrées devant le bureau.

— Vous voulez vous asseoir ?

— Ça ira, merci. Quel âge as-tu, Kevin ?

— Dix-sept ans.

— Tu travailles ici depuis longtemps ?

— Depuis octobre dernier.

Il soupira, passa une main dans ses épais cheveux bruns qui lui tombaient dans les yeux, puis s'appuya contre le bureau, les jointures blanches tant il serrait le bord.

— Je voulais d'abord trouver mes marques au lycée professionnel, m'habituer à la routine là-bas et ensuite faire quelque chose pour gagner de l'argent les jours où je n'avais pas cours.

— Qu'est-ce que tu étudies ? demanda Barnes, levant les yeux de son carnet.

— Je fais un apprentissage en électricité.

— Tu n'as pas eu envie de travailler pour un électricien local, alors ?

Nouveau haussement d'épaules.

— J'ai pensé que je garderais mes options ouvertes.

Kay remarqua le léger sourire qui apparut au coin de la bouche de Kevin, et elle baissa la voix.

— Tu t'entends bien avec Mike ?

— Ouais, dit-il en hochant la tête avec enthousiasme. C'est un bon patron. Je ne fais pas que laver des voitures, vous savez. Il me fait faire toute la paperasse pour les nouveaux véhicules, et je suis meilleur que lui sur l'ordinateur, alors je saisis aussi la plupart des ventes qu'il fait.

— Et l'entreprise ici ? Tout va bien ? demanda Barnes.

— Tant que je suis payé, je ne fais pas vraiment attention, pour être honnête. Surtout lorsqu'il parle à son ex-femme.

— Oh ? Il y a des problèmes de ce côté-là ?

Kevin baissa le menton.

— Je ne peux pas m'empêcher d'entendre des choses, c'est tout. Je crois qu'elle essaie de lui soutirer de l'argent ou quelque chose comme ça. Je ne sais pas vraiment.

— Tu as remarqué quelque chose d'anormal dernièrement ? Quelqu'un qui traînait dans le coin et qui n'aurait pas dû être là ? demanda Barnes.

Kevin secoua la tête.

— Non, et c'est ce que j'ai dit à Laura aussi.

Il rougit.

Kay sourit à l'utilisation du prénom de son enquêteuse. Visiblement, sa collègue rousse avait fait impression.

— Et l'homme mort ? Tu le reconnais ?

L'adolescent frissonna.

— Je ne l'ai jamais vu de ma vie. Vous savez ce qui lui est arrivé ? Je veux dire, comment diable a-t-il fini comme ça, et ici ?

— Il est trop tôt pour se prononcer pour le moment, dit

Kay. Tu as quelqu'un à la maison à qui tu peux parler de ça, ou peut-être un professeur ?

— Mon père est pompier. Je m'entends très bien avec lui, et il a vu des trucs horribles dans sa carrière, donc je ne vais pas le choquer.

Il se leva, la voix plus assurée.

— Ne vous inquiétez pas. Je vais m'en remettre.

— D'accord, dit Kay en lui tendant sa carte de visite. Voici mon numéro, alors si tu penses à quelque chose que tu aurais pu oublier en discutant avec nous, ou avec Laura, appelle-moi. Peu importe l'heure, d'ailleurs. Je répondrai toujours.

— Merci.

Elle se tourna pour suivre Barnes, mais s'arrêta.

— Et les caméras de surveillance dehors ? Vous en avez ?

Kevin rougit.

— Elles sont tombées en panne la semaine dernière et Mike m'a demandé de faire venir l'entreprise pour les réparer, mais j'ai oublié. C'était sur ma liste de choses à faire aujourd'hui avant d'aller au lycée.

Kay réprima le soupir de frustration qui menaçait de s'échapper de ses lèvres et força un sourire à la place.

— Ce n'est pas grave. Merci.

Quand elle sortit, elle aperçut Harriet et Patrick près du cordon le plus éloigné, la tête penchée en conversation, des gobelets de café à emporter dans les mains.

Ils avaient enlevé leurs masques et leurs gants, et retiré leurs capuches, pour révéler des cheveux collés par la sueur après avoir travaillé dans l'espace confiné de la tente.

— Comment ça se passe là-dedans ? demanda Barnes.

— Il fait chaud, répondit Patrick.

— Ce qui signifie que nous devrions pouvoir sortir notre victime de la voiture d'ici une heure, ajouta Harriet, puis elle plissa le nez. Dès que nous pourrons le décoller du siège sans causer plus de dégâts.

— Quelque chose ressort de votre inspection initiale de la voiture ? demanda Kay.

Patrick s'approcha pour qu'elle puisse voir l'écran à l'arrière de l'appareil photo numérique reflex qu'il tenait, et il fit défiler les images.

— Kevin a mentionné une marque d'éraflure sur la portière arrière côté passager, et il y a des dommages à la peinture et à la garniture de ce côté aussi. J'ai étendu notre recherche jusqu'au trottoir, et on dirait que celui qui conduisait a heurté un panneau à côté de la bordure qui sépare le trottoir du parvis là-bas.

Barnes mit sa main en coupe autour de l'écran pour le protéger de l'éblouissement du soleil, puis il fronça les sourcils.

— Tu veux dire que celui qui a abandonné la voiture était pressé et n'a pas utilisé l'entrée, mais il a roulé directement sur le trottoir et la bordure pour se garer ?

— C'est ce que je pense, dit Patrick. Une fois que le corps aura été enlevé, je regarderai de plus près l'avant de la voiture ; nous allons devoir la reculer du mur pour que je puisse passer en dessous et voir quels dégâts il pourrait y avoir.

Kay tourna son attention vers les gens qui s'agitaient autour de la tente, puis elle expira.

— Donc notre victime a été tuée, gardée quelque part

au froid assez longtemps pour que son corps gèle, puis abandonnée ici. Pourquoi ?

Elle s'éloigna de Patrick alors qu'un appel parvenait de la tente jusqu'à eux.

— C'est pour nous, dit Harriet. Il est temps d'y retourner.

La responsable de la police scientifique tendit son gobelet de café vide à un collègue qui passait avec un signe de tête reconnaissant, puis elle remonta sa capuche.

— Bonne chance, dit Barnes. Je pense qu'on va tous en avoir besoin pour cette affaire.

CHAPITRE 5

Kay franchit la porte de la salle des opérations et fut accueillie par une cacophonie de téléphones qui sonnaient, de voix qui s'interpellaient à travers l'espace, et d'une agitation du personnel administratif qui se chamaillait autour des imprimantes et des photocopieurs alignés contre le mur du fond.

Un rapide coup d'œil à ses e-mails ne lui apporta aucune nouvelle information sur l'homme mort retrouvé dans la voiture, et elle tourna son attention vers le voyant clignotant de sa messagerie vocale, et passa donc en revue les messages qui allaient des demandes de rapports de gestion et de changements de personnel aux exigences des journalistes locaux qui réclamaient des informations sur la macabre découverte.

Elle jura à voix basse lorsque son stylo cessa de fonctionner, puis elle se pencha pour prendre un stylo à bille dans le pot sur le bureau de Barnes en face du sien. Elle nota les numéros de téléphone des journalistes et se laissa un rappel pour parler au commandant divisionnaire

Devon Sharp de l'organisation d'une conférence de presse le plus tôt possible.

Avant que les rumeurs ne commencent.

L'arôme de grains de café brûlés et du sandwich aux œufs de quelqu'un flottait dans l'air tandis qu'elle se dirigeait vers le tableau blanc où Gavin Piper prenait des notes préliminaires avec un gros marqueur noir.

Il fit un pas en arrière pour examiner son travail lorsqu'elle le rejoignit, la mâchoire serrée.

— On n'a pas grand-chose pour avancer, chef, dit-il à voix basse.

— Il y a toujours quelque chose. Il faut juste commencer à creuser. Rassemble tout le monde, on va faire le point.

Kay ajouta ses propres notes au tableau blanc en se basant sur ses conversations avec Mike O'Connor et Kevin Short, tandis que le bruit des chaises raclant la moquette fine et les bavardages entre ses collègues se réduisaient à quelques murmures silencieux, puis elle se retourna pour leur faire face.

L'agente Debbie West se précipita depuis le petit coin cuisine au bord de la salle des opérations et lui tendit une tasse de café avant de prendre place à côté de Laura Hanway.

— Merci, Debs. Bonjour à tous. Pour ceux d'entre vous qui seraient nouveaux dans l'équipe, je serai l'officier enquêteuse principale sur cette affaire et l'inspecteur Ian Barnes est mon adjoint.

Elle adressa un sourire aux quatre membres du personnel administratif détachés du quartier général à la dernière minute qui se tenaient en retrait du groupe.

— Nous sommes une équipe sympathique, alors si vous ne trouvez pas quelque chose, n'hésitez pas à demander, sauf si vous voulez quelque chose du placard à fournitures, auquel cas Debbie est votre point de contact car elle garde ce matériel comme s'il s'agissait de l'or de la réserve fédérale à Fort Knox.

Un rire parcourut le groupe, et Kay vit les nouveaux venus se détendre un peu.

— Bien, passons aux choses sérieuses. Nous avons le corps congelé d'un homme inconnu, dans la fin de la trentaine ou au début de la quarantaine, sur la banquette arrière d'un véhicule de neuf ans abandonné sur le parking d'un garage de vente de voitures d'occasion. Ni le propriétaire, Mike O'Connor, ni son assistant à temps partiel Kevin Short ne reconnaissent la victime ou son véhicule. Nous pensons que la voiture a été conduite par-dessus le trottoir et la bordure jusque sur le parking entre le moment où O'Connor a fermé à dix-huit heures hier soir et huit heures ce matin quand Kevin est arrivé au travail. Le corps est toujours congelé, donc il se peut que le créneau horaire soit après minuit plutôt qu'avant, mais ne supposons rien jusqu'à ce que nous ayons des preuves pour étayer cela. O'Connor déclare qu'il n'a pas remarqué le véhicule quand il est arrivé à sept heures trente parce qu'il est entré sur le parking par l'entrée principale du côté opposé et il a dit que son esprit était occupé ailleurs.

Kay fit une pause pour boire une gorgée de café pendant que ses collègues finissaient de prendre des notes.

— Quelqu'un a-t-il eu l'occasion de comparer les photos de notre victime avec notre base de données des personnes disparues ?

Une main se leva au fond du groupe et l'agent Phillip Parker éleva la voix.

— Chef, on a eu de la chance sur ce coup-là, je pense qu'il s'agit d'un homme du nom de Carl Taylor. Sa femme, Helen, a signalé sa disparition vendredi soir. J'attends la confirmation d'une patrouille en uniforme qui est allée lui parler. Elle vit à Lenham.

— Tiens-moi au courant dès que tu auras la confirmation, Phillip, et si elle confirme que c'est lui, je veux que tu travailles avec Laura pour rassembler tout ce que vous pouvez sur lui, son passé, son travail, ses amis, tout.

— Oui, chef.

— Que savons-nous sur Mike O'Connor jusqu'à présent ? Quel est son passé ?

Barnes s'éclaircit la gorge.

— Il a acheté l'entreprise de voitures d'occasion il y a un an au propriétaire d'origine, Marcus Tavistock. C'est lui dont je me souviens comme dirigeant quand nous avons acheté la voiture d'Emma là-bas. Marcus a pris sa retraite, et d'après ce que j'ai pu trouver lors d'une rapide recherche en ligne, O'Connor a vendu toutes les vieilles guimbardes que Marcus avait laissées et a fait venir des modèles plus récents.

— Comme tu l'as dit plus tôt, il vise une clientèle différente, dit Kay en se tournant pour mettre à jour les notes sur le tableau blanc. Que sait-on de l'implication de son ex-femme ? Il semble y avoir une certaine animosité à ce niveau-là.

— J'ai jeté un coup d'œil au registre des entreprises et elle a été nommée actionnaire sans droit de vote au moment de l'achat, répondit Barnes. Il semble qu'elle ait été radiée il y a six mois. Je vais passer en revue les documents comptables qui sont sur le site pour voir si je peux trouver ce qui s'est passé là-bas du côté financier, mais si je ne trouve rien, je contacterai le comptable. Ils utilisent son adresse comme adresse de leur siège social.

— Bon travail, merci. Sait-on ce que faisait Mike avant d'acheter la concession ?

— Lui et sa femme tenaient un restaurant près d'Eccles, dit Laura. Ian m'a demandé de chercher ça pendant qu'il enquêtait sur le garage. Ils l'ont vendu trois mois avant d'acheter l'entreprise de voitures d'occasion. J'ai trouvé de vieux articles de presse en ligne et ils ont fait un énorme profit. Apparemment, après avoir acheté le pub délabré il y a six ans, ils l'ont transformé en une sorte de bistrot chic et ils proposaient des services de traiteur pour les mariages. Il a été présenté dans une émission de voyage à la télévision il y a deux ans, ce qui a probablement aidé. Ann, l'ex-femme d'O'Connor, avait une certaine réputation en tant que chef. Elle a écrit un livre de cuisine suite à son apparition à la télévision.

— Des problèmes pendant qu'ils étaient là-bas ? demanda Kay.

— Rien que j'aie pu trouver, chef, rien en ligne dans les nouvelles, et rien dans notre système non plus.

— Combien le restaurant a-t-il été vendu ?

— Un million deux cent mille livres.

Un chœur de sifflements bas remplit l'air, et Kay cligna des yeux.

— Waouh. J'aurais aimé y aller pendant qu'ils le géraient si c'était si bon.

Elle s'appuya contre un bureau vide à côté du tableau.

— S'ils réussissaient si bien, je me demande pourquoi vendre le restaurant ?

— Il en avait peut-être simplement assez, suggéra Debbie. Six ans, c'est long dans cette industrie, non ? Surtout au même endroit.

— Le charme commençait peut-être à s'estomper, ajouta Barnes. Autant dans l'entreprise que dans le mariage. Après tout, il semble qu'elle ait demandé le divorce quelques mois après qu'il a acheté le garage de voitures d'occasion.

— Ça semble un choix étrange, acheter ça après le restaurant. Et pourquoi attendre trois mois entre les deux ? dit Kay. Gav, tu peux te renseigner auprès de Mike O'Connor sur ce qui s'est passé ?

— Pas de problème, chef.

— Bien, passons aux tâches du jour.

Kay fit une pause, revint en arrière d'une page dans son carnet et parcourut les mots, levant les yeux lorsqu'un téléphone portable se mit à sonner. Elle vit Parker répondre au sien, puis reporta son attention sur le reste de l'équipe.

— Nous avons besoin de plus d'informations sur Mike et Ann O'Connor. Découvrez qui sont leurs amis et leurs associés. Quelqu'un a-t-il parlé à Ann ce matin ?

— Les agents en uniforme lui ont annoncé la nouvelle il y a une demi-heure, dit Laura.

— J'aimerais que tu fasses un entretien de suivi avec elle, et emmène Gavin. Faites-le de manière formelle, au cas où.

Les sourcils de Kay se froncèrent.

— Jusqu'à ce que nous en sachions plus sur notre victime, tout le monde est suspect.

— D'accord, on s'en occupe.

Parker attendit qu'elle ait fini de parler, puis se pencha en avant sur son siège.

— Chef, je pense que Carl Taylor est notre homme. Les agents en uniforme sont à son domicile, et sa femme leur a dit qu'il travaille comme chauffeur-livreur pour un distributeur de produits surgelés.

La salle explosa de bruit tandis que l'équipe assimilait la nouvelle.

Kay leva la main.

— Silence, s'il vous plaît. Phillip, tu as noté le nom de son employeur ?

— Oui, chef.

— Bien. Gavin et Laura, changement de plan. Interrogez Ann O'Connor demain et rendez-vous immédiatement chez l'employeur de Carl. Barnes, tu viens avec moi. Je veux parler moi-même à Helen Taylor et découvrir ce que son mari a fait, et pourquoi il a été trouvé dans la cour de Mike O'Connor.

Kay fit une pause pour consulter sa montre.

— Nous nous retrouverons ici à seize heures pour un nouveau briefing. Vous pouvez disposer.

CHAPITRE 6

Gavin força ses mains à se détendre sur le volant alors qu'il accélérait en direction de Hawkenbury, l'adrénaline parcourant son corps tandis que Laura lui indiquait le chemin depuis le siège passager à côté de lui.

Le paysage défilait à toute vitesse devant sa fenêtre, les chênes et marronniers feuillus se fondant avec les accotements herbeux alors qu'il propulsait la voiture hors de Maidstone, flirtant avec les limites de vitesse.

Laura agrippa sa main gauche à la poignée au-dessus de sa fenêtre lorsqu'il prit un virage particulièrement serré à droite, et il détendit sa mâchoire quand la route se redressa à nouveau.

— Doucement, Lewis Hamilton, dit-elle les dents serrées. Je sais que c'est urgent, mais j'aimerais arriver en un seul morceau.

En réponse, Gavin vérifia ses rétroviseurs, puis dépassa un cyclomotoriste qui roulait lentement.

— C'est encore loin ? demanda-t-il en relâchant

légèrement l'accélérateur alors qu'un panneau de signalisation apparaissait.

— C'est juste là. Cherche leur logo sur un panneau carré, tu ne peux pas le rater.

Il commença à freiner lorsqu'il l'aperçut, avant de s'engager dans une allée bordée d'une clôture grillagée qui séparait le dépôt de la route principale.

Les graviers crissèrent sous ses pneus alors qu'il ralentissait pour respecter la limite de vitesse imposée par les propriétaires de la flotte de camions, et il scruta à travers le pare-brise les bâtiments de bureaux bas situés à l'arrière de la vaste cour.

Il suivit les panneaux indiquant le parking, et manœuvra le véhicule entre un mélange de camions de taille moyenne et petite – tous équipés d'unités de réfrigération.

Le logo de l'entreprise était affiché sur le côté de chaque remorque, les couleurs joyeuses contrastant avec la raison de leur visite.

Une route délimitée les conduisit à un parking dépourvu de camions à l'arrière des bâtiments de bureaux, et Laura désigna d'un mouvement du menton les portes de la réception qui leur faisaient face après que Gavin avait freiné sur une place marquée pour les visiteurs.

— Quelqu'un est impatient de nous parler, regarde.

Un homme en pantalon de costume gris froissé se précipitait vers le véhicule, les manches de sa chemise bleue retroussées et des auréoles de transpiration sous les bras. Ses cheveux clairsemés semblaient avoir été malmenés par ses mains toute la matinée.

Il s'arrêta à quelques mètres de la voiture, son

expression celle d'un homme avec beaucoup de questions et aucune réponse.

— Vous êtes la police ? dit-il, son regard passant de Gavin à Laura lorsqu'ils sortirent. C'est à propos de Carl ?

Gavin verrouilla la voiture et se dirigea vers l'homme qui bougeait d'un pied sur l'autre en se tordant les mains.

— Et vous êtes, monsieur ?

— Simon Thomas. Directeur du dépôt.

— Je suis l'enquêteur Gavin Piper, et voici ma collègue l'enquêteuse Laura Hanway. Y a-t-il un endroit où nous pourrions parler à l'intérieur ?

— Bien sûr, je vous en prie, suivez-moi.

Thomas se retourna sans attendre de réponse, et Gavin prit un moment pour échanger un regard avec Laura avant de suivre l'homme, ses pensées s'agitant tandis qu'il reformulait mentalement les questions qu'il avait prévu de poser.

Le directeur du dépôt les conduisit à travers les portes vitrées de la réception, et ils passèrent devant une femme assise à un bureau dans une petite pièce en forme de boîte de l'autre côté, puis ils tournèrent à gauche à travers une porte en bois massif et se retrouvèrent dans une salle de conférence.

La table ovale en imitation pin au milieu pouvait accueillir six personnes, et Thomas leur fit signe de s'asseoir aux places les plus éloignées de la porte, avant de s'affaisser sur un siège en face.

Laura avait déjà sorti son carnet lorsque Gavin tira une chaise pour elle, et il n'attendit pas plus longtemps.

— Monsieur Thomas, vous ne semblez pas surpris de nous voir.

— Carl n'est pas venu travailler ce matin, dit l'homme, tambourinant des doigts sur le bureau tandis que la peau fine sous son œil gauche tressautait. Je n'allais pas paniquer, pas avant d'avoir parlé avec lui. Après tout, le personnel tombe malade, il y a des problèmes familiaux, ce genre de choses, mais ensuite Sally à la réception a vu les informations en ligne il y a une demi-heure. L'homme trouvé mort de froid, c'est Carl, n'est-ce pas ?

Ses mots sortirent en rafale, teintés de panique, de peur.

— Je suis désolé, dit Gavin. Oui, nous pensons que c'est lui.

Thomas cessa de s'agiter, ses doigts retombant silencieusement.

— Mon Dieu. Pauvre Helen.

— Nous devons vous poser quelques questions, monsieur Thomas—

— Bien sûr, bien sûr, allez-y.

— Quand avez-vous vu Carl pour la dernière fois ?

— Vendredi matin. Tous les chauffeurs pointent à partir de six heures trente environ. Nous avons parlé d'un problème mécanique avec le camion qu'il conduisait cette semaine-là et nous avons convenu qu'il irait en révision plus tard ce mois-ci.

— Quel genre de problème mécanique ?

— Il pensait que l'embrayage était en train de lâcher. Il a été remplacé il y a quelques années, donc c'est dans les temps.

Gavin tendit le cou pour regarder par la fenêtre derrière la chaise de Thomas vers les camions éparpillés dans la cour.

— L'un d'eux est le sien ?

— Non, c'est bien ça le problème, voyez-vous. J'ai reçu un message de Carl vendredi après-midi pour dire qu'il était en retard à cause d'un pneu crevé et qu'il prévoyait de déposer le stagiaire chez lui sur le chemin du retour une fois qu'il l'aurait réparé. Il a dit qu'il garerait le camion chez lui après et qu'il reviendrait chercher sa voiture pendant le week-end.

Gavin entendit Laura retenir son souffle alors que son cœur manquait un battement.

— Quel stagiaire ?

— Will Nivens. Il vit avec sa mère près de Tovil. Il a obtenu son permis poids lourds le mois dernier et il est venu chez nous par l'intermédiaire d'une des agences de Maidstone pour conduire l'un des camions frigorifiques que nous utilisons.

— Will est-il venu travailler ce matin ?

— Non, et leurs deux voitures, celle de Will et celle de Carl, sont toujours là-bas. Et notre camion est toujours manquant.

— Avez-vous parlé à Will ?

— Leur responsable, Adele, a essayé d'appeler son portable ce matin, mais il ne répond pas, et quand elle a téléphoné à sa mère, dont les coordonnées figurent dans son dossier comme personne à contacter en cas d'urgence, on lui a dit qu'il n'avait pas été vu depuis vendredi.

— Sa mère a-t-elle signalé sa disparition ? demanda Laura.

— Non, mais elle allait le faire s'il ne se montrait pas d'ici cet après-midi. Will nous a dit qu'il retrouvait des amis après le travail vendredi et qu'ils allaient monter à

Londres pour le week-end, donc aucun de nous ne s'est inquiété, dit Thomas.

Son front se plissa.

— Jusqu'à ce que nous voyions les informations, bien sûr.

— Pourquoi n'avez-vous pas signalé cela plus tôt dans la journée ?

— Parce que je pensais qu'il y aurait une explication simple à tout cela. Aucun de nous ne voulait croire que c'était Carl que vous aviez trouvé.

Ses yeux devinrent désespérés.

— Que se passe-t-il ? Si Carl est mort, où est Will ?

Gavin repoussa sa chaise, fit signe à Laura de le suivre et se dirigea vers la porte.

— Je vous serais reconnaissant de ne rien dire à votre personnel pour le moment, monsieur Thomas. Nous enverrons bientôt une équipe pour prendre votre déposition officielle.

Il se précipita hors de la pièce et traversa la zone de réception, Laura sur ses talons. Lançant les clés de la voiture à Laura alors qu'ils couraient vers leur véhicule, il sortit son portable de sa poche et le porta à son oreille en montant à bord.

— De retour à la salle des opérations ? demanda Laura, démarrant si vite qu'il fut projeté contre son siège.

— Oui, aussi vite que possible, répondit Gavin en serrant les dents tout en bouclant sa ceinture. Je vais prévenir Kay qu'elle doit nous y retrouver.

CHAPITRE 7

Helen Taylor était une femme minuscule avec des bras frêles qui dépassaient d'un haut d'été sans manches.

Les yeux emplis de chagrin, son apparence générale lorsque l'agent Aaron Stewart conduisit Kay et Barnes dans le salon d'une maison mitoyenne en périphérie de Lenham était celle d'une silhouette décharnée qui semblait pouvoir s'évanouir au moindre souffle de vent.

Elle se leva d'un fauteuil beige et tendit une main fine à Kay.

— Aaron m'a dit que vous êtes la détective chargée de découvrir qui a assassiné mon mari.

Sa voix était douce, frêle comme un roseau.

Kay lui serra doucement la main.

— C'est exact, et je vous promets de faire tout ce qui est en mon pouvoir pour traduire les coupables en justice. Je suis vraiment désolée pour votre perte.

— Merci. Voulez-vous vous asseoir ?

Barnes resta debout, carnet à la main, tandis que Kay s'asseyait dans un fauteuil.

Elle prit un bref instant pour rassembler ses pensées tout en observant la pièce, son regard s'attardant sur les photographies encadrées de Carl et sa femme le jour de leur mariage et lors de vacances et d'événements depuis. Elle se retourna vers Helen Taylor et vit que la femme l'observait.

— Je vous ai vue à la télévision, dit Helen en tamponnant son nez avec un mouchoir en papier. Quand il y a un appel à témoins pour un crime que vous essayiez de résoudre.

La femme fit une pause, déglutit, puis prit une profonde inspiration.

— Je n'aurais jamais pensé que ce serait moi que vous essaieriez d'aider un jour. Ce genre de choses arrive aux autres, n'est-ce pas ?

— Je suis désolée, madame Taylor.

— Helen, je vous en prie.

— Merci. Depuis combien de temps étiez-vous mariés, Carl et vous ?

— Treize ans.

Un léger sourire effleura les lèvres de la femme.

— Nous nous sommes rencontrés un peu tard dans la vie, je venais de sortir d'une relation à long terme et Carl était dans la même situation. C'était mon trentième anniversaire, j'étais sortie fêter ça avec quelques amies proches, et il était au bar où nous sommes allées avec des collègues de travail. Nous nous sommes heurtés en sortant et nous sommes allés boire un verre dans un endroit plus calme. Nous sommes ensemble depuis.

Kay fit une pause tandis que de nouvelles larmes coulaient sur les joues d'Helen.

— Quand avez-vous parlé à votre mari pour la dernière fois ?

— Vendredi matin, il m'a appelée au travail pour me demander si je pouvais partir plus tôt.

— Pourquoi cela ?

— Il a dit qu'il avait pris rendez-vous avec un plombier. Il avait l'air tellement... eh bien, *insistant*. Je veux dire, ce n'était pas un problème pour moi de partir plus tôt, je ne suis qu'une contractuelle de toute façon et je n'ai pas pris de congé depuis que j'ai commencé il y a dix-huit mois, mais c'était la façon dont il me l'a demandé. Comme si c'était vraiment urgent et qu'il n'aurait pas accepté un refus si j'avais dit non.

— À quelle heure vous a-t-il appelée ?

Le regard d'Helen se baissa vers la moquette et elle fronça les sourcils.

— Je ne m'en souviens pas exactement. Vers dix heures et demie, peut-être ?

— Donc vous êtes partie plus tôt et vous êtes revenue ici ?

— Oui. Je suis rentrée à quatorze heures, il a dit que le plombier ne devait pas arriver avant quatorze heures trente environ.

— Où travaillez-vous, madame Taylor ? demanda Barnes.

Elle se tourna sur sa chaise pour lui faire face, relevant légèrement le menton.

— Je suis réceptionniste dans un cabinet d'avocats à Sittingbourne. Ils sont spécialisés dans les demandes d'indemnisation pour préjudice corporel, les assurances, ce genre de choses.

— Madame Taylor, avez-vous ou votre mari reçu des menaces ces derniers mois ?

— Non, renifla-t-elle. C'est ce que je ne comprends pas. Carl ne ferait de mal à personne, il est chauffeur-livreur, pour l'amour du ciel.

— Avez-vous eu des problèmes avec des amis, peut-être, ou de la famille ?

— Non, rien de tel.

Helen fit une pause, puis désigna les photographies alignées sur la bibliothèque.

— Carl et moi n'avions pas un large cercle social, pour être honnête. Aucun de nous n'est sur les réseaux sociaux. Nous dépensions ce que nous économisions en voyages. Je suppose que nous sommes assez introvertis, nous aimons... nous *aimions* la compagnie l'un de l'autre.

Kay baissa les yeux tandis que ceux d'Helen se remplissaient de nouvelles larmes.

— Helen, je suis désolée mais je dois poser ces questions. Savez-vous si Carl aurait pu avoir des problèmes au travail ? Vous a-t-il fait part de préoccupations ?

L'autre femme secoua la tête, prit un nouveau mouchoir dans une boîte sur une petite table en bois à côté de son fauteuil et le tortilla entre ses doigts.

— Non. Il m'en aurait parlé s'il s'inquiétait de quelque chose. C'est pour ça que je paniquais quand j'ai signalé sa disparition. Ce n'était tellement pas son genre. Je savais que quelque chose n'allait pas...

Le téléphone de Kay commença à vibrer dans son sac, et elle lança un regard d'excuse à Helen avant de jeter un œil à l'écran.

— Je suis désolée, Helen, mais je dois prendre cet appel.

Elle n'attendit pas de réponse. Elle fit signe à Barnes de la suivre dans le couloir et glissa son doigt sur l'écran dès qu'il eut fermé la porte du salon.

— Gavin ?

— Chef, il faut que vous reveniez tous les deux à la salle des opérations. Tout de suite.

CHAPITRE 8

Une panique grandissante menaçait Laura tandis qu'elle balayait les rapports qui s'accumulaient sur son bureau et qu'elle se connectait à son ordinateur.

Elle et Gavin étaient revenus dans la salle des opérations quinze minutes plus tôt, son collègue ayant partagé la nouvelle de la disparition de Will Nivens avec l'équipe par téléphone pendant qu'elle conduisait. Maintenant, il donnait des ordres qui permettraient au moins de lancer les recherches en attendant l'arrivée de Kay et Barnes.

C'était un véritable pandémonium – l'espace entier était rempli de téléphones qui sonnaient, de collègues qui criaient pour se faire entendre les uns des autres, et sous-jacente à tout cela, la peur qu'un jeune homme soit en train de mourir ou déjà mort.

Laura jeta un coup d'œil à travers la pièce où se tenait Gavin, les bras croisés sur la poitrine, à écouter le sergent Hughes parler au quartier général pour demander l'aide supplémentaire d'agents en uniforme pour assister l'équipe d'enquête.

Tout son langage corporel dégageait une confiance tranquille, sa voix n'étant qu'un murmure en contraste avec le bruit environnant.

Elle espérait qu'un jour, elle assumerait les mêmes responsabilités avec un tel calme apparent.

— Laura, tu as cette liste des endroits sur l'itinéraire de Carl et Will de vendredi ?

La voix de Phillip Parker la tira de ses pensées et elle leva les yeux pour le trouver en train de plancr à côté de son bureau.

— Simon Thomas vient de me l'envoyer par e-mail, répondit-elle en désignant un siège libre à proximité. Je vais la transmettre à tout le monde et ensuite nous pourrons commencer avec les enregistrements LAPI de vendredi ainsi que la vidéosurveillance.

Parker fit glisser la chaise, une roulette desserrée cliquetant dans son logement avant qu'il ne s'enfonce dans le siège et la rejoigne.

— Tu penses qu'on va le retrouver vivant ?

Elle pinça les lèvres.

— Je ne sais pas, Phil. Je n'ai pas un bon pressentiment à ce sujet.

— Moi non plus.

Il se tut tandis qu'elle naviguait sur l'écran. Elle envoya l'e-mail puis se connecta au site du centre national de données LAPI.

Attrapant son carnet, elle saisit la plaque d'immatriculation du camion frigorifique que Carl conduisait et attendit que les données soient traitées.

— Voilà, dit-elle en repérant l'enregistrement mis en évidence.

Elle parcourut le système et nota chaque endroit où le camion était passé sur l'itinéraire du chauffeur dans la région, tandis que Parker accédait aux caméras de vidéosurveillance qui leur permettraient de suivre visuellement les derniers mouvements de Carl Taylor.

— Comment ça se passe par ici ? demanda Gavin en s'appuyant sur son bureau pour scruter l'écran.

— On vient de commencer avec la vidéosurveillance, répondit-elle.

Elle tira un nouveau bloc-notes vers elle, copia les emplacements du système LAPI et arracha la page.

— Voici ce avec quoi on doit travailler pour l'instant si tu veux ajouter ça à la carte.

— Brillant, merci.

Il prit la note de sa main et se précipita vers le tableau de liège au bout de la pièce alors que son téléphone portable se mettait à sonner.

Laura reporta son attention sur l'écran tandis que Parker cliquait sur le premier angle de caméra listé et avançait rapidement l'enregistrement plus près de l'heure correspondant à la liste d'itinéraire fournie par l'employeur de Carl.

En effet, à sept heures et demie vendredi matin, un camion de couleur crème avec le logo de la flotte de la chaîne du froid sur le côté de la remorque était passé devant la caméra en direction du premier arrêt de Carl, un magasin de proximité ouvert vingt-quatre heures sur vingt-quatre sur Loose Road.

— Ok, donc Simon Thomas dit que tous leurs

chauffeurs récupèrent leurs chargements quotidiens d'un entrepôt de distribution de la chaîne du froid à Laddingford, puis ils commencent leurs tournées, dit Laura, jetant un coup d'œil à l'e-mail du directeur du dépôt. L'itinéraire peut changer d'un jour à l'autre selon les besoins des clients, mais leurs arrêts réguliers constituent les trois quarts de leur itinéraire quotidien.

Parker ajusta les paramètres et trouva une caméra de vidéosurveillance face au magasin.

— Cet angle montre Carl et Will en train de décharger le camion devant le magasin, regarde.

Vingt minutes plus tard, le camion de livraison s'éloigna du trottoir et disparut de la vue.

— Prochain arrêt... murmura Parker, et il cliqua sur la liste pertinente de vidéos.

Laura se pencha en arrière dans sa chaise tandis que son collègue parcourait la liste et elle essaya de maîtriser son impatience.

Ils avaient besoin de réponses, et vite.

La porte de la salle des opérations s'ouvrit brusquement, et Kay se précipita à l'intérieur avec Barnes à ses côtés.

Elle se dirigea droit vers le tableau blanc tandis que Barnes jetait les clés de voiture sur son bureau avant de la rejoindre.

— Je reviens dans une minute, dit Laura.

Parker ne dit rien, son regard fixé sur l'écran.

Lorsque Laura atteignit les autres détectives, Gavin fournissait à Kay plus de détails sur leur entretien avec Simon Thomas.

— Il n'y avait pas de système GPS installé dans le camion de Carl ? demanda Kay.

— J'ai reparlé à Simon Thomas depuis notre retour ici, répondit Gavin. Il dit que lorsque cela leur a été suggéré, leurs chauffeurs n'étaient pas enthousiastes. Il a toujours été satisfait de leur travail, et il n'y a pas eu de plaintes sérieuses de la part des clients, donc il était content d'acquiescer. Étant donné que le GPS sur les camions n'est pas une exigence légale, il estimait que cela lui évitait d'avoir à obtenir leur consentement pour collecter des données. L'idée a été abandonnée en janvier, une semaine après qu'elle leur avait été présentée.

— Ils pourraient reconsidérer ça après cet incident, dit Barnes.

Laura jeta un coup d'œil par-dessus son épaule au son de pas qui approchaient pour voir Parker s'avancer vers eux, carnet à la main.

— Je crois avoir trouvé le dernier endroit connu du camion, dit-il.

Il se déplaça vers la carte que Gavin avait utilisée pour tracer l'itinéraire de Carl et tapota du doigt une zone boisée au sud de la ville.

— Il n'a jamais fait la livraison à Yalding, et celle d'avant était ici, à Mockbeggar. Si c'était moi, j'utiliserais cette petite route pour éviter le pire de la circulation sur cette route-ci.

Kay se tourna vers la salle et éleva la voix alors que le sergent Hughes levait les yeux de son écran d'ordinateur.

— J'ai besoin de trois voitures de patrouille à cet endroit, maintenant. Soit Will Nivens est notre principal suspect pour le meurtre de Carl Taylor, soit c'est une autre victime et il pourrait être piégé dans ce camion frigorifique. Allons-y.

Laura se précipita vers son bureau, rassembla ses affaires et essaya de maîtriser sa panique renouvelée.

— Gavin, Laura, faites venir Simon Thomas là-bas, avec les pompiers pour qu'ils puissent ouvrir l'arrière de ce camion si nous avons besoin d'aide.

Kay tira son gilet pare-balles du tiroir inférieur de son bureau avant de se diriger vers la porte avec Barnes, criant par-dessus son épaule en se dépêchant de sortir après lui.

— Gyrophares et sirènes en route, tout le monde. On ne traîne pas.

CHAPITRE 9

Des lumières bleues clignotantes provenant de deux véhicules de patrouille accueillirent Kay lorsque Barnes arrêta la voiture le long d'un accotement envahi par les herbes.

Les agents de la circulation en uniforme plaçaient déjà des cônes routiers pour bloquer l'accès à la voie et créer une déviation par des itinéraires alternatifs, leurs gilets jaunes haute visibilité contrastant fortement avec les haies d'aubépine qui bordaient la route et empiétaient sur les bords de la chaussée trouée.

Une légère brise agitait les chênes et les érables au-dessus de la tête de Kay, les feuilles bruissant dans le vent tandis qu'elle enfilait un gilet haute visibilité par-dessus son gilet pare-balles encombrant et sortait péniblement du véhicule.

— Bon sang, je ne regrette pas de ne plus porter tout cet attirail, grommela Barnes à côté d'elle.

— Au moins, tu ne portes pas tout l'équipement en

plus, dit-elle en levant la main pour saluer le grand agent en uniforme qui se retourna au bruit de leurs pas. Tim.

— Chef.

Le sergent Tim Wallace hocha la tête vers Barnes, puis pointa du pouce par-dessus son épaule.

— Nous avons trouvé le camion de votre chauffeur. Il est à environ cent mètres par là, dans un chemin qui n'a pas été utilisé depuis un moment. C'est tout envahi par la végétation, sauf quelques branches qui ont été cassées, probablement par le camion qui s'est garé là-bas.

— Vous avez ouvert l'arrière ?

— Nous ne pouvons pas, chef. Quelqu'un a mis un cadenas renforcé dessus, et aucune des clés dans la cabine ne correspond.

— Les clés étaient là ?

— Oui, chef, sur le contact.

— À quelle distance sont les pompiers ?

— Quelques minutes.

— Des signes du chauffeur stagiaire ?

— Nous avons examiné les alentours et la cabine, mais aucune trace de lui.

— Dans ce cas, je veux...

Kay s'interrompit au bruit d'un autre véhicule qui approchait, suivi d'une seconde voiture.

Ils se garèrent derrière sa voiture.

— C'est Gavin et Laura, dit-elle, et je pense que ça doit être le responsable du dépôt de la compagnie de camions. Avec un peu de chance, il a un jeu de clés maîtresses pour ouvrir le cadenas afin qu'on puisse préserver les preuves plutôt que de le couper.

— Mieux vaut leur dire de se dépêcher, chef, dit Wallace. Si ce type est à l'arrière depuis tout ce temps...

Elle murmura son accord, puis fit signe à Simon Thomas d'approcher.

Gavin et Laura sortirent de la deuxième voiture, les deux détectives accourant vers l'endroit où elle se tenait.

— Monsieur Thomas, un cadenas a été mis à l'arrière du camion. Avez-vous les clés ? demanda-t-elle.

En réponse, l'homme plongea la main dans sa poche et brandit deux clés en laiton.

— Mais nous n'utilisons pas de cadenas, détective. Celles-ci sont pour les serrures des portes.

— Merde.

Kay se retourna au bruit d'un véhicule lourd rugissant le long de la voie, et elle leva la main alors qu'un camion de pompiers freinait à côté d'elle.

Le conducteur baissa sa vitre et se pencha vers elle.

— Où voulez-vous qu'on se mette ?

— J'ai besoin d'une pince coupante, tout de suite. La vie d'un homme est en danger.

Le conducteur se retourna et appela par-dessus son épaule l'équipe dans la cabine derrière lui.

La porte s'ouvrit et deux pompiers sautèrent à terre, le second se retournant pour attraper la cisaille qu'un collègue lui passait.

— Ok, allons-y, dit Kay.

Elle suivit Wallace qui se frayait un chemin entre les deux voitures de patrouille garées qui bloquaient l'accès aux autres véhicules, le cœur battant.

L'odeur âcre des aiguilles de pin et du sous-bois

humide imprégnait l'air, le silence brisé uniquement par le meuglement d'une vache dans un champ au-delà de la zone boisée dense de chaque côté.

De profondes ornières dans la boue craquelée et sèche devenaient molles, berçant des flaques d'eau stagnante dans les zones ombragées à côté des troncs d'arbres vieux de plusieurs décennies. Des fougères envahissantes et de l'herbe épaisse recouvraient les accotements, le feuillage ne laissant qu'une étroite bande de lumière du soleil au milieu du chemin où les hautes herbes avaient été aplaties par le passage d'un véhicule lourd.

— Il y a aussi des traces de pneus fraîches dans la boue ici, dit Gavin.

Kay le suivit le long de la surface inégale, faisant attention où elle marchait pour ne pas se tordre la cheville dans l'une des ornières.

L'étroit chemin tournait légèrement vers la gauche après quelques mètres, puis elle s'arrêta.

Barnes prit une profonde inspiration à côté d'elle à la vue du camion abandonné.

Il avait été conduit le nez en avant le long du chemin, seules ses portes arrière visibles parmi les broussailles et les branches qui entravaient leur progression vers lui.

Kay examina le cadenas fixé aux poignées des portes arrière du camion et fit signe au responsable du dépôt d'avancer.

— Monsieur Thomas, pouvez-vous confirmer que ce camion est bien votre véhicule manquant ?

— C'est bien lui, oui.

Sa voix tremblait.

— C'est le camion que Carl conduisait vendredi.

Elle tendit le cou jusqu'à ce qu'elle puisse repérer deux des pompiers qui les avaient suivis.

— Ouvrez-nous ça, alors.

L'homme n'attendit pas d'autres instructions. Il se précipita en avant et commença à couper le cadenas pendant qu'elle et Barnes se frayaient un chemin jusqu'à la portière du conducteur.

— La portière était déverrouillée quand nous sommes arrivés, dit Wallace. C'est comme ça que nous avons trouvé les clés sur le contact. Elles étaient laissées en position « on ».

Kay baissa les yeux de la cabine du conducteur, parcourant du regard la longueur du camion.

— Le pneu arrière est à plat.

— Il y a une petite entaille comme s'il avait été coupé avec un couteau, chef, dit Wallace. Celui de l'autre côté est pareil. Je me demandais si ça avait été fait une fois le camion ici pour qu'il ne puisse pas être déplacé.

— Pourquoi laisser le moteur tourner alors ?

Simon Thomas fit un pas en avant et l'appela de l'endroit où il se tenait à l'arrière du camion aux côtés de Gavin et Laura.

— Détective ? Le moteur aurait très probablement été laissé en marche pour faire fonctionner l'unité de réfrigération, dit-il. Nos chauffeurs contrôlent la température depuis la cabine.

— Combien de temps resterait-il froid une fois le carburant épuisé ?

— Quelques jours, tant que les portes restent fermées.

Barnes jura à voix basse.

— S'il y a encore quelqu'un à l'intérieur...

Un bruit sourd provenant de l'arrière du camion parvint à Kay, et elle se débarrassa des vrilles de prunellier qui s'accrochaient à son gilet tandis qu'elle luttait pour atteindre l'arrière du véhicule.

Gavin et les autres formaient un demi-cercle serré sur toute la largeur de l'étroit chemin, un silence descendant sur le groupe alors qu'elle réapparaissait.

Le pompier se tenait sur le côté, la cisaille à la main, le cadenas gisant au sol parmi les mauvaises herbes.

Kay vit Laura lui jeter un coup d'œil et elle réalisa qu'ils l'attendaient tous.

Elle fit une pause, sortit une paire de gants de protection de son gilet pare-balles et les enfila.

Le reste de la scène de crime avait peut-être été compromis par leur présence dans la précipitation pour trouver Will Nivens, mais il était de son devoir de prendre des précautions raisonnables pour préserver les preuves là où elle le pouvait.

Elle agita les doigts, puis s'avança et secoua la poignée de la porte de droite.

— Elles sont assez lourdes, dit Simon Thomas. Il faudra tirer fort vers le bas pour la débloquer.

Kay suivit ses instructions, et la porte s'ouvrit dans un grincement métallique.

Une bouffée d'air glacial jaillit de l'étroite ouverture, des tentacules frigides s'enroulant autour de son visage et de ses avant-bras.

Elle frissonna, scrutant l'obscurité tout en ouvrant la porte plus grand, et elle fit un signe de tête à Barnes qui enfilait ses gants et ouvrait la porte de gauche.

Des cartons de frites surgelées, de légumes, de glaces

préemballées et plus encore tapissaient l'intérieur du camion, un étroit passage au milieu créant un chemin hasardeux.

— Chef, regardez les portes, dit Gavin en se plaçant à côté d'elle.

Elle leva le menton vers l'endroit qu'il indiquait et déglutit.

Dans les couches de glace qui recouvraient encore l'épaisse structure métallique, on distinguait des marques de griffures, teintées de sang.

— Ces pauvres bougres ont essayé de se frayer un chemin vers la sortie, dit Barnes.

— Fais-moi la courte échelle, dit-elle en posant sa main sur son épaule.

Il joignit ses mains, attendit que son pied soit en place, puis la propulsa par-dessus le hayon et dans le véhicule.

Kay tendit le bras vers le côté du camion pour se stabiliser, les semelles de ses chaussures glissant sur le sol glacé tandis que ses yeux s'habituaient à la pénombre.

— Quelqu'un a une lampe ? demanda-t-elle.

— Tenez.

Wallace fouilla dans son gilet et lui tendit une lampe torche robuste.

— Ne laissez pas ces portes se refermer.

Elle l'alluma et se détourna de lui pour balayer le faisceau sur le givre qui recouvrait les cartons.

Une fine pellicule blanche brillait sur les parois et le plafond de l'unité, et elle fronça les sourcils en voyant une série de marques qui avaient éraflé les cartons et le sol.

Deux épaisses lignes parallèles irrégulières partaient

des portes jusqu'au fond, comme si quelque chose – ou quelqu'un – avait été traîné dehors.

— Carl, murmura-t-elle.

La chair de poule couvrait ses bras, l'atmosphère glaciale lui glaçant les jambes tandis qu'elle avançait lentement.

Les cartons commençaient à s'éclaircir, l'espace devant elle s'élargissant à mesure qu'elle approchait du dernier mètre de l'espace réfrigéré.

— Combien de livraisons restait-il à Carl ? appela-t-elle.

— Trois, répondit Laura. La dernière était la plus importante.

— Ça explique la quantité de marchandises encore présentes, alors.

Kay fit une pause, le faisceau de la lampe rebondissant sur la paroi arrière du camion, l'aveuglant par la quantité de glace qui s'accrochait à l'intérieur.

Elle leva la lumière vers le plafond, notant que l'unité de réfrigération était au-dessus de sa tête, le moteur silencieux.

Sachant au fond d'elle-même ce qu'elle allait trouver, elle expira.

Elle se faufila à travers la fine brume qui s'échappait de ses lèvres, baissa le faisceau et laissa échapper un gémissement.

Un homme dégingandé d'une vingtaine d'années gisait recroquevillé en position fœtale, ses chaussures repoussées loin de son corps et un épais pull roulé en boule sous sa joue.

La glace recouvrait ses traits, ses bras et ses pieds nus

étaient bleus tandis que ses yeux fixaient sans voir un carton qui s'était fendu, répandant des petits pois surgelés autour de sa forme inerte.

Kay en avait assez vu.

Elle retourna en titubant vers les portes ouvertes, saisit les mains tendues de Barnes et Gavin et sauta au sol.

L'un des pompiers s'avança et enroula une couverture autour de ses épaules, ses yeux percevant l'horreur dans les siens avant de lui faire un imperceptible signe de tête.

Une fois qu'elle fut sûre que ses dents avaient cessé de claquer, Kay commença à donner des ordres.

— Monsieur Thomas, j'ai besoin que vous retourniez à votre voiture avec le sergent Wallace, s'il vous plaît. Tim, pourriez-vous demander par radio qu'un médecin légiste et la police scientifique viennent dès que possible ? Prévenez l'équipe de la circulation qu'une déviation doit être mise en place pour au moins vingt-quatre heures.

Tandis que le sergent en uniforme emmenait Thomas, Kay congédia les pompiers et se tourna vers son équipe.

— Il y a un homme mort à l'intérieur, congelé comme Carl Taylor. Je suppose qu'il s'agit de Will Nivens. Nous devons garder cette histoire sous clé jusqu'à ce que nous ayons une identification formelle, alors assurez-vous que tous ceux qui se présentent sur la scène de crime comprennent que je ne tolérerai pas que quiconque informe les médias, c'est compris ?

Ses trois collègues murmurèrent leur accord.

— Bien, Barnes, tu viens avec moi. Gav, Laura, retournez à la salle des opérations pour coordonner de là-bas. Travaillez avec Debbie pour organiser le planning de ce soir et de demain, et commandez des plats à emporter pour que tout le monde tienne le coup.

Elle se retourna vers les portes ouvertes du camion frigorifique.

— D'une manière ou d'une autre, nous allons découvrir qui a fait ça, et nous assurer qu'ils paient pour leurs actes.

CHAPITRE 10

Le cœur de Kay se serra tandis qu'elle scrutait la canopée au-dessus d'elle et écoutait l'équipe de la Crim' s'interpeller pendant qu'ils travaillaient au-delà du cordon.

Une teinte indigo commençait à envahir la soirée d'été, et une fraîcheur descendait sur l'étroite allée.

— Il va bientôt faire nuit, dit-elle à Harriet Baker alors que la responsable de la police scientifique s'approchait du ruban.

Harriet ferma le carnet de croquis qu'elle tenait, le tendit à un collègue, puis désigna six trépieds qui avaient été disposés autour du camion frigorifique.

— Ne t'inquiète pas, Charlie a apporté les lampes avec lui, répondit-elle.

Comme sur un signal, six puissantes lampes multi-ampoules s'allumèrent, illuminant le véhicule de tous les côtés.

Kay cligna des yeux pour contrer l'éblouissement soudain et leva la main pour se protéger les yeux.

— Désolée, je vous retarde.

— Nous t'appellerons si nous trouvons quelque chose d'important, dit Harriet. Nous allons rester ici toute la nuit cependant.

Kay s'attarda près du cordon extérieur, serra sa veste autour de ses épaules et passa en revue la liste croissante dans sa tête des choses qu'elle devrait faire à son retour dans la salle des opérations le lendemain matin.

Elle réprima un bâillement, consciente que les gens autour d'elle travailleraient encore plus longtemps une fois que Will Nivens serait sorti en toute sécurité de l'arrière du camion, puis elle entendit des pas sur l'asphalte derrière elle.

— Voilà pour toi.

Son estomac gargouilla lorsque Barnes lui tendit un sandwich emballé portant le logo familier d'une boutique de station-service et un gobelet fumant de café à emporter.

— Merci, Ian. Tu as appelé Pia pendant ton absence ?

— Oui, ne t'inquiète pas, elle est habituée maintenant.

Kay sourit. La partenaire de Barnes travaillait comme notaire spécialisée dans les transactions immobilières pendant la journée, et elle estimait que cette femme avait une influence apaisante sur son collègue à plus d'un titre, tandis qu'elle le regardait se régaler d'un bol de salade au poulet.

— Arrête de sourire, dit-il en agitant la cuillère-fourchette en plastique vers elle. Apparemment, si je veux rentrer dans le costume que je veux porter pour la remise des diplômes d'Emma, je dois perdre quelques kilos.

— Je n'arrive pas à croire qu'elle obtient son diplôme cet été, dit Kay entre deux bouchées de sandwich au thon. Quels sont ses projets ?

— Voyager pour commencer, répondit-il. Elle a trouvé un endroit en Thaïlande où elle veut faire du bénévolat pour la faune pendant trois mois, puis elle va partir en Australie et en Nouvelle-Zélande. Pia et moi avons pensé qu'on pourrait peut-être la rejoindre là-bas avant qu'elle ne revienne, ça nous donne une bonne excuse pour y aller.

— Ça a l'air d'être un super plan.

Kay finit son sandwich et froissa le papier avant de le mettre dans son sac alors que Charlie levait la main et marchait vers eux.

— Qu'est-ce que vous avez trouvé ?

— Le camion est équipé d'un tachygraphe, dit-il en lui tendant un sac à preuves. La carte du conducteur était encore insérée, j'ai pensé que vous voudriez l'avoir tout de suite.

— Super, merci, Charlie. Et les téléphones portables ?

— Aucun signe. Celui qui a fait ça s'est assuré qu'ils ne pourraient pas appeler à l'aide.

— Ces salauds, dit Barnes alors que l'agent de la police scientifique retournait à son travail.

Il soupira.

— Au moins, on a le tachygraphe. Il y aura toutes sortes d'informations dessus qu'on pourra utiliser.

— Ça ne te dérange pas de déposer ça à la salle des opérations sur ton chemin de retour ce soir ? dit Kay, déjà en train de faire défiler l'écran de son téléphone pour trouver le numéro dont elle avait besoin.

— Pas de problème.

— Merci. Attends.

Elle leva un doigt alors que l'appel était pris.

— Gavin ? J'envoie Barnes dans une minute avec le

tachygraphe de la cabine du camion de Carl Taylor. Quand il arrivera, tu peux appeler Simon Thomas et lui demander de travailler avec toi pour télécharger le journal du conducteur et nous l'envoyer par e-mail avant le briefing de demain ?

Kay arpentait le bord de la route en parlant, puis elle s'arrêta et scruta le chemin jusqu'à l'endroit où l'équipe de Harriet travaillait sous les projecteurs.

— Ça nous aidera à confirmer ses derniers mouvements, et j'espère que ça nous dira aussi quand ce thermomètre a été baissé au maximum. Avec un peu de chance, ça nous aidera à établir l'heure à laquelle les deux hommes ont été enfermés à l'intérieur.

— Je m'en occupe, chef, dit Gavin. Je vais faire une note dans HOLMES2 pour recouper ça avec les images de vidéosurveillance que Laura et Parker ont déjà commencé à examiner.

— Bonne idée. Fais rentrer tout le monde chez soi avant vingt-deux heures, d'accord ? Retour pour un briefing à sept heures trente demain matin.

— Oui, chef.

Barnes lui fit signe alors qu'elle terminait l'appel, le front plissé tandis que Lucas Anderson apparaissait dans la direction opposée.

Le médecin légiste était accompagné de deux hommes de la morgue, et Kay regarda en silence pendant qu'il les guidait le long du chemin avant de revenir.

— Si Will avait froid, pourquoi a-t-il enlevé ses chaussures et son pull, Lucas ? demanda Barnes. Ça n'a pas de sens.

— C'est une caractéristique courante de l'hypothermie, dit le médecin légiste, se débarrassant enfin de sa combinaison de protection et de ses gants avant de les jeter dans une poubelle pour déchets biologiques à côté du ruban du périmètre extérieur. Alors que la circulation sanguine ralentit et s'éloigne des extrémités pour maintenir les organes vitaux en fonctionnement, il aurait eu l'impression de surchauffer. Il aurait commencé à délirer vers la fin, enlevant ses vêtements dans un effort pour se rafraîchir.

Barnes frissonna.

— Les pauvres bougres.

— Ce que je ne comprends pas, c'est pourquoi ceux qui ont fait ça sont revenus ici pour Carl ? dit Kay. Pourquoi attendre qu'il soit mort, puis abandonner son corps chez O'Connor ?

— Je te laisse cette partie, inspectrice Hunter, répondit Lucas, s'écartant pour laisser passer les deux hommes portant la civière, le corps de Will désormais scellé dans un sac en plastique noir.

Le regard de Lucas suivit les deux hommes jusqu'au bout du chemin, puis il se retourna et pointa les portes ouvertes du camion frigorifique.

— Ce que je peux dire, c'est que ceux qui ont fait ça n'ont jamais eu l'intention que Will s'échappe une fois qu'ils sont partis avec Carl, regardez.

Kay pivota pour voir ce qu'il voulait dire et elle regarda l'équipe de Harriet descendre une autre boîte en carton du camion.

Dans l'éclat des puissantes lampes, elle pouvait voir que le panneau à l'intérieur, à côté de la porte droite, avait été détruit, des éclats de plastique en dépassant et des fils pendants.

— Celui qui l'a enfermé avec Carl a cassé le mécanisme de sécurité, murmura-t-elle.

— Ce sera vendredi matin au plus tôt avant que je puisse faire l'autopsie de Will, dit Lucas, mais au moins d'ici à la fin de la semaine, vous aurez le tableau complet.

Elle remercia le médecin légiste, puis le regarda retourner à sa voiture, et frissonna.

— Comme si cette semaine ne pouvait pas être pire.

CHAPITRE 11

Lorsque Kay suivit Barnes dans la salle des opérations le lendemain matin, elle aperçut une silhouette familière dans le bureau derrière son propre bureau, le dos tourné à la pièce.

Elle s'approcha et s'arrêta sur le seuil, puis jeta un coup d'œil appréciateur aux boîtes en carton sous le rebord de la fenêtre, dont le contenu ne remplissait que la moitié de chacune.

Le tiroir supérieur d'un classeur était ouvert, avec divers dossiers et documents éparpillés sur le dessus des dossiers suspendus.

— Tu pars alors ? demanda-t-elle.

Devon Sharp jeta un coup d'œil par-dessus son épaule et haussa un sourcil, une liasse de papiers à la main.

On voyait rarement le commandant divisionnaire au commissariat du centre-ville en raison de ses responsabilités croissantes qui l'obligeaient à passer plus de temps au nouveau quartier général de la police du Kent, mais sa présence était toujours appréciée par l'équipe.

Ancien policier militaire, ses cheveux coupés courts désormais plus gris, il marchait toujours avec l'agilité de quelqu'un qui faisait régulièrement du sport. Sa veste de costume gris anthracite portait les marques révélatrices d'un homme qui avait passé la matinée à déchiqueter des documents sans importance, et la bouche de Kay tressaillit alors qu'elle traversait la pièce pour le rejoindre.

Il s'appuya contre son bureau avec un gémissement étouffé et desserra sa cravate.

— La commissaire m'a clairement fait comprendre qu'elle s'attend à ce que je rejoigne le reste de son équipe au nouveau quartier général de Northfleet maintenant que Sutton Road est fermé. J'ai essayé d'argumenter en disant que je préférais être ici pour pouvoir être sur le terrain, mais mon argument est sans objet. Les temps changent, Kay.

— C'est la fin d'une époque, chef.

Elle détourna son attention de ses pitoyables tentatives d'emballage pendant un moment tandis que des voix et des sonneries de téléphone filtraient depuis la salle des opérations.

— C'est vrai, n'est-ce pas ?

Il passa ses doigts sur la surface piquetée du bureau.

— Apparemment, on m'a donné de nouveaux meubles là-bas.

— Dieu merci.

Kay tapota le bras métallique d'une des chaises pour visiteurs.

— Ça fait des années qu'on te dit que ces trucs tombent en miettes.

Elle fronça les sourcils en le voyant passer une main sur ses yeux fatigués.

— Tout va bien ?

— De la politique, c'est tout. Ça fait malheureusement partie du boulot.

Kay pinça les lèvres.

— Ça n'a pas l'air bon.

— Ça ne l'est pas. Enfin bon, parle-moi de l'enquête. Comment ça avance ?

— J'allais justement briefer l'équipe. Tu veux te joindre à nous ?

— Je vais le faire, merci. J'ai une conférence de presse dans une heure, alors j'aimerais m'assurer que nos informations sont à jour.

— Donne-moi un moment, et nous allons commencer.

Elle sortit de son bureau et se dirigea vers une fontaine à eau, remplit un gobelet puis en apporta un autre à l'endroit où Sharp se mêlait au reste de l'équipe d'enquête qui se rassemblait autour du tableau blanc.

Son mentor avait toujours eu un don pour les relations humaines, écoutant les officiers plus jeunes et moins expérimentés, prodiguant des conseils quand c'était nécessaire et essayant de rester partie intégrante de l'équipe qu'il avait dirigée si longtemps avant de recevoir une promotion bien méritée trois ans auparavant.

Il prit le gobelet d'eau qu'elle lui tendait avec un sourire.

— J'en déduis que le café est toujours aussi mauvais, alors ?

Les officiers rassemblés rirent, puis Kay leur fit signe que le briefing allait commencer.

— Merci pour tout votre travail acharné hier, je reconnais que la journée a été longue, dit-elle. Commençons par Carl Taylor. Quelqu'un a-t-il des mises à jour concernant l'endroit où il a été trouvé ?

— Oui, chef.

Laura se leva.

— Lucas a confirmé que ce sera jeudi avant que les tissus mous ne dégèlent suffisamment pour qu'il puisse procéder à une autopsie correcte.

— C'est comme ça, il ne peut pas risquer de réchauffer le corps de Carl trop vite, dit Kay. Il pensait que ce serait vendredi avant de pouvoir faire l'autopsie de Will. Des nouvelles du bureau de Harriet concernant la voiture dans laquelle Carl a été trouvé ? Quelqu'un l'a conduite et garée sur le terrain d'O'Connor, alors y a-t-il des traces de preuves ?

— Celui qui l'a fait a été prudent, chef, répondit Gavin alors que Laura reprenait sa place. Harriet dit que le volant, le levier de vitesse et les poignées de porte ont tous été nettoyés à l'eau de Javel et elle pense que celui qui conduisait portait un EPI complet, combinaison, gants, tout, similaire à ce qu'elle et son équipe portent.

Un grognement collectif remplit la pièce.

— Mais, dit Gavin, élevant la voix par-dessus le bruit, elle a réussi à trouver un cheveu dans l'appuie-tête de la voiture, et il y avait de la terre sur un tapis de sol, qu'elle envoie analyser.

— Quel est le délai pour l'analyse du sol ? demanda Kay.

— Deux semaines.

— Merde.

Kay soupira, ajouta les mises à jour au tableau, puis se retourna pour faire face à son équipe.

— Qui a fait des vérifications d'antécédents sur Carl Taylor ?

— Moi, chef.

Phillip Parker leva la main.

— Carl a commencé à travailler comme chauffeur-livreur il y a quatre ans après avoir été licencié de son poste de responsable dans un magasin de détail en ville. Simon Thomas ne signale aucun problème avec son travail, Carl était le genre de type qui arrivait quinze minutes avant son service. Le mot exact de Thomas étaient « consciencieux ». Rien dans nos dossiers à son sujet, pas même une amende pour excès de vitesse.

— Est-ce pour cela que Thomas l'a choisi pour former Will Nivens ?

— Oui, il a dit que Carl avait été bon pour mettre leurs apprentis à niveau sans prendre de raccourcis. Will était le troisième à rejoindre l'entreprise cette année.

— Merci, Phillip.

Kay passa son pouce sur le côté du rapport généré par la base de données HOLMES2 et examina les prochaines actions à couvrir.

— Quand Tim Wallace est arrivé à l'emplacement du camion hier après-midi, les deux pneus arrière étaient à plat et il semblait qu'un couteau avait été utilisé pour les lacérer, dit-elle. Où est Debbie ?

Une main se leva du fond du groupe.

— Ici, chef.

— Tu pourrais travailler avec Phillip pour examiner les images de vidéosurveillance le long de l'itinéraire de Carl vendredi, en particulier lors de sa dernière livraison avant que le camion ne soit abandonné ? Je veux savoir quand ces pneus ont été crevés et si quelqu'un l'a fait pendant qu'il était garé lors de sa dernière livraison pour créer une crevaison lente.

Sharp hocha la tête en écoutant.

— Ce qui signifie qu'au moment où il est arrivé dans ce chemin où le camion a été retrouvé, il n'avait pas d'autre choix que de s'arrêter.

— Ils ont été pris en embuscade, chef, dit Barnes. On les a délibérément forcés à s'arrêter là, puis assassinés.

Kay fit un pas en arrière du tableau blanc et examina la carte que Gavin avait épinglée sur le panneau de liège à côté avant de se retourner vers l'équipe.

— Barnes, je veux que tu sois avec moi quand je parlerai à Louise Nivens, la mère de Will, après ce briefing. Gavin, Laura, rendez-vous chez Ann O'Connor et parlez-lui de l'entreprise de voitures d'occasion de son mari. Si elle lui réclame de l'argent, elle pourrait savoir pourquoi le corps de Carl a été abandonné là-bas. Je veux en savoir plus sur leurs arrangements commerciaux dans ce restaurant qu'ils possédaient, et depuis.

— Oui, chef.

Laura baissa la tête et tourna une nouvelle page dans son carnet.

— En attendant, Debbie, tu peux passer en revue la liste des endroits qui étaient sur l'itinéraire de Carl vendredi dernier et les répartir entre nous ? Je veux que tous les entretiens soient menés d'ici la fin de la journée. J'ai aussi besoin que quelqu'un suive lès données du tachygraphe de Simon Thomas pour savoir exactement quand ce camion s'est arrêté, et quand la température a été baissée.

— Compris, chef.

— Merci.

Kay posa ses mains sur ses hanches et expira.

— Nous devons faire de bons progrès aujourd'hui, tout le monde, et je suis reconnaissante pour les efforts que vous avez fournis jusqu'à présent. Nous avons encore beaucoup de chemin à parcourir pour découvrir pourquoi ces deux hommes ont été ciblés, mais ne faites pas l'erreur de vous précipiter, nous allons avoir besoin de toutes les pistes et preuves que nous pourrons obtenir. Nous nous réunirons à nouveau demain. Vous pouvez disposer.

CHAPITRE 12

Barnes observa la façade en brique rouge de la maison familiale des Nivens à travers le pare-brise de la voiture et il expira.

La lumière chaude du soleil frappait une lucarne à l'étage qui surplombait un garage simple à l'avant de la maison, tandis qu'une pelouse fraîchement tondue à droite de l'allée était bordée de plantes ressemblant à des fougères et d'arbustes colorés.

Il ouvrit la portière de la voiture, glissa ses lunettes de soleil dans la poche de sa veste et regarda par-dessus le véhicule Kay qui émergeait du côté passager.

— Tu veux que je mène cet entretien ?

— Si ça ne te dérange pas, dit-elle en se faufilant entre la voiture et une haie de troènes de deux mètres de haut qui séparait la maison de Louise Nivens de la propriété voisine. Ça me donnera l'occasion d'écouter et de comparer mes notes avec ce que nous savons sur Carl en même temps.

— Pas de problème. À quelle heure les uniformes envoient-ils quelqu'un ?

— D'un moment à l'autre. Debbie a également demandé un autre agent de liaison familiale, mais étant donné que Sharp m'a dit que les ressources étaient limitées en ce moment...

Barnes fit la moue, souhaitant qu'ils puissent faire davantage, puis il mena le chemin vers la porte d'entrée.

Après avoir sonné et entendu une réponse sonore à deux tons quelque part dans le couloir, il boutonna sa veste et prit une profonde inspiration.

Annoncer la mort d'un être cher était la pire partie du travail.

Assister à des accidents de la route ou aux conséquences d'un incendie criminel, aux examens post-mortem, c'était déjà assez pénible, mais ceci...

La femme qui ouvrit la porte portait ses cheveux en un chignon désordonné, les fines rides de son visage creusées par des jours d'inquiétude. Des yeux verts les scrutèrent avant de s'écarquiller, sa bouche s'ouvrant à la vue des deux détectives sur le pas de sa porte.

Elle recula en chancelant, sa main voletant vers ses lèvres.

— Will, non... parvint-elle à dire.

Barnes franchit le seuil et la prit par le coude, la stabilisant tandis que Kay le suivait et fermait la porte.

— Madame Nivens, je suis l'inspecteur Ian Barnes, dit-il doucement. Voici l'inspectrice principale Kay Hunter. Pouvons-nous nous asseoir quelque part ?

La femme acquiesça silencieusement, désigna une

porte sur la droite au pied d'un escalier, et laissa Barnes la guider dans un salon.

Une télévision était allumée dans un coin, en train de diffuser silencieusement une chaîne de téléachat tandis que le présentateur utilisait des gestes exagérés pour démontrer un aspirateur.

L'air sentait le renfermé, et tandis que Barnes conduisait la mère de Will vers un fauteuil rembourré près de la porte, il aperçut un téléphone portable sur une table d'appoint à côté, ainsi qu'une télécommande.

Il tendit la main pour l'attraper et éteignit la télévision alors qu'elle s'effondrait dans le fauteuil, des larmes coulant sur ses joues.

— Tiens.

Barnes se retourna et prit le paquet de mouchoirs en papier que Kay lui tendait, en sortit un de l'emballage et s'accroupit à côté de Louise.

— Madame Nivens, nous sommes navrés de vous annoncer que nous avons découvert le corps d'un jeune homme hier soir. Il avait son permis de conduire dans son portefeuille.

Barnes se pencha en arrière sur ses talons tandis que les épaules de la femme tremblaient.

— Je suis désolé de vous dire que nous pensons qu'il s'agit de votre fils, Will Nivens.

Des sanglots haletants remplirent le silence tandis que Louise couvrait son visage de ses mains.

— Que s'est-il passé ? murmura-t-elle à travers ses doigts. Pourquoi... ?

— Pour le moment, nous sommes encore en train

d'établir les faits, mais nous savons qu'il a été attaqué avec son collègue lors de leur tournée de livraison vendredi après-midi, répondit Kay. Je suis désolée de ne pas pouvoir vous en dire plus pour l'instant, vraiment.

— Y a-t-il quelqu'un que nous pouvons appeler pour vous ? demanda Barnes, se déplaçant vers un second fauteuil à côté de la femme tandis que Kay s'asseyait à une extrémité d'un canapé deux places assorti. Avez-vous un ami ou des parents à proximité qui pourraient rester avec vous un moment ?

— M-ma voisine, Sheila.

Louise essuya ses yeux avant de serrer le mouchoir trempé contre sa poitrine.

— Elle ne travaille pas aujourd'hui.

— Nous lui demanderons de venir vous tenir compagnie, dit-il. Louise, je sais que c'est un moment terrible pour vous, mais cela vous dérangerait-il si je vous posais quelques questions sur votre fils ?

La femme acquiesça et ferma les yeux.

— Will avait-il des inquiétudes concernant son travail pour l'entreprise de livraison ?

— Non, pas du tout. Il n'avait pas eu de travail pendant six mois après avoir été licencié de son dernier emploi, alors nous avons convenu à Pâques que je paierais pour qu'il suive une formation pour obtenir son permis de conduire poids lourds et qu'il me rembourserait. Il aimait aussi travailler avec Carl, il disait qu'il apprenait beaucoup.

Elle essuya de nouvelles larmes avant de continuer.

— Il faisait des projets pour économiser pour avoir son

propre logement. Ils ont aussi des camions longue distance dans cette entreprise et il voulait obtenir le permis supérieur pour pouvoir en conduire un. Ils paient plus pour ça, vous savez.

— Il avait l'air d'être un fils merveilleux, dit Barnes.

Louise hocha la tête, puis tira un nouveau mouchoir du paquet.

— Après la mort de son père il y a six ans, il s'est occupé de sa sœur et de moi du mieux qu'il pouvait. C'était dur pour un garçon de quatorze ans, mais je suis si fière de lui... j'étais...

— Pouvez-vous me parler de vendredi ? Quand l'avez-vous vu pour la dernière fois ?

— Je ne l'ai pas vu.

Son visage se froissa tandis que ses lèvres tremblaient.

— Il devait partir si tôt, vous voyez, pour arriver au dépôt à six heures et demie. Je l'ai vu jeudi soir, nous avons partagé un plat à emporter et regardé la télé ensemble. Il était au lit à neuf heures. Son réveil sonne à cinq heures.

— Et lui avez-vous parlé vendredi ?

Elle secoua la tête, puis frotta ses yeux rougis.

— Non. Jeudi soir a été la dernière fois que j'ai parlé à mon fils, et tout ce que j'ai fait, c'est lui dire de s'assurer de mettre son linge dans la machine à laver avant de partir au travail le matin.

Barnes déglutit pour contrer la boule dans sa gorge alors qu'il fermait son carnet.

Il se leva, rajusta sa veste et regarda la femme recroquevillée qui s'était blottie dans le fauteuil comme si elle essayait d'échapper au mal qui avait déchiré sa famille.

— Nous allons trouver qui a tué votre fils, madame Nivens. Je vous le promets.

CHAPITRE 13

Gavin lissa ses cheveux, fronçant les sourcils dans le rétroviseur alors qu'une mèche rebelle se redressait dès qu'il baissait la main.

Il ignora le sourire sur le visage de Laura lorsqu'ils sortirent de la voiture, et regarda plutôt par-dessus le toit en direction d'un pittoresque cottage blanc au-delà d'une barrière en bois.

Un épais chaume pendait au-dessus des avant-toits, enlaçant une cheminée en briques rouges qui abritait une antenne de télévision et une girouette en métal noir en forme de chat qui s'étire.

Une haute haie de troènes de chaque côté de la barrière offrait un peu d'intimité au jardin avant par rapport à la ruelle, et des oiseaux chanteurs gazouillaient dans les branches d'un marronnier au-dessus de la tête de Gavin.

À travers une fenêtre ouverte au rez-de-chaussée, il pouvait entendre une douce musique – une sorte de guitare acoustique qui flottait dans la brise jusqu'à l'endroit où ils se tenaient.

— Très joli, murmura Laura en traversant la route à côté de lui. Je suppose qu'on n'a pas besoin de lui demander ce qu'elle a fait de sa part de la vente du restaurant.

— N'oublie pas non plus les droits d'auteur du livre.

Gavin actionna le loquet en fonte de la barrière et l'ouvrit, laissant Laura passer devant lui pendant qu'il s'arrêtait pour admirer le jardin paysager.

Il reconnut des digitales et des lilas – des fleurs que sa mère cultivait dans son jardin – mais les variétés plus exotiques blotties parmi les arbustes vert foncé lui rappelaient des vacances en Méditerranée, en Afrique du Sud et plus loin encore. Des bourdons bourdonnaient autour d'un parterre odorant de lavande tandis qu'il remontait l'allée de gravier et rejoignait sa collègue sur le pas de la porte.

Avant que Laura n'ait eu le temps de lever la main pour sonner, un rideau en tulle frémit à la fenêtre à droite de la porte.

Quelques secondes plus tard, la musique s'arrêta.

Des pas claquèrent sur un sol en pierre, puis Ann O'Connor ouvrit la porte.

Vêtue d'un pantalon couleur crème et d'un débardeur blanc, elle croisa ses bras bronzés sur sa poitrine et haussa un sourcil à la vue des deux détectives en civil.

— Alors, c'est vrai ? Il y avait vraiment un cadavre chez Mike ?

Gavin fit les présentations officielles, puis rangea sa carte de police.

— Pourrions-nous entrer, s'il vous plaît, madame O'Connor ?

— Appelez-moi Ann, dit-elle en s'écartant pour les laisser entrer. Je suis en train de reprendre mon nom de jeune fille, mais la paperasse prend une éternité, du moins, c'est ce que me dit mon avocat.

Gavin se baissa pour passer sous l'encadrement bas de la porte et entra dans un petit hall carré avec un sol en pierres plates et trois portes qui menaient dans différentes directions.

— Venez par ici, dit Ann en indiquant la porte à sa droite.

En entrant dans la pièce, il entendit Laura retenir un soupir et il s'arrêta un instant pour admirer la cheminée séculaire qui occupait la majeure partie du mur du fond.

Éteinte, avec des bûches empilées de chaque côté du foyer, l'âtre était utilisé pour exposer des vases en verre remplis de lys et de glaïeuls aux couleurs vives.

Par la fenêtre ouverte sur le devant, il pouvait encore sentir la lavande et quand il regarda à sa gauche, des portes-fenêtres avaient été incorporées dans une extension du bâtiment d'origine, menant à une terrasse pavée et à un jardin qui lui semblait s'étendre à perte de vue.

Laura s'arrêta au milieu du salon, les yeux émerveillés.

— C'est un endroit magnifique que vous avez là, madame—

— Ann.

La femme pinça les lèvres et fit un geste vers deux fauteuils face à la cheminée.

— Je vous en prie, asseyez-vous. Comment puis-je vous aider ? Je suis sûre que Mike vous a dit que je n'ai plus rien à voir avec le garage, alors je ne sais vraiment pas pourquoi vous êtes là.

Gavin attendit que Laura sorte son carnet de son sac et qu'elle ait un stylo prêt, puis il tourna son attention vers la femme d'O'Connor qui était assise sur un canapé deux places de l'autre côté d'un tapis orné étalé sur les vieilles dalles.

— Nous recueillons simplement des informations générales sur le garage et son histoire récente pour nous aider à comprendre pourquoi le corps d'un homme y a été découvert, commença-t-il. De qui était l'idée d'acheter l'entreprise ?

Ann posa son coude sur l'accoudoir du canapé.

— De Mike.

— Quel en était l'attrait ?

— Je pense qu'il s'ennuyait après avoir vendu le restaurant et n'avoir rien fait pendant trois mois, dit-elle, puis elle laissa échapper un rire amer. Il n'a jamais été doué pour le golf.

— Mais pourquoi une concession de voitures d'occasion ?

Elle haussa les épaules.

— Je ne sais pas. Je pense qu'il pensait que ce serait facile après avoir géré un restaurant, et il a toujours été doué pour le bagout. C'est un naturel quand il s'agit de parler avec des clients potentiels.

— Et vous avez accepté d'investir dans l'entreprise avec lui ?

— Il ne pouvait pas racheter Marcus Tavistock tout seul, et je possédais la moitié du produit de la vente du restaurant, après tout.

Elle soupira et passa ses doigts sur le rembourrage en peluche.

— Cela semblait être une bonne idée à l'époque. Avec le recul, j'aurais dû voir les signes.

— Les signes ? répéta Laura en levant les yeux de son carnet.

— Oui. J'ai découvert que Mike avait une liaison juste après Halloween. Une femme à qui il avait vendu une voiture dans les six premières semaines de gestion de l'entreprise.

Gavin pouvait entendre l'amertume dans la voix de la femme et il lui laissa un moment pendant qu'elle tirait un mouchoir en papier de la poche de son pantalon et s'essuyait les yeux.

— Je suis désolée. Ça fait encore mal. Je me sens si stupide.

Ann renifla, cligna des yeux puis leva son regard vers lui.

— Que voulez-vous savoir d'autre ?

— Madame… Ann. Nous comprenons de Mike que vous l'avez contacté l'année dernière pour lui demander plus d'argent. Pourquoi cela ?

Ses yeux se durcirent.

— Parce qu'il me doit encore de l'argent. Vous a-t-il dit cela ? Quand nous avons entamé la procédure de divorce en décembre, il m'a payé la moitié de ce que j'avais investi dans l'entreprise. Je suis peut-être en colère à propos de son infidélité, mais je suis une femme d'affaires dans l'âme, détective. Il avait besoin du reste pour passer l'hiver. Il était toujours entendu qu'il me paierait le solde à la fin de l'exercice fiscal début avril.

Maintenant, les choses deviennent... plus urgentes. J'ai besoin du reste de cet argent.

Gavin jeta un coup d'œil autour de la pièce, aux environs somptueux et aux œuvres d'art de bon goût qui ornaient le mur au-dessus de l'endroit où il était assis, puis il revint à Ann O'Connor.

— Pourquoi ?

— Parce que mon éditeur a décidé de ne pas publier un deuxième livre de cuisine à mon nom.

Le visage d'Ann s'assombrit.

— Les ventes de mon premier livre au cours des six derniers mois n'ont pas été très bonnes. Mes revenus de droits d'auteur ont chuté, et je suis liée par le contrat pour encore huit ans, donc je ne peux rien y faire. Je ne peux rien publier qui pourrait être considéré comme concurrentiel à ce que j'ai déjà fait avec eux. J'ai besoin du reste de l'argent de Mike pour pouvoir démarrer ma propre entreprise. Je ne sais pas quoi faire, cependant.

Elle frissonna.

— Je ne peux plus envisager de travailler dans une autre cuisine commerciale. Plus maintenant.

— Regrettez-vous que Mike et vous ayez vendu le restaurant ? demanda Laura.

L'autre femme cligna des yeux.

— Vous savez quoi ? J'avais l'habitude de penser que oui, mais j'aime bien être ici. J'apprécie la paix et la tranquillité. Oui, nous avons bien réussi avec cette entreprise et nous avions de merveilleux clients, mais je veux faire plus de ma vie.

— Une dernière question, dit Gavin en sortant son téléphone portable de sa poche et en faisant défiler les images. J'aimerais que vous jetiez un coup d'œil à cette photo et que vous me disiez si vous reconnaissez cet homme.

Elle pâlit.

— Est-ce... est-ce l'homme mort qui a été trouvé au garage ?

— Oui. Nous essayons de comprendre pourquoi il a été amené là-bas.

Ann hocha la tête, redressa les épaules et se pencha en avant.

— D'accord. Allez-y.

Gavin tourna le téléphone, observant son visage tandis que ses sourcils se levèrent puis s'adoucirent.

Elle secoua la tête et se rassit.

— Non. Désolée. Je ne le reconnais pas du tout. Je ne l'ai jamais vu de ma vie.

CHAPITRE 14

— Alors, qu'en penses-tu ? Carl était-il la cible et Will s'est-il simplement trouvé au mauvais endroit au mauvais moment ?

Kay sirotait une canette de soda et feuilletait les pages de son carnet tandis que Barnes quittait Maidstone en voiture, sa frange s'agitant dans la brise venant d'un interstice de la fenêtre côté passager entrouverte.

— Rien n'est ressorti de leurs vérifications d'antécédents, dit-il en freinant à un carrefour en T avant de tourner à droite. Et personne n'a rien de négatif à dire sur eux. Donc je ne comprends pas pourquoi ils auraient été ciblés.

Kay soupira et rangea son carnet tandis que Barnes ralentissait la voiture à l'approche des abords du village.

— Je n'ai jamais rien vu de tel.

— Comment s'en sortent Gavin et Laura ?

— Laura m'a envoyé un message pour dire qu'ils ont parlé à Ann O'Connor, et maintenant ils se sont séparés pour faire le tour des autres magasins sur le parcours avant la fin de l'après-midi. Aucun d'eux n'a encore signalé quoi que ce soit, mais je lui ai demandé de s'assurer qu'ils récupèrent les images des caméras de sécurité au fur et à mesure qu'ils parcourent la liste, juste au cas où.

— D'accord, voilà l'endroit où Carl a fait sa dernière livraison.

Barnes pointa du doigt un présentoir à journaux et un seau contenant des bouquets de fleurs sur le trottoir quelques mètres plus loin, le logo familier d'une mini-supérette s'étalant sur une enseigne vert vif au-dessus de la porte.

— Il y a une place de parking par ici.

Quelques instants plus tard, Kay s'arrêta sur le trottoir et mit sa main en visière pour regarder le long de la rue en direction du magasin.

Elle repéra une caméra de sécurité sur la maçonnerie au-dessus de l'enseigne et une autre de l'autre côté de la rue plus près d'elle, au-dessus de la porte d'entrée d'un magasin d'antiquités.

Elle les désigna à Barnes qui la rejoignait, et pointa du pouce la caméra au-dessus du magasin d'antiquités qu'ils venaient de passer.

— Rappelle-moi d'y faire un saut après, Ian. Avec un peu de chance, cette caméra a une vue sur le trottoir devant la supérette.

— On dirait que Carl se serait garé de l'autre côté de la rue par rapport au magasin pour décharger, dit-il alors qu'ils s'approchaient. Il n'y a pas assez de place devant la porte avec tous ces présentoirs.

— Donc il y aurait eu un bref moment où quelqu'un aurait pu crever ces pneus.

Elle jeta un coup d'œil à un fox-terrier attaché à un lampadaire devant le magasin et fit un large détour.

— D'accord, voyons ce que nous pouvons découvrir ici.

Kay s'écarta pour laisser sortir un homme âgé du magasin, un journal sous le bras et un sac en toile de jute rempli à ras bord de légumes frais, et à en juger par la façon animée dont le chien l'accueillit, il avait également acheté quelque chose au rayon boucherie annoncé sur la porte d'entrée.

Elle s'avança avant que les portes vitrées électroniques ne puissent se refermer en glissant et elle repéra deux caisses sur sa gauche, placées de part et d'autre d'un présentoir de gâteaux et de pâtisseries.

Une femme se tenait près de la caisse la plus proche, sa silhouette trapue couverte d'un polo noir et d'un pantalon assorti à la marque du magasin, le tout contrastant avec une touffe de cheveux roux courts. Son sourcil se leva lorsque Kay s'approcha.

— Je peux vous aider ?

— Inspectrice principale Kay Hunter, et mon collègue l'inspecteur Ian Barnes. Je peux avoir votre nom, s'il vous plaît ?

— Alison North, je suis la propriétaire.

Kay fit un geste vers les étagères qui l'entouraient.

— Cet endroit est plus grand que je ne le pensais.

— Nous desservons ce village et deux hameaux, et nous prenons soin de nos clients.

Kay nota la fierté qui teintait la réponse de la femme.

— Nous espérons que vous pourrez nous aider. Vous avez reçu une livraison ici vendredi après-midi pour des produits surgelés. Pourriez-vous confirmer à quelle heure le chauffeur était là ?

— Carl ? Il est arrivé vers trois heures et demie, comme toujours.

Alison rayonna.

— C'est l'un des plus fiables.

— Où ferait-il la livraison ? Par la porte d'entrée, et... ?

— Par là-bas.

Alison pointa du doigt au-dessus des étagères.

— C'est notre zone de stockage réfrigérée.

Kay suivit son regard vers une porte ouverte drapée de stores en plastique, à côté de laquelle se trouvaient trois unités réfrigérées du sol au plafond avec des portes vitrées et un présentoir réfrigéré ouvert.

Les étagères étaient garnies de plats cuisinés surgelés, de sacs de légumes et – dans le présentoir réfrigéré – de fromages, de boissons fraîches, et plus encore.

— Ne fait-il qu'une seule livraison par semaine ? demanda Barnes.

— C'est à peu près tout ce dont nous avons besoin.

Alison tapa du bout des doigts sur le dessus de la caisse.

— Ceci est relié à un système de gestion des stocks centralisé, donc nous pouvons voir ce que nous devons commander, ce qui est plus populaire dans le coin, ça évite le gaspillage. Quand on gère une entreprise comme celle-ci, on ne veut rien jeter. On ne peut pas se le permettre.

— Avez-vous eu des problèmes récemment ? Des soucis avec vos livraisons ? demanda Kay.

— Non, aucun.

Les yeux d'Alison se posèrent sur un présentoir de journaux gratuits sur le comptoir, puis s'écarquillèrent.

— Oh mon Dieu. Est-ce que Carl est l'homme mort qui a été trouvé hier ?

— Oui, c'était lui.

Kay baissa la voix alors qu'une femme entrait dans le magasin et fixait du regard les deux détectives en costume au comptoir avant de se précipiter vers le rayon des vins au fond.

— La caméra de vidéosurveillance que vous avez à l'extérieur, les images sont-elles accessibles ici, ou devons-nous contacter le siège ?

— Attendez, je vais demander à Malcolm de vous montrer.

Sur ce, Alison se dirigea vers le bout du comptoir et beugla le nom de l'homme.

Kay se retourna pour voir une silhouette trapue apparaître d'une porte au bout d'une étagère remplie de sauces pour pâtes et de céréales.

— Oui ? dit-il, les sourcils froncés.

— Inspectrice Hunter, voici mon mari, Malcolm, il pourra vous montrer les images.

— Merci.

Elle se présenta à l'homme, devant lever le menton pour croiser son regard tandis qu'une main énorme serrait la sienne en guise de salutation, puis celle de Barnes.

— Venez dans le bureau, dit-il. De quoi avez-vous besoin exactement ?

Il désigna un bureau à côté d'un classeur ouvert débordant de paperasse, un ordinateur portable ouvert sur un logiciel de comptabilité.

— Désolé pour le désordre, c'est notre fin d'année, donc je suis en plein milieu des préparatifs pour notre comptable. Ça ne vous dérange pas de rester debout ? Je ne peux pas mettre plus de chaises ici.

— Pas de problème, répondit Barnes, et il pointa l'écran du doigt. Est-ce que la caméra enregistre sur cet appareil ?

— Oui. J'ai entendu quelque chose à propos de vendredi ?

— Nous essayons de retrouver la trace de votre livreur, dit Kay. Nous enquêtons sur son meurtre.

Malcolm déglutit.

— D'accord. Très bien. Attendez un instant.

Kay se tenait derrière l'épaule de l'homme pendant qu'il faisait défiler une liste de fichiers à gauche de l'écran.

— Carl était ici vers quinze heures trente vendredi, donc est-ce qu'une demi-heure avant serait utile ? dit-il finalement.

— Parfait. Pouvez-vous accélérer pour que nous puissions le regarder en vitesse double ou quelque chose comme ça ?

— Voilà.

L'homme offrit sa chaise à Kay, lui montra où se trouvait le bouton « lecture », et se dirigea vers la porte.

— Je vais vous laisser, appelez-moi quand vous aurez terminé.

— Merci.

Barnes s'accroupit à côté d'elle.

— Bon, voyons ce que nous avons là.

Kay fixait déjà l'écran, observant les voitures

occasionnelles qui passaient devant le magasin alors que l'horloge dans le coin inférieur droit des images en noir et blanc égrenait les secondes.

Lorsque l'heure atteignit quinze heures vingt-cinq, un camion carré apparut sur la gauche du cadre de la caméra et s'arrêta doucement sur le trottoir opposé.

Son arrière disparut de l'écran une fraction de seconde avant que le conducteur n'allume les feux de détresse.

— Le voilà, murmura-t-elle.

Carl Taylor ouvrit la porte de la cabine et sauta au sol d'un geste habitué, puis longea le côté du véhicule alors qu'une autre voiture passait.

Atteignant le hayon, il ouvrit la porte arrière gauche au moment où un jeune homme dégingandé le rejoignait.

— C'est Will, dit Barnes, d'une voix à peine audible.

— J'aimerais qu'ils se soient garés plus en avant, je ne peux rien voir au-delà de la porte, dit Kay, puis elle retint son souffle.

Voir les deux hommes rire et plaisanter ensemble tandis que Will abaissait un chariot au sol avant qu'ils ne commencent à le charger de cartons fit brutalement prendre conscience à Kay de la réalité de leur situation périlleuse.

Quelques heures après les images devant ses yeux, les deux hommes étaient morts dans des circonstances horribles.

— Il a l'air trop jeune pour avoir vingt et quelques années, dit Barnes, reposant son menton sur ses bras alors qu'il regardait.

Les deux hommes vérifièrent la circulation sur la route, puis traversèrent vers le magasin. Une seconde caméra placée au-dessus de la caisse montra Carl faire un signe à Alison, puis indiquer la direction de la chambre froide à Will.

— Surveille la rue pendant que je les regarde, dit Kay.

Carl suivit son jeune apprenti le long d'une étagère remplie de paquets de céréales et de snacks salés avant qu'ils ne disparaissent de vue.

Ils revinrent cinq minutes plus tard, flânant à travers le magasin en direction de la porte.

— Quelque chose ? demanda Kay en reportant son attention sur la caméra face à la rue.

— Pas cette fois.

Barnes se leva et s'étira les jambes, son regard ne quittant jamais l'écran.

— Le prochain chargement est en route.

Kay ne se préoccupa pas des images de l'intérieur du magasin cette fois-ci, se concentrant plutôt sur le camion garé dans la rue.

Elle observa Carl monter à l'arrière du camion, ses bras apparaissant toutes les quelques secondes avec un nouveau carton de marchandises qu'il passait à Will.

Une fois le chariot plein, l'apprenti traversa la route vers le magasin avec celui-ci, Carl le suivant, les bras chargés de deux autres boîtes.

— Là, qu'est-ce que c'était ce mouvement près de la porte ?

Kay tendit la main et mit l'enregistrement en pause, trouva le bouton pour le faire reculer et l'arrêta quand elle vit une ombre sombre passer furtivement entre le côté gauche de l'image et la porte du camion.

— Il y a quelqu'un derrière le véhicule.

— Eh bien, les deux pneus ont été lacérés avec un couteau, donc qui que ce soit doit passer de ce côté dans une minute.

— Qui que ce soit ferait mieux de se dépêcher, ils sont dans cette chambre froide depuis déjà trois minutes.

Kay retint son souffle tandis que les secondes s'écoulaient.

La silhouette glissa de nouveau dans le champ de vision, puis une camionnette bleu foncé passa devant le camion au moment exact où il se baissait à côté de la roue du côté passager.

Le temps que l'autre véhicule soit passé, l'homme avait disparu.

Barnes frappa du poing sur le bureau.

— Bon sang, la camionnette a bloqué la vue !

Kay soupira.

— Bon Dieu, on n'a vraiment pas de chance, hein ?

— Qu'est-ce que tu veux faire maintenant, chef ?

— Il nous faut les images de cette boutique d'antiquités. C'est le seul moyen de découvrir qui c'était.

CHAPITRE 15

Kay glissa sa clé dans la serrure de la porte d'entrée, puis son regard tomba sur les objets alignés dans le couloir à côté de l'escalier.

Un sac de nourriture pour chat, un autre de litière et divers petits jouets en peluche étaient placés à côté de bols en céramique pour la nourriture et l'eau.

Entendant la voix de baryton d'Adam dans la cuisine, elle retira ses chaussures, accrocha son sac et sa veste au pied de l'escalier et se dirigea le long du couloir.

La porte de derrière avait été laissée ouverte, laissant entrer une brise chaude qui portait le parfum de la glycine sur l'abri de jardin et le bruit lointain de la circulation sur l'A20. Depuis le salon, l'un des albums préférés d'Adam jouait en fond, créant une ambiance relaxante.

En entrant dans la cuisine, elle protégea ses yeux de l'éblouissement soudain provenant de l'égouttoir, le soleil couchant se reflétant sur l'acier inoxydable par-dessus les toits au fond de leur jardin, puis elle se retourna au son d'un miaulement fort et indigné.

Ses épaules se détendirent lorsque le grand vétérinaire à côté du plan de travail de la cuisine se retourna au bruit de ses pas, un sourire aux lèvres – et un minuscule chaton écaille de tortue dans ses mains.

Kay s'arrêta.

— Ok, ça c'est mignon.

— J'ai pensé que tu aimerais les visiteurs de cette semaine.

Elle s'approcha de lui, leva la main pour caresser sa nuque alors qu'il se penchait pour l'embrasser, et elle entortilla ses doigts dans ses boucles sombres.

— Mauvaise journée ?

Elle soupira.

— Une journée frustrante. Quelle est l'histoire de cette petite boule de poils ?

— Elle et ses trois frères et sœurs ont été trouvés abandonnés dans un carton sur l'aire de services de la M20, dit Adam en frottant son doigt entre les oreilles du chaton. Heureusement, quelqu'un les a secourus avant qu'ils ne s'éloignent trop et ne se fassent heurter par une voiture. Les trois autres sont dans un enclos dans le salon.

— Dans le salon ?

Kay haussa un sourcil.

— Pas ici ?

— Il fait plus frais là-bas en ce moment.

Il réussit à lui offrir un sourire penaud.

— Et puis, on pourra jouer avec eux pendant qu'on regarde la télé, non ?

Elle rit.

— Je ne pense pas qu'on regardera beaucoup la télé

avec cette troupe dans les parages. Combien de temps les as-tu ?

— Le type de la protection des chats dit qu'il passera ce week-end pour les récupérer. Je lui ai envoyé des photos pour qu'il puisse les ajouter à la page d'adoption, mais ils ne seront pas prêts pour ça avant encore quelques semaines. On doit d'abord les engraisser un peu.

— Ils sont en bonne santé ?

Il hocha la tête.

— Ils semblent l'être. Scott leur a fait un examen approfondi à la clinique quand ils sont arrivés, et j'ai dit au centre de secours que je ferais don de notre temps et du coût de leurs vaccins jusqu'à ce qu'ils trouvent de nouveaux foyers.

Kay tendit la main et lui serra le bras.

— Ils sont tombés sur la bonne personne en te trouvant.

— Ah, tu me connais, je ne peux pas résister à un animal en détresse.

Il baissa les yeux alors que le chaton s'agitait dans ses mains.

— D'accord, tu peux retourner avec ta sœur et tes frères.

— Tu veux un verre de vin ?

— S'il te plaît, je vais juste la remettre dans la cage et on pourra s'asseoir dehors si tu veux. Il fait bon là-bas.

— Ça me va.

Le temps qu'Adam la rejoigne sur la terrasse, Kay était assise dans l'un des deux fauteuils en rotin qui avaient été livrés la semaine dernière, un seau à glace sur la table assortie à côté d'elle et deux verres remplis d'un chardonnay frais.

— Tiens, j'ai pensé que tu en aurais besoin avec le coucher du soleil.

Il lui tendit une veste polaire de course qu'elle gardait dans le placard du rez-de-chaussée.

— Tu as l'air bien installée.

Elle sourit.

— Je ne pense pas avoir beaucoup l'occasion de faire ça jusqu'à ce qu'on résolve cette nouvelle affaire. J'ai pensé en profiter au maximum.

Glissant ses bras dans la veste, elle se pencha en arrière et fit tinter son verre contre le sien.

— Santé. À quatre chatons qui trouveront bientôt un bon foyer.

— Je bois à ça.

Kay prit une gorgée et replia ses jambes sous elle, puis elle entreprit d'enlever des brins d'herbe de ses chaussettes.

— Tu sembles réticente ce soir, dit Adam après quelques instants. J'imagine que cette dernière affaire est difficile ?

— Ça, et le fait que Sharp s'en va.

Elle soupira.

— Il déménage à Northfleet cette semaine. Il ne peut plus rester à Palace Avenue, selon la commissaire.

— Il va te manquer.

— Oui. Je veux dire, je sais qu'il viendra toujours m'aider si j'en ai besoin, et je devrai y aller pour les réunions de direction, mais ce ne sera pas pareil.

— Comment ça va se passer avec les locaux ?

— Je pense qu'ils m'ont pardonnée d'avoir fait emprisonner l'un des leurs il y a quelques années. Enfin, on l'espère maintenant.

Kay plissa le nez.

— Je suppose que je le saurai bientôt, non ?

— Tu vas devoir reprendre plus du travail que Sharp faisait ici à Maidstone ?

— Je vais devoir faire plus de conférences de presse locales toute seule à l'avenir, je suppose.

Elle fit une pause et baissa son verre.

— En parlant de ça, tu as apporté ton téléphone avec toi par hasard ?

— Oui, le voici. Qu'est-ce que tu cherches ?

Adam pressa son pouce contre l'écran pour le déverrouiller, puis le lui tendit.

— J'ai manqué le point presse aux informations plus tôt. Sharp devait faire un appel à témoin sur les derniers mouvements de notre victime au cas où ça donnerait quelque chose.

Son compagnon plissa le nez.

— Vos téléphones vont être occupés demain, alors.

— Oui, et malheureusement la plupart des appels seront inutiles, mais on ne sait jamais.

Kay trouva l'application des nouvelles régionales et parcourut les gros titres jusqu'à ce qu'elle trouve la conférence sous un titre accrocheur.

Elle cliqua.

La vidéo démarra immédiatement, avec Sharp flanqué de la commissaire, Susan Greensmith, et d'un agent des médias dont Kay ne reconnaissait pas le visage.

Après avoir passé en revue les faits connus à ce jour,

Sharp leva les yeux de sa déclaration préparée et regarda directement la caméra.

— Nous demandons à tous les membres du public de signaler toute activité suspecte qu'ils auraient pu observer entre vendredi après-midi à seize heures quinze et lundi matin à huit heures, dit-il, faisant une pause pendant qu'une photographie était diffusée sous ses paroles. De plus, nous essayons de retrouver le propriétaire de cette voiture, laissée sur le parking du garage de voitures d'occasion où le corps de monsieur Taylor a été découvert...

Kay n'écouta plus tandis que Sharp lisait le numéro de Crimestoppers.

Au lieu de cela, son regard dériva vers la condensation qui coulait le long de son verre de vin tandis qu'elle réfléchissait à ce que Helen Taylor lui avait dit.

— Kay ?

Elle cligna des yeux et se retourna vers Adam.

— Pardon ?

Il sourit et pointa son téléphone.

— La vidéo est terminée.

— Oh, oui.

— À quoi pensais-tu ?

— Juste quelque chose que la femme du livreur nous a dit. Je n'ai pas pensé à demander sur le moment.

Elle ouvrit ses contacts.

— Tu as le numéro de Ian là-dedans, n'est-ce pas ?

— Il devrait y être.

— Ok. Je n'en ai que pour une minute.

Elle prit une gorgée de vin pendant que l'appel se connectait, puis la voix bourrue de Barnes répondit.

— Allô ?

— Ian, c'est Kay. Je viens d'avoir une idée, je n'ai jamais demandé à Helen Taylor à propos du plombier.

— Le plombier ?

— Oui. Elle a dit que Carl lui avait demandé de quitter le travail plus tôt parce qu'il attendait un plombier.

— D'accord...

— Mais je ne lui ai jamais demandé s'il était venu.

Le silence à l'autre bout de la ligne s'étira pendant quelques secondes tandis que Barnes réfléchissait à ses paroles.

— Où est-ce que tu veux en venir ?

Elle fronça les sourcils.

— Je ne suis pas sûre, mais je pense que je devrais avoir une petite conversation avec elle demain matin. Il y a quelque chose à ce sujet que je n'arrive pas vraiment à cerner.

— Pas de problème. Je viendrai te chercher comme prévu, et si tu veux lui parler en face à face, on passera chez elle avant d'aller voir Mike O'Connor.

— Merci, Ian. À demain.

Alors qu'elle rendait le téléphone à Adam, il haussa un sourcil.

— À quoi penses-tu ? demanda-t-il en remplissant à nouveau leurs verres.

— Je mets juste de l'ordre dans quelques détails, répondit Kay, et elle força un sourire. Traite-moi de paranoïaque.

CHAPITRE 16

Les talons de Kay crissèrent sur le gravier de son allée tandis qu'un merle indigné poussait un cri depuis son perchoir sur le poteau du portail lorsqu'elle passa à grands pas, le téléphone à l'oreille.

Elle fronça les sourcils lorsque l'agent Aaron Stewart répondit au téléphone fixe d'Helen Taylor.

— Aaron ? Inspectrice Hunter. Qu'est-il arrivé à l'agent de liaison ?

Il laissa échapper un petit rire étouffé.

— Il n'y en avait pas de disponible, chef. J'ai suivi la formation, alors je me suis porté volontaire.

Kay leva les yeux au ciel, puis fit un signe de la main en guise de salut lorsque la voiture de Barnes apparut au détour du chemin et ralentit pour s'arrêter devant sa maison.

— Attends, Barnes vient d'arriver. Je vais te mettre sur haut-parleur.

Quelques instants plus tard, ils étaient en route et elle tenait son téléphone pour que Barnes puisse entendre.

— Aaron, quand nous avons parlé à Helen hier, elle a mentionné que Carl l'avait appelée au travail vendredi matin et lui avait demandé de quitter le travail plus tôt. Il lui a dit qu'il avait pris rendez-vous avec un plombier pour réparer quelque chose. Pourrais-tu lui demander s'il est venu ?

— Je m'en occupe. Un instant.

Il y eut un léger bruissement lorsque l'agent posa le téléphone, et Kay pouvait entendre des voix basses en arrière-plan pendant qu'il parlait à Helen Taylor. Il revint en moins de trente secondes.

— Chef ? Madame Taylor dit qu'il n'est jamais venu.

Kay se mordit la lèvre.

— Je suppose qu'elle n'a pas de numéro de téléphone pour ce plombier, n'est-ce pas ?

— Non, elle dit qu'ils n'ont jamais eu besoin d'en appeler un auparavant, alors Carl s'en est occupé et l'a simplement appelée quand il a pris le rendez-vous.

— Il ne lui a pas dit quel était le problème ?

— Non, et elle a oublié de lui demander.

Kay remercia Aaron, mit fin à l'appel et garda le téléphone dans sa main, son regard se perdant par la fenêtre côté passager.

— Qu'en penses-tu, chef ?

Elle se tourna vers son collègue alors qu'ils approchaient de la fin de la route menant hors de sa banlieue.

— Allons d'abord à Sittingbourne. Je veux avoir un mot avec les employeurs d'Helen.

Barnes fronça les sourcils.

— Pourquoi ?

Elle attendit qu'il négocie la route sinueuse autour de trois ronds-points et elle ne parla pas avant que la voiture ne monte la côte en s'éloignant de Maidstone.

— Bon, voici ce qui me tracasse, Ian. Carl Taylor a disparu vendredi après-midi. Il a appelé sa femme six heures avant cela, lui disant qu'elle devait rentrer à la maison parce qu'il avait pris rendez-vous avec un plombier. Sauf que l'homme ne s'est pas présenté.

— D'accord...

La voix de Barnes traîna, et il risqua un coup d'œil vers elle.

— Et ?

— C'est un coup de poker, mais nous n'avons rien d'autre pour l'instant, pas avant les résultats de l'autopsie. Et si Carl préparait quelque chose ? Et s'il s'était rendu compte qu'il était dépassé et pensait qu'Helen était en danger ?

Kay expira.

— Et s'il voulait la faire rentrer le plus vite possible ? Et s'il pensait qu'elle était surveillée au travail ? Je veux dire, il a disparu pendant qu'il était sur sa tournée de livraison, n'est-ce pas ?

— Donc il aurait menti pour la sortir du danger, c'est ce que tu veux dire ?

— Exactement.

Les rides d'inquiétude restèrent, plissant son front.

— C'est tiré par les cheveux.

— Je dois m'en assurer. Ne serait-ce que pour écarter la possibilité. Je n'arrive pas à me sortir ça de la tête.

CHAPITRE 17

Les bureaux du cabinet d'avocats Palmer et Twick occupaient le deuxième étage d'un immeuble de bureaux construit dans les années 1960, niché entre une mercerie abandonnée et une boulangerie florissante.

L'estomac de Kay gargouilla lorsque l'arôme du pain et des pâtisseries fraîchement cuits flotta jusqu'à l'endroit où elle se tenait sur le trottoir.

Elle jeta un regard en coin à Barnes.

— Ne dis rien.

— Je n'y songerais même pas. Cela dit, on ferait mieux de prendre quelque chose en sortant, non ? On ne peut pas te laisser t'évanouir en service.

Sa bouche tressaillit tandis qu'elle levait les yeux vers les briques sales du bâtiment et l'étalage crasseux de boutons sur l'interphone à côté de la porte d'entrée fatiguée.

— Bon sang, il faut des gants pour sonner à cette fichue porte.

Barnes tendit la main et utilisa la jointure de son index

pour appuyer sur le bouton marqué pour les avocats, puis il recula lorsqu'un bourdonnement furieux cracha du haut-parleur.

Il y eut un cliquetis à l'autre bout, puis une voix féminine enjouée, en contraste avec l'environnement terne, filtra jusqu'à l'endroit où ils se tenaient.

— Palmer et Twick, que puis-je faire pour vous ?

— Inspectrice principale Kay Hunter et mon collègue, l'inspecteur Ian Barnes. Nous aimerions parler au supérieur d'Helen Taylor, s'il vous plaît.

Il y eut un déclic lorsque le mécanisme de verrouillage de la porte se relâcha.

— Montez les escaliers, deuxième étage. La réception est sur votre droite.

Une légère odeur de moisissure s'accrochait au hall trapu lorsque Kay suivit Barnes dans le bâtiment.

Un escalier sur sa gauche était mal éclairé tandis que le couloir menant vers l'arrière du bâtiment semblait ne pas avoir été peint depuis au moins trois décennies. Un panneau lumineux indiquant la sortie de secours était le seul signe que le bâtiment était encore considéré comme habitable.

— Le loyer doit être bon marché, au moins, murmura Barnes en ouvrant la marche dans les escaliers.

— Il vaut mieux l'espérer.

Kay garda ses mains dans ses poches, peu disposée à risquer de les poser sur la rampe, et elle fronça le nez en examinant les taches sur la moquette terne.

Arrivée au deuxième étage, elle haussa un sourcil.

La porte de Palmer et Twick était faite d'aluminium et de verre, le nom du cabinet d'avocats gravé dans le panneau dépoli en une police de caractères en laiton tourbillonnante. La poignée était polie jusqu'à briller, et lorsque Kay entra, elle remarqua des fleurs fraîches disposées dans un vase sur le bureau de la réception.

Le bureau était lumineux, aéré et en net contraste avec le reste du bâtiment qu'elle avait vu.

Elle tourna son attention vers la femme d'une vingtaine d'années qui la regardait par-dessus un écran d'ordinateur avec une expression curieuse.

Kay montra sa carte de police.

— Inspectrice principale Hunter.

— Je vais informer Matthew que vous voulez lui parler, dit la réceptionniste. Vous avez de la chance, c'est une journée calme aujourd'hui.

— Merci.

Barnes se dirigea vers une grande fenêtre divisée en seize carreaux pendant que la femme décrochait le téléphone et parlait à voix basse, et lorsque Kay le rejoignit, il désigna la rue d'un mouvement du menton.

— Si Helen était surveillée, il y a quelques endroits possibles, murmura-t-il. Le parking public de l'autre côté de la rue là-bas, ou le porche du bâtiment condamné au coin.

— Voyons ce qui se passe, dit Kay. Si nécessaire, nous ferons une demande pour les caméras de vidéosurveillance.

— Inspectrice Hunter ?

Elle se retourna en entendant une voix masculine pour voir un homme d'une soixantaine d'années s'avancer vers elle, la main tendue.

— Matthew Twick.

Des yeux bleus perçants ressortaient sous une touffe de cheveux blancs tandis que l'avocat lui serrait la main, puis celle de Barnes.

— Venez dans mon bureau. Voulez-vous boire quelque chose ?

— Ça ira, merci.

Kay le suivit à travers une porte à droite de la zone de réception et s'assit dans l'un des deux fauteuils pour visiteurs qu'il indiqua.

Le bureau dégageait l'odeur de renfermé familière des papiers accumulés au fil des ans. Les étagères étaient garnies de tomes juridiques reliés en cuir, et une pléthore de diplômes encadrés avaient été accrochés au mur derrière le bureau en chêne de Twick.

Il s'enfonça dans un fauteuil en cuir moelleux derrière celui-ci et joignit les mains devant lui.

— Quel choc d'apprendre pour le mari d'Helen.

— Quand l'avez-vous appris ?

— L'un de vos officiers nous a téléphoné ce matin depuis chez elle. Je lui ai dit que s'il y avait quoi que ce soit que nous puissions faire...

Aaron, pensa Kay.

— Nous avons compris qu'Helen avait quitté le travail plus tôt vendredi, dit-elle. Pourriez-vous confirmer à quelle heure ?

Les sourcils broussailleux de Twick se froncèrent.

— Vers une heure, je crois. Elle prend habituellement sa pause déjeuner à midi, donc elle a suggéré de la sauter pour pouvoir partir. Son mari a apparemment appelé pour dire qu'il avait dû faire venir un plombier.

Kay attendit que Barnes note les détails, puis elle reporta son attention sur l'avocat.

— Helen a-t-elle eu des problèmes au travail récemment ?

Les sourcils se haussèrent.

— Helen ? Grand Dieu, non. Une employée modèle. Elle travaille pour moi depuis maintenant six ans.

— Ce que je voulais dire, c'est si elle semblait nerveuse à propos de quoi que ce soit dernièrement ?

— Non, pas du tout.

Il s'éclaircit la gorge.

— Plutôt heureuse, je dirais. Je crois qu'ils prévoyaient un voyage à Londres pour voir un spectacle ce samedi, d'après ce dont je me souviens d'une conversation de la semaine dernière. C'étaient des gens normaux. C'est ce qui rend ce qui est arrivé à Carl d'autant plus choquant.

— Monsieur Twick, avez-vous eu récemment des problèmes avec des clients mécontents ou d'autres personnes qui pourraient avoir une raison de vous menacer, vous ou votre personnel ?

La mâchoire de l'avocat tomba.

— Non, pas que je sache, et je peux vous assurer que nous prendrions très au sérieux toute sorte de menace, inspectrice. Helen et Sophie, ma réceptionniste, vous l'avez rencontrée, savent qu'elles peuvent venir me parler de tout problème qu'elles pourraient avoir, et aucune d'entre elles ne m'a dit avoir été menacée.

Kay réprima un soupir, réalisant que son intuition était erronée, et elle se leva de sa chaise.

— Dans ce cas, nous ne prendrons pas plus de votre temps, monsieur Twick. Merci.

— Ce n'est rien, détective Hunter. Venez, je vais vous raccompagner.

Il ouvrit la porte et leur fit signe, à elle et à Barnes, de passer devant lui, puis il les suivit dans la zone d'accueil.

— Merci encore, monsieur Twick.

Barnes serra la main de l'homme, fit un signe de tête à la réceptionniste, puis se dirigea vers la porte.

Kay s'apprêtait à le suivre, puis s'arrêta et jeta un coup d'œil par-dessus son épaule.

Twick et sa réceptionniste étaient en train de discuter d'un document que Sophie lui tendait, têtes baissées.

Elle s'éclaircit la gorge, et ils levèrent tous les deux les yeux.

— Une dernière question : est-ce que quelqu'un a essayé d'appeler Helen après son départ vendredi après-midi ?

Le regard de la réceptionniste passa de Twick à Kay.

— Oui. Un homme a téléphoné à seize heures. Il voulait lui parler mais je lui ai dit qu'elle n'était pas disponible.

— A-t-il dit autre chose ?

— Il a demandé si elle allait revenir.

— C'étaient ses mots exacts ?

— Oui.

— Que lui avez-vous répondu ?

— Je lui ai dit qu'elle était partie plus tôt, et que je pouvais lui transmettre un message.

Elle fit une pause, son expression changeant pour une résignation fatiguée.

— Mais le temps que j'aie fini de parler, il avait

raccroché. Certaines personnes n'ont aucune manière, n'est-ce pas ?

Kay se força à sourire.

— Ce n'est pas grave. Merci beaucoup à vous deux pour votre aide.

— N'hésitez pas à nous appeler si vous avez besoin d'autre chose, détective Hunter, dit Twick.

Une fois dans la rue, Kay s'éloigna de l'entrée du bâtiment et s'arrêta en face du parking public.

— Donc quelqu'un vérifiait ses allées et venues. Tu as remarqué la formulation qu'il a utilisée ? « Si elle allait revenir » ?

— Il la surveillait.

— Exactement. Et on dirait qu'il a fait une erreur. Elle a quitté le bureau pendant qu'il ne regardait pas.

— Tu avais raison, murmura Barnes tandis qu'ils retournaient à la voiture. Carl a dû mentir pour la protéger.

Kay s'arrêta lorsqu'ils atteignirent le véhicule et elle regarda en direction du bureau des avocats.

— C'est vrai, Ian. Et je pense qu'il lui a sauvé la vie.

CHAPITRE 18

Barnes boutonna sa veste, glissa son téléphone portable dans la poche intérieure et verrouilla la voiture.

Au-dessus de sa tête, à côté de l'entrée de la concession, une enseigne métallique se balançait dans le courant d'air provoqué par le passage d'un camion articulé, les lettres peintes pour « O'Connor's Used Car Sales » se détachant nettement sur un fond bleu foncé.

Le parc automobile était silencieux, vide de toute présence hormis lui et Kay qui marchaient vers le bureau des ventes. Le véhicule bordeaux où le corps de Carl Taylor avait été découvert avait disparu, l'espace à côté étant également vide.

Le sol en béton semblait avoir été récemment nettoyé au jet d'eau.

Il n'y avait eu ni sang, ni traces de ce qui était arrivé à Taylor, donc la tâche semblait inutile.

Peut-être que Mike O'Connor et son jeune assistant à temps partiel pensaient qu'en nettoyant l'endroit, ils effaceraient le souvenir des horreurs qui s'y étaient produites plus tôt dans la semaine.

Barnes soupira et reporta son attention sur le bureau.

L'endroit était silencieux et le bureau que Kevin Short avait utilisé pendant qu'ils lui parlaient la veille était débarrassé de tout document, l'écran d'ordinateur vide d'activité.

Alors que ses yeux s'habituaient à l'intérieur sombre, il remarqua O'Connor à son bureau à droite du petit espace, le menton posé sur ses mains tandis qu'il les observait.

— Depuis que les journalistes ont arrêté d'appeler, les téléphones sont morts, dit-il, les yeux baissés. Je ne sais pas si l'entreprise s'en remettra un jour.

Barnes tira une chaise de visiteur vers lui, puis sortit son carnet et le posa en équilibre sur son genou.

— Nous avons encore quelques questions complémentaires à vous poser, monsieur O'Connor.

Le vendeur de voitures d'occasion releva le menton et lui fit un geste de la main.

— Allez-y. Mon emploi du temps semble être libre pour le reste de la journée.

Notant l'amertume de l'homme, Barnes lui lança un regard compatissant avant de commencer son interrogatoire.

— Monsieur O'Connor, avez-vous reçu des menaces au cours des dernières semaines ?

L'autre homme cligna des yeux, puis se redressa sur son siège.

— Non. Aucune. Pensez-vous que cet homme, Carl, c'est ça ? Qu'il a été laissé là-bas comme une sorte d'avertissement pour moi ?

— Je ne peux pas commenter cela pour le moment, répondit Barnes avec diplomatie. Vous êtes absolument sûr, cependant ? Pas d'appels téléphoniques menaçants, ou quelque chose par la poste peut-être ?

— Rien de tout cela, non.

— Nous comprenons que l'entreprise doit une somme substantielle à votre ex-femme. Pourriez-vous nous dire pourquoi vous ne l'avez pas remboursée ?

O'Connor lança un regard furieux face à ce changement de sujet, puis regarda Kay.

— Quel rapport avec tout ça ?

— S'il vous plaît, répondez à la question, monsieur O'Connor, dit-elle en s'éloignant d'un présentoir de brochures d'accessoires automobiles pour se tenir à côté de l'épaule de Barnes.

— Parce que je ne peux pas la rembourser, pas encore.

O'Connor soupira et frotta ses paumes sur le bureau, lissant une poussière imaginaire.

— Je ne l'ai pas dit à Ann mais j'essaie de vendre l'entreprise. J'ai fait une erreur en l'achetant en premier lieu, pour être honnête.

— Continuez, dit Barnes.

— Je n'y prends pas plaisir. Je pensais que ce serait le cas, je m'ennuyais trois mois après avoir vendu le restaurant. Je suppose que vous êtes au courant de ça ? J'ai lancé des appels d'offre pour cet endroit. Ça marchait assez bien avant tout ça, alors j'espérais ne pas perdre beaucoup de l'investissement initial. J'avais négocié un bon prix avec quelqu'un au début de la semaine dernière après des tractations entre lui et une autre partie intéressée, mais il m'a téléphoné chez moi hier soir. Il a eu froid aux yeux.

Il renifla, ses joues rougissant.

— Bon sang, désolé, ça sonne pire dans ces circonstances. Il m'a dit qu'il n'allait pas procéder à l'achat à cause de toute la publicité négative autour de ce qui s'est passé.

— Je suis désolé d'entendre ça, monsieur O'Connor, dit Barnes.

O'Connor haussa les épaules.

— C'est comme ça. J'ai appelé l'autre acheteur potentiel ce matin. Il n'a pas perdu intérêt mais il a fait une offre plus basse. Je vais peut-être devoir l'accepter pour pouvoir rembourser Ann. Au moins de cette façon, je pourrai mettre tout ce gâchis derrière moi sans perdre trop d'argent.

— Où est Kevin aujourd'hui ? demanda Kay.

— Chez lui, je suppose. Je lui ai dit de prendre le reste de la semaine, donc s'il n'est pas censé être à l'école...

— Sait-il que l'entreprise est sur le marché ?

— Mon Dieu, non. Pour être honnête, j'espère qu'il restera une fois qu'elle sera vendue. Le type qui a fait l'offre plus basse est un travailleur indépendant, il ferait bien de garder le gamin si l'entreprise reprend.

— D'après ce que vous dites, je présume qu'il n'y a rien à redire sur le dossier professionnel de Kevin ? demanda Barnes.

— Pas du tout. Si seulement ils étaient tous comme ça, dit O'Connor. Les deux derniers adolescents qui travaillaient pour nous quand nous avions le restaurant étaient un cauchemar à gérer. Toujours sur leurs fichus téléphones.

— Nous aurons besoin d'informations sur vos deux acheteurs...

Barnes leva une main alors qu'O'Connor commençait à protester.

— C'est une formalité, c'est tout. Comme vous pouvez le comprendre, avec une enquête pour meurtre, nous devons parler à toutes les personnes liées à cette entreprise.

— Si vous insistez.

O'Connor pâlit, mais parcourut la liste des appels récents sur son téléphone portable et lut les détails.

Barnes traça deux lignes sous son écriture et ferma le carnet d'un coup sec. Il se leva et fit un bref signe de tête.

— Merci pour votre temps, monsieur O'Connor.

— Je vous laisse trouver la sortie.

Quelques instants plus tard, Barnes passa devant une berline grise à deux portes et se dirigea vers la voiture de fonction, Kay à ses côtés.

— Qu'en penses-tu, chef ?

— Il faut avoir de la compassion pour ce pauvre bougre, non ?

— Les gens font des erreurs. Je suppose qu'il pensait que faire ça serait un changement par rapport à la gestion d'un restaurant et un moyen de garder son esprit actif.

Barnes tourna la clé dans le contact.

— Sacrée honte que la vente soit tombée à l'eau, cependant.

— Peut-être.

Kay attacha sa ceinture alors qu'il s'engageait sur la

route et faisait un signe de la main à un chauffeur de coursier qui le laissa s'insérer dans le flux de circulation.

— Je veux parler à ces deux acheteurs dès que possible, Ian.

— En personne, ou par téléphone ?

— En personne.

Barnes rit doucement.

— Tu ne crois pas O'Connor quand il dit que la vente est nécessaire pour qu'il puisse rembourser sa femme ?

— Non, dit Kay. Ce n'est pas ça.

Il lui jeta un coup d'œil, remarquant la façon dont son regard se perdait au loin alors qu'elle réfléchissait à ce qui lui passait par la tête.

— Qu'est-ce qui ne va pas, chef ?

— Et si quelqu'un avait laissé un cadavre dans l'entreprise d'O'Connor pour pouvoir l'acheter à prix cassé ?

CHAPITRE 19

Kay parcourut du regard son équipe d'officiers, notant l'excitation palpable dans l'air alors qu'ils prenaient place et se rassemblaient pour le briefing de l'après-midi.

Le rythme de l'enquête avait changé à mesure que différentes pièces du puzzle commençaient à s'assembler pour révéler des aperçus intéressants des dernières heures de Carl et Will.

Les conversations murmurées qui s'échangeaient dégageaient une énergie différente, une énergie qui lui donnait la chair de poule et faisait accélérer son rythme cardiaque.

— Bien, commençons, dit-elle en consultant ses notes. Vous vous souvenez de la déclaration d'Helen Taylor selon laquelle Carl l'avait appelée au travail vendredi matin pour lui demander de partir plus tôt car il avait organisé la venue d'un plombier. Elle a confirmé plus tôt aujourd'hui qu'il ne s'était jamais présenté. Barnes et moi sommes allés parler aux employeurs d'Helen, un cabinet juridique à Sittingbourne.

Elle fit une pause et désigna une photographie épinglée sur le tableau de liège, une image floue en noir et blanc d'un homme vêtu d'un jean, de lourdes bottes et d'un t-shirt foncé.

— La réceptionniste de Palmer et Twick nous a dit qu'un homme avait téléphoné vendredi après-midi après le départ d'Helen, pour demander si elle allait revenir. Sophie, la réceptionniste, l'a informé qu'elle ne reviendrait pas avant lundi, et il a raccroché.

Kay fit une pause pour observer les visages captivés de son équipe.

— La formulation utilisée par l'appelant « si elle allait revenir ? » nous a fait nous demander si quelqu'un surveillait son lieu de travail et avait manqué son départ. Cette image nous a été envoyée par nos collègues de la division est il y a une heure, accompagnée d'un enregistrement vidéo de ce même homme qui traînait également devant les bureaux d'Helen jeudi.

— Sait-on de qui il s'agit ? demanda Laura.

— Pas encore. Comme vous pouvez le voir, l'angle de la caméra n'est pas génial et la qualité de l'image non plus. Ni Matthew Twick ni sa réceptionniste ne le reconnaissent. La division interroge les commerces locaux de cette rue pour savoir si quelqu'un le reconnaît. Nous n'aurons pas les résultats avant demain soir, étant donné que leur charge de travail est aussi importante que la nôtre.

Kay soupira en examinant la photographie.

— Cependant, sur la base de ces informations et de ce qui est arrivé à Carl et Will, nous pensons que Taylor a dit à sa femme de quitter le travail plus tôt afin de la protéger. Qui s'occupe des vérifications d'antécédents sur elle ?

— C'est moi, chef.

Debbie West leva la main, puis baissa les yeux vers son carnet et feuilleta les pages.

— Comme pour Carl Taylor, Helen n'a jamais attiré notre attention auparavant. Pas d'infractions au code de la route, pas d'amendes impayées. Elle travaille chez Palmer et Twick depuis près de six ans et avant cela, elle était basée dans un cabinet plus important à Ashford. Il y a deux ans, elle a obtenu un diplôme en gestion d'entreprise par le biais d'une université en ligne. Ses profils sur les réseaux sociaux ne m'ont pas non plus donné de raison de m'inquiéter, chef.

L'agente baissa son carnet et soupira.

— C'est tout, j'en ai peur.

— Merci, Debbie.

Kay parcourut du doigt les notes qu'elle tenait à la main, puis leva les yeux.

— Du nouveau concernant les images de la caméra du magasin d'antiquités ? Quand Barnes et moi avons parlé au propriétaire hier, il devait nous envoyer un lien.

— J'ai quelque chose pour vous à ce sujet.

Phillip Parker s'avança vers le groupe et tendit à Kay deux photographies, avant de se tourner vers le tableau pour y épingler des copies agrandies.

— Ce sont les meilleures images fixes que j'ai pu obtenir à partir des fichiers qu'il nous a envoyés. Vous pouvez voir sur la première qu'il y a quelqu'un accroupi près de la roue arrière du camion de l'autre côté de la rue. La suivante montre une vue de la rue quand la même personne se penche sur l'autre pneu arrière au moment où une voiture passe.

Kay regarda alternativement les deux photographies qu'elle tenait dans ses mains, puis fronça les sourcils.

— C'est très bien, Phillip, mais malheureusement ça ne nous aide pas. Nous ne pouvons toujours pas voir les traits de l'homme.

Parker rougit, puis brandit une troisième photographie.

— Mais nous avons celle-ci. C'est une moto qui passe devant le magasin d'antiquités environ une minute et demie après que cette personne s'éloigne du camion. Et elle montre une partie de la plaque d'immatriculation.

Un silence choqué suivit ses paroles avant qu'une cacophonie de voix ne remplisse la salle des opérations.

— Merci à tous, lança Kay en levant la main. Bien, Phillip, si ce n'est pas déjà fait, commence à essayer de faire correspondre ce numéro aux motos immatriculées dans la région. Travaille avec Debbie si tu as besoin d'une paire de mains supplémentaire, mais j'aimerais une mise à jour lors du briefing de demain.

— Entendu, chef.

— Et envoies tous ces fichiers d'images à la police scientifique numérique. Peut-être qu'Andy Grey et son équipe pourront les nettoyer davantage.

Kay se tourna pour congédier l'équipe, puis vit le sergent Wallace lever la main.

— Oui, Tim ?

— Qu'en est-il de Carl Taylor, chef ? Sait-on s'il est mort à l'arrière de ce camion, ou s'il a été tué puis laissé à l'intérieur de la voiture volée ? demanda Wallace, sa voix portant au-dessus du bruissement du papier alors que les gens se levaient et que les chaises raclaient le sol recouvert de moquette fine.

Un silence s'abattit comme si tout le monde retenait son souffle.

— Pas encore.

Kay soupira.

— Lucas effectue l'autopsie demain matin, alors espérons qu'il trouve quelque chose pour nous aider.

CHAPITRE 20

— Bon sang, chef. Je commence à penser qu'Adam a raison de ne pas te laisser approcher des couteaux de cuisine.

Kay suivit le regard de Barnes vers les égratignures qui zébraient le dos de ses mains et ses doigts, puis elle sourit.

— Adam a ramené des chatons. On a joué avec eux hier soir.

— C'est ta version.

Elle rit, reconnaissante envers son collègue de lui donner l'occasion d'alléger ses pensées avant l'autopsie de ce matin, et elle attacha sa ceinture de sécurité tandis qu'il s'éloignait de son allée.

Il s'engagea sur la route principale qui traversait la banlieue et elle observa un flot continu d'écoliers de tous âges en train de se diriger vers un arrêt de bus devant un supermarché et une station-service très fréquentés.

De jeunes mères avec des landaus et des poussettes flânaient sur le trottoir, s'arrêtant pour bavarder en marchant avec des enfants plus âgés qui donnaient des coups de pied dans les cailloux ou jouaiôt à des jeux sur le chemin de la maternelle et de l'école.

Les vêtements vifs et les couleurs familières des uniformes scolaires locaux se brouillèrent lorsque Barnes accéléra sur la légère montée, et Kay reporta son attention sur son collègue.

— Je trouve cette partie difficile, dit-elle. Tout a l'air normal dehors, et nous voilà en route pour assister à une autopsie.

— Je vois ce que tu veux dire.

Il mit son clignotant à droite, rejoignit la file de voitures menant à l'échangeur de l'autoroute, et baissa le volume de la radio de police fixée au tableau de bord jusqu'à ce que le crépitement des voix s'estompe en arrière-plan.

— La seule façon dont je peux gérer ça, j'ai toujours fait ça, en fait, c'est de penser que c'est un pas de plus vers la justice pour la victime.

Kay se mordit la lèvre.

— J'espère juste que Lucas trouvera quelque chose. À part une photo floue d'un homme qui cherchait peut-être Helen Taylor et soit lui, soit quelqu'un d'autre qui a crevé les pneus du camion de Carl, on n'a rien, n'est-ce pas ?

Une heure plus tard, Barnes s'engagea dans l'entrée de l'hôpital Darent Valley et trouva une place libre à l'arrière d'un des bâtiments réservés aux visiteurs.

Ils se dépêchèrent d'entrer par l'entrée sud du bâtiment et montèrent un escalier plutôt que d'attendre l'ascenseur, Kay ouvrant la voie vers la morgue à travers une série de portes en bois munies de panneaux de verre verticaux.

Simon Winter se retourna à leur entrée et leur tendit un registre des visiteurs.

— Nous avons fini de tout préparer là-dedans, donc si vous voulez aller vous habiller, on vous attendra.

Kay inscrivit son nom dans le registre, puis suivit Barnes le long d'un couloir étroit.

— Je te retrouve là-bas, Ian.

— Ok.

En entrant dans le vestiaire des femmes, elle plaça son sac et sa veste de tailleur dans un casier et mit la clé dans sa poche. Une pile de blouses de protection scellées dans des sacs en plastique avait été laissée sur une petite table à côté de la porte et elle en ouvrit une avant d'enfiler le vêtement encombrant par-dessus son chemisier et son pantalon.

Cela fait, elle attacha ses cheveux avec un élastique, enfila une charlotte de protection sur sa tête et mit les gants et les surchaussures qui restaient dans le sac en plastique.

Elle sortit du vestiaire et vit Barnes devant elle, ses pieds glissant sur les carreaux polis dans des surchaussures assorties aux siennes.

— Je te trouve toujours si séduisant là-dedans, dit-elle en le rejoignant. C'est très tendance en ce moment.

Il sourit.

— Mais est-ce que ça me fait un gros derrière ?

— Énorme.

Elle poussa la porte de la morgue et s'arrêta sur le seuil à côté de lui.

Lucas et Simon avaient disposé le corps de Carl Taylor sur un chariot en acier au milieu d'un ensemble de trois, la nuque de l'homme soutenue par un support en caoutchouc et ses mains le long du corps, paumes vers le bas.

Des lumières vives suspendues au plafond illuminaient la zone de travail de Lucas, où brillaient outils, scies et perceuses.

Un froid régnait dans l'air, et Kay frissonna.

— Pouvons-nous commencer ? demanda Lucas, ses yeux brun vif passant de Barnes à elle.

— Autant s'y mettre, marmonna Barnes en s'approchant.

— Combien de temps a-t-il mis à décongeler ? demanda Kay tandis que son regard balayait les marques bleues et noires qui couvraient les mains, les pieds et les autres extrémités de Taylor.

— Jusqu'à neuf heures hier soir, répondit le médecin légiste du quartier général. Simon est resté ici jusqu'à ce qu'on soit sûrs. Il fallait être prudents pour ramener sa température à un point où nous pouvions analyser les tissus mous mais éviter toute décomposition supplémentaire. Will va prendre encore vingt-quatre heures.

Kay cligna des yeux, puis redressa les épaules.

Elle devait aux deux victimes de regarder, d'écouter, d'apprendre.

Ce serait le seul moyen de découvrir ce qui leur était arrivé à tous les deux vendredi, et pourquoi quelqu'un les avait laissés mourir de froid.

— Je peux confirmer la lividité, dit Lucas, utilisant son petit doigt pour pointer les taches sur la peau de l'homme. Quand il est mort, il est tombé sur son côté gauche, mais quand il a été déplacé et placé dans le véhicule où on l'a trouvé, il a été mis sur son côté droit. Maintenant, pour la décoloration que vous voyez sur ses doigts, ses orteils et, euh...

Kay vit Barnes grimacer lorsque Lucas agita ses mains au-dessus des parties génitales du mort.

— Ce sont des gelures ?

— Exactement. C'est souvent le premier signe de problème quand la température corporelle de quelqu'un chute.

— Combien de temps ça prend ? demanda Barnes après s'être éclairci la gorge.

— Pas aussi longtemps qu'on pourrait le penser. Selon la température, entre quatre-vingts secondes et deux minutes. C'est ainsi que notre corps commence à réduire l'apport sanguin à notre peau pour préserver les organes vitaux. Ses doigts ont l'air pire parce qu'ils ont gelé plus rapidement. S'il avait porté des gants, vous verriez un peu moins de dommages aux tissus, de même que pour ses parties génitales.

— J'ai travaillé pour une compagnie pétrolière en Alaska comme infirmier avant de travailler ici, dit Simon, baissant le bloc-notes qu'il tenait à la main. Le chirurgien là-bas faisait deux ou trois amputations de doigts par semaine pendant un hiver rigoureux.

— Bon sang, murmura Kay. Donc même si quelqu'un les avait trouvés et sauvés, Carl aurait pu perdre ses doigts à cause des gelures de toute façon ?

— Exactement, dit Lucas en prenant un scalpel. Nous avons trouvé des traces d'une sorte de matériau sous ses ongles, peut-être un résidu plastique. Vous pouvez voir aussi que la matrice de l'ongle saignait, ce qui confirme votre hypothèse : il a essayé de s'échapper en griffant l'arrière du camion. Il n'aurait pas pu continuer longtemps cependant. Les engelures commençaient à s'installer et, bien que les frissons réchauffent un peu au début, ils consomment beaucoup d'énergie.

— Il aurait fatigué rapidement, dit Kay. Et il n'est pas en surpoids, n'est-ce pas ?

— Contrairement à ce que l'on pense, la graisse n'aide pas. Il aurait quand même perdu de la chaleur, et une fois que sa température corporelle serait tombée en dessous de trente degrés Celsius, il aurait perdu connaissance.

Le regard de Kay se posa sur les yeux de Taylor, dont les iris autrefois vifs étaient désormais recouverts d'un voile laiteux.

— Toute son expression est empreinte de terreur, n'est-ce pas ?

— Il s'est battu pour sa vie, détective, c'est certain.

Lucas se déplaça vers la poitrine de l'homme, son scalpel prêt.

— Maintenant, voyons ce qu'il peut nous dire d'autre.

Kay détourna le regard tandis que Lucas et Simon se mettaient au travail, et elle remarqua que Barnes parcourait des messages quand une grande scie se mit à vrombir.

Elle voulait – elle avait besoin – des réponses, mais il y avait certains aspects d'une autopsie auxquels elle ne s'habituerait jamais.

Un peu plus de deux heures plus tard, c'était terminé.

Simon était assis sur un tabouret d'un côté de la pièce, à côté d'une table en acier galvanisé, à étiqueter divers échantillons qui avaient été prélevés pendant que Lucas finissait de recoudre la poitrine de Carl Taylor.

— Bien, dit finalement le pathologiste en retirant ses gants d'un coup sec avant de les jeter dans une poubelle pour déchets biologiques et de se diriger vers un lavabo. Je peux confirmer que la cause du décès est que notre homme a gelé dans ce camion réfrigéré, donc je noterai hypothermie dans mon rapport. Il y a des ecchymoses autour de ses bras, et une sur sa cuisse aussi, donc il n'est pas entré de son plein gré.

— Était-il conscient quand on l'a mis là ? demanda Barnes, dont le visage était plus pâle que lorsqu'il était entré dans la pièce.

— Oh oui, répondit Lucas, élevant la voix pour couvrir le bruit de l'eau qui coulait du robinet tandis qu'il se lavait les mains.

Il versa plus de savon sur ses doigts.

— Il n'y a aucun signe de traumatisme crânien.

— Quelqu'un voulait le faire souffrir, dit Kay en serrant la mâchoire. Les salauds.

CHAPITRE 21

Kay fouilla dans la pile de dossiers empilés dans le bac au coin de son bureau et jura entre ses dents.

Son écran d'ordinateur et son clavier étaient jonchés de post-it colorés, de demandes urgentes de rappels téléphoniques et de messages de membres de son équipe. Le bureau avait le plus souffert depuis qu'elle et Barnes avaient quitté la salle des opérations ce matin-là, avec une pile de rapports en équilibre précaire d'un côté et deux ordres du jour révisés placés au milieu pour des réunions auxquelles elle ne se souvenait pas avoir accepté d'assister.

Elle fronça les sourcils devant les e-mails qui s'étaient multipliés dans sa boîte de réception pendant qu'elle assistait à l'autopsie.

Aucun des objets ne faisait avancer leur enquête.

À ce stade, elle espérait avoir eu plus de nouvelles de Harriet Baker – peut-être quelques résultats préliminaires de l'expertise médico-légale, ou une avancée dans les enquêtes de porte-à-porte qui se poursuivaient.

Mais il n'y avait rien.

Absolument rien.

— Merde.

Elle laissa retomber les dossiers à leur place et fusilla la paperasse du regard.

Gavin passa nonchalamment, portant un plateau en carton de cafés à emporter. Il s'arrêta, jeta un coup d'œil au bureau, puis lui tendit l'un des gobelets.

— Tu ferais mieux de le garder dans les mains. J'ai peur de le poser quelque part.

— Très drôle. Tu n'aurais pas vu un dossier vert ? Il contient mes calculs budgétaires mensuels, et je dois les envoyer par e-mail à Sharp.

Il pointa son clavier.

— Celui-là, en dessous ?

Kay leva les yeux au ciel et l'extirpa.

— Merci, Gav.

— Tu peux les emprunter si tu veux, lança Barnes depuis son bureau en agitant ses lunettes de lecture vers elle.

— Ne commence pas.

Kay se laissa tomber dans son fauteuil, ouvrit le dossier et retint un gémissement.

Elle avait besoin de plus de personnel pour l'enquête, quelqu'un pour l'aider à trier toutes les informations qui la submergeaient, mais l'allocation budgétaire était destinée à la formation du personnel existant et elle ne pouvait pas y toucher.

Il semblait qu'ils devraient se débrouiller avec l'équipe dont elle disposait.

Dégoûtée, elle jeta le dossier dans le bac et prit son café avant de se diriger vers le tableau blanc tandis que le personnel administratif et les officiers commençaient à se rassembler pour le briefing.

— Bien, commençons.

Elle attendit que les retardataires trouvent des sièges.

— Lucas Anderson a envoyé par e-mail les résultats de l'autopsie de ce matin, vous pourrez y accéder dans HOLMES2. En bref, il confirme que Carl est mort de froid, il n'y a aucun signe de blessure à la tête ou d'os cassés, malgré les ecchymoses sur sa peau. Il confirme qu'il fera l'autopsie de Will Nivens demain et nous donnera une mise à jour dans l'après-midi.

Elle fit une pause pour vérifier ses notes, puis continua.

— Passons aux autres aspects de l'enquête. Barnes et moi avons parlé plus tôt cet après-midi à l'un des acheteurs intéressés par l'entreprise de Mike O'Connor, Bernard Hastings. Il possède une entreprise similaire près de Canterbury. Comme O'Connor le soupçonnait, Bernard a perdu tout intérêt depuis que le corps de Carl a été découvert vendredi, il dit que sa réputation d'entreprise familiale serait en danger.

Gavin grimaça.

— On peut comprendre son point de vue.

— En effet. Nous avons laissé un message au type qui a fait une offre plus basse, Steve Luxford. Il a rappelé il y a une demi-heure pour dire qu'il avait été à Margate toute la journée pour voir deux autres garages de voitures d'occasion à vendre, mais qu'il sera disponible demain matin, alors Barnes et moi irons chez lui à Kings Hill pour lui parler.

Kay parcourut ses notes du pouce.

— Laura, tu as eu des nouvelles de la division est concernant les enquêtes de porte-à-porte qu'ils ont menées ce matin ?

— Oui, chef.

Laura fit quelques pas en avant pour faire face à ses collègues.

— Ils ont parlé aux propriétaires des entreprises et des appartements résidentiels autour des bureaux des avocats. Aucun d'entre eux n'a signalé avoir vu quelqu'un rôder à l'extérieur du bâtiment, même si une femme dans un bureau de paris a dit que cette rue était très empruntée par les piétons, donc celui qui espionnait Helen n'aurait peut-être pas attiré l'attention. Je leur ai demandé de nous transmettre toutes les images de vidéosurveillance de personnes qu'ils voient agir de manière suspecte pour que nous puissions y jeter un œil. Ils demandent également les enregistrements de vidéosurveillance du distributeur de billets au bout de la rue au cas où nous pourrions obtenir une image plus claire de lui ou confirmer s'il agissait seul.

Kay remercia sa collègue, puis se dirigea vers un bureau libre et s'appuya dessus.

— Pour moi, cela ressemble à quelque chose qui a été mis en place à la hâte. Non planifié, plutôt qu'une attaque ciblée contre Carl étant donné la surveillance bâclée du lieu de travail d'Helen...

— Tu penses que quelqu'un a paniqué ? suggéra Barnes.

— Oui, c'est ce que je pense.

Elle soupira et passa une main dans ses cheveux, coinçant une mèche derrière son oreille.

— Maintenant, il nous faut juste comprendre ce que diable Carl Taylor a fait pour provoquer cette panique.

CHAPITRE 22

L'agent Aaron Stewart tourna à la dernière page du journal local et tenta de feindre de l'intérêt pour un article sur une équipe de football actuellement dernière de son championnat.

Il était perché sur un tabouret de bar de cuisine à côté d'un plan de travail luisant qui dégageait une odeur de citrons frais, sa main droite flottant près d'une tasse de thé fumante.

Les derniers rayons de soleil se faufilaient par la fenêtre de la cuisine et répandaient une chaude lueur dans toute la pièce. Cela conférait une atmosphère paisible à l'endroit – en net contraste avec la raison de sa présence ici.

La voix d'Helen Taylor portait depuis le salon alors qu'elle parlait à son frère pour la deuxième fois de l'après-midi, son ton devenant impatient.

Non, elle ne voulait pas que lui et sa famille viennent dans le Kent. Il était trop occupé avec son entreprise de plâtrerie.

Oui, la police était là.

Non, ils n'avaient pas de nouvelles.

Et ainsi de suite.

Aaron passa une main sur ses cheveux bruns coupés court et soupira, jetant un œil au téléphone portable posé sur le plan de travail à côté de lui. Sa femme avait essayé de l'appeler une demi-heure plus tôt, l'écran s'illuminant avec son nom tandis que le téléphone vibrait avec insistance.

Il avait vibré à nouveau quelques secondes plus tard, cette fois avec un message texte.

Tu rentres ce soir ? x

Il soupira, prit la tasse et souffla sur le thé chaud avant d'en prendre une gorgée prudente, puis lui répondit.

Probablement pas x

Debbie West avait fait en sorte qu'un autre agent reste à la maison avec Helen plus tôt dans la journée – suffisamment longtemps pour qu'Aaron puisse rentrer chez lui et se reposer quelques heures avant de devoir revenir à seize heures, un temps trop court pour voir sa femme et sa fille avant de repartir.

Il était maintenant au courant de l'appel reçu par Palmer et Twick, et savait que son rôle d'agent de liaison familiale avait évolué vers quelque chose de moins tangible à cause de cet appel, et il ressentait une obligation encore plus grande envers Helen.

Il devait s'assurer qu'elle était en sécurité.

C'était le moins qu'il puisse faire pour Carl Taylor.

— Cet homme impossible, pesta Helen en entrant dans la cuisine, serrant son gilet autour de sa taille.

Elle se dirigea droit vers la bouilloire.

— Vous voulez une autre tasse de thé ?

Aaron leva sa tasse et sourit.

— Celle-ci me suffit pour le moment, merci.

Il reporta son attention sur le journal, le plia puis attira vers lui un magazine people abandonné.

— Je ne vous prenais pas pour un amateur de ce genre de lecture.

Jetant un coup d'œil par-dessus son épaule pour voir Helen appuyée contre l'évier de la cuisine, il sourit.

— Je ne le suis pas vraiment. C'est ma fille qui n'arrête pas de parler de telle ou telle célébrité. Je n'arrive pas à suivre.

— Que fait-elle ?

Aaron pivota sur le tabouret pour lui faire face.

— Elle fait un apprentissage en coiffure à Tonbridge en ce moment.

— Ça lui plaît ?

— Je crois que oui.

Le regard d'Helen devint mélancolique et elle se détourna pour s'affairer avec une rangée de tasses qui s'étaient accumulées dans l'évier avant de les rincer à l'eau chaude.

— Votre femme doit être contrariée que vous soyez au travail si tard.

— Elle est infirmière, elle comprend.

Aaron se leva du tabouret et posa sa tasse vide sur le comptoir à côté d'elle. Attrapant un torchon qui pendait de la poignée d'un tiroir proche, il commença à essuyer la vaisselle qu'elle empilait sur l'égouttoir.

— Et elle m'a bien dressé.

Cela provoqua un petit rire, et il sourit à sa réaction.

Bon sang, tout ce qu'il pouvait faire pour alléger son chagrin pendant quelques secondes était un succès.

— Oh, mince alors.

Elle plongea ses mains dans l'eau savonneuse et fixa son regard par la fenêtre.

Aaron suivit son regard pour voir un drain encastré dans le patio qui bouillonnait de savon, l'eau s'accumulant sous la grille en acier.

— Je savais que j'aurais dû demander à Carl le numéro de ce fichu plombier, dit-elle avant d'éclater en sanglots.

Laissant tomber le torchon sur le plan de travail, Aaron posa une main sur son épaule.

— Je vais y jeter un coup d'œil.

— Mon Dieu, désolée.

Elle fouilla dans la poche de son gilet et en sortit un mouchoir en papier déjà trempé avant de se moucher.

— C'est juste que...

— Ce n'est rien. Où gardez-vous votre boîte à outils ?

— Dans le garage. C'est sous... oh, je vais vous montrer. Ce sera plus rapide.

Helen ouvrit la voie à travers une porte de communication qui menait de la cuisine à un garage simple utilisé pour le stockage plutôt que pour garer une voiture.

Une légère odeur de renfermé flottait dans l'air, et quelqu'un – Carl, supposa Aaron – avait fixé des étagères le long d'un mur. Elles étaient garnies de boîtes en carton de différentes tailles, de vieux pots de confiture remplis d'écrous et de boulons, et d'outils électriques.

— C'est ici.

Helen se tenait à côté d'un sèche-linge et pointait vers une grande boîte métallique sous un établi.

— Je ne sais pas s'il y a quelque chose là-dedans que vous pouvez utiliser. Ce drain n'a jamais fait ça avant, pas que je sache, en tout cas.

— Y a-t-il une lumière dehors, au cas où la nuit tomberait pendant que je m'en occupe ?

— Non, désolée.

Ses traits se froissèrent à nouveau.

— Pas de problème.

Il s'accroupit, souleva le couvercle et sélectionna quelques outils. Repérant une barre à mine en fer appuyée contre le mur, il la prit également.

— Vous avez quelques sacs poubelle ? Ou peut-être des gants jetables ?

— Il y a un rouleau de sacs en plastique que nous utilisons pour les déchets de jardin ici.

Elle tendit la main vers une étagère au-dessus du sèche-linge et détacha deux sacs avant de les lui tendre avec un sourire timide.

— J'espère que vous n'aurez pas à mettre votre main là-dedans, cependant.

— Je l'espère aussi.

Il fit un geste vers la porte qui menait au jardin.

— C'est par là ?

— Oui.

— D'accord, je n'en ai pas pour longtemps.

— Merci. Vraiment, je suis sûre que ce n'est pas dans votre fiche de poste.

— Quelle fiche de poste ?

Il lui fit un clin d'œil, puis sortit.

L'air était plus frais maintenant, une teinte violette s'insinuant dans le coucher de soleil alors que le crépuscule approchait. Quelque part au fond du jardin, près de la haie de prunellier qui bordait le périmètre, un merle chantait. Un autre lui répondait depuis un jardin voisin, les notes apaisantes n'étant interrompues que par le bruissement occasionnel de la circulation sur l'autoroute au loin lorsque la brise changeait de direction.

Les dalles du patio étaient faites de béton bon marché, ébréchées et tachetées par endroits avec des touffes d'herbe émergeant des fissures.

— Bien...

Aaron s'arrêta à côté du drain débordant et plissa le nez.

Il y avait peut-être de la mousse de savon qui s'échappait par la grille, mais il pouvait sentir la puanteur des années d'eau de lessive sale et des écoulements du patio et des plates-bandes environnantes.

Poussant un soupir, il se pencha et utilisa le pied-de-biche pour forcer la grille hors de son logement.

À sa surprise, elle céda facilement.

Il scruta l'intérieur du trou.

L'eau savonneuse le remplissait jusqu'au bord, mais il y avait définitivement quelque chose là-dedans, qui empêchait l'eau d'entrer dans l'égout principal.

Un objet gris foncé remonta à la surface avant qu'un bruit de gargouillement ne jaillisse du trou et qu'il ne disparaisse de vue.

Aaron fronça les sourcils.

— Qu'est-ce que c'est que ce truc ?

Il s'agenouilla près du drain, puis enfonça le pied-de-biche le long du revêtement en polymère qui avait été appliqué sur la tuyauterie en pierre d'origine.

Il y avait quelque chose là-dedans, c'était certain.

S'arrêtant pour plonger sa main dans l'un des sacs poubelle en plastique, il le remonta sur son bras puis reprit le pied-de-biche.

Il le tourna de façon à ce que le crochet soit orienté vers l'intérieur et s'accroche à ce qui était coincé dans le drain, puis il le tira vers lui, se penchant pour enrouler ses doigts couverts de plastique autour de l'extrémité alors que l'objet en forme de brique perçait la surface savonneuse.

Son cœur manqua un battement lorsqu'il le sortit de l'eau et le laissa tomber sur le pavé à côté du drain.

— Bon sang.

Aaron lâcha le pied-de-biche, retira le sac poubelle et courut vers la cuisine, ignorant le regard choqué d'Helen Taylor lorsqu'il passa devant elle.

Il s'arrêta en dérapant près du plan de travail et saisit son téléphone pour appuyer sur la numérotation rapide.

— Chef ? Je suis chez Helen Taylor, je pense que vous feriez mieux de venir ici.

CHAPITRE 23

Lorsque Kay arriva à la modeste maison mitoyenne d'Helen Taylor, deux voitures de patrouille et une camionnette appartenant à l'équipe de la police scientifique de Harriet encombraient chaque espace de stationnement disponible dans l'impasse.

Après s'être garée dans la rue voisine, elle jeta son sac sur son épaule et traversa rapidement la route pour rejoindre le demi-cercle de maisons.

Les lumières étaient allumées dans chaque foyer, plusieurs portes d'entrée étaient grandes ouvertes, et une atmosphère d'excitation émanait de ceux qui se tenaient au bout de leur allée, à essayer de voir ce qui se passait.

Un groupe de voisins s'attardait près du mur de briques devant la maison d'Helen Taylor, le cou tendu vers la porte d'entrée tandis qu'ils murmuraient des théories et des potins entre eux, leurs visages reflétant un mélange de suspicion et d'excitation à peine contenue.

Kay se faufila, tête baissée.

Alors qu'elle remontait l'allée en hâte, la porte

s'ouvrit et Tim Wallace se tint sur le côté, la radio du sergent grésillant depuis son clip sur son gilet pare-balles.

— Bonsoir, chef, dit-il en fermant la porte. Madame Taylor est dans le salon. Nous nous sommes installés dans la cuisine pour le moment, Charlie et Patrick sont dehors en train d'installer une tente et des projecteurs.

— Merci, Tim.

Elle se retourna en entendant des pas lourds pour voir Aaron Stewart venir vers elle depuis la cuisine, une expression perplexe plissant son front.

— Sacrée découverte là-bas, n'est-ce pas ?

Il émit un léger reniflement.

— Sans blague, chef. Pas vraiment ce à quoi je m'attendais.

— On peut parler ?

Kay fit un signe du menton vers la cuisine.

— Juste un moment avant que je discute avec Helen ?

— Venez par ici, vous pourrez voir ce que Charlie fait pendant que je vous mets au courant.

Elle laissa Tim dans le couloir et suivit Aaron dans une cuisine lumineuse et aérée, remplie d'appareils modernes qui n'étaient ni coûteux, ni trop bon marché. Il semblait qu'Helen et Carl Taylor s'étaient créé un foyer confortable, et elle soupira en promenant son regard sur les plans de travail, les spots au plafond brillant sur les surfaces hautement polies.

La fenêtre de la cuisine donnait sur une zone pavée illuminée par deux projecteurs sur des supports en aluminium placés à chaque extrémité. Deux silhouettes en combinaisons de protection blanches arpentaient la zone et les bordures de fleurs au-delà, la tête baissée pendant qu'elles travaillaient.

Kay se détourna, l'esprit en ébullition.

Que s'était-il passé dans cette petite famille ces dernières semaines qui avait laissé un homme mort et une veuve éplorée ?

Sans parler du kilo de drogue qui avait été placé dans un sac à preuves au milieu du plan de travail central.

Elle renifla l'air.

— Désolé, chef.

Aaron pointa le paquet du doigt.

— Ça pue après avoir été dans ce drain.

— Ils en ont trouvé d'autres ?

— Pas là-dedans, non. Helen nous a parlé d'un autre drain près de la porte de derrière qui mène au garage, mais il était vide. Patrick essaie de contrôler le reste du jardin pour trouver des signes de creusement récent, mais Charlie pense qu'ils seront là jusqu'au matin. C'est difficile de travailler sous les projecteurs, et nous ne voulons pas attirer quelqu'un avec un drone.

— C'est compréhensible.

Kay tâta le sac à preuves qui contenait le paquet avant de le soulever pour en tester le poids.

Il était plutôt lourd, presque comme un sac de sucre.

Elle pouvait voir la poudre blanche à travers les couches de plastique transparent qui avaient été enroulées autour de la drogue avant d'être fermées avec du ruban adhésif, afin de sceller le narcotique dans un colis étanche.

— Bon sang, pas étonnant que ça ait bouché le drain.

Elle replaça le sac à preuves sur le plan de travail.

— Combien ça vaut de nos jours ?

Aaron haussa les épaules.

— Les prix ont baissé depuis l'année dernière, mais je pense qu'on en tirerait encore environ trente mille livres. Peut-être un peu plus.

— Alors que diable faisait Carl Taylor avec ça ?

— Helen dit qu'elle n'en a aucune idée. Elle était aussi choquée que moi quand je le lui ai montré.

— D'accord, je vais aller lui parler, et ensuite je vous laisserai travailler. Pourrais-tu passer par la salle des opérations demain sur le chemin du retour et nous faire un point, au cas où Patrick et Charlie trouveraient autre chose ?

— Bien sûr, pas de problème.

— Merci, et bon travail, Aaron.

Elle lui fit un clin d'œil.

— Je parie que tu ne t'attendais pas à ce genre d'excitation avec le rôle d'agent de liaison familiale.

En retournant dans le couloir, elle fit un signe de tête à Tim pour le remercier alors qu'il lui ouvrait la porte du salon, où elle trouva Helen Taylor recroquevillée dans un fauteuil, son visage malheureux sous un rideau de cheveux sombres.

— On croit connaître quelqu'un, n'est-ce pas ? dit-elle, sa voix à peine plus qu'un murmure. Treize ans de mariage, et je n'aurais jamais pris Carl pour quelqu'un qui ferait ça.

Kay s'attarda près de l'étagère garnie de photographies.

— Saviez-vous que la drogue était dans le drain ?

Une expression d'horreur traversa les traits d'Helen et sa bouche s'ouvrit grand.

— Bien sûr que non. C'est la première fois que je la vois.

— Avez-vous déjà vu Carl agir étrangement dans le jardin ?

— Non...

Helen fit une pause, rejeta ses cheveux en arrière, puis renifla.

— Il a dû cacher ça quand j'étais au travail. Son service se termine avant que je ne quitte le bureau, donc il aurait eu quelques heures avant que je ne rentre à la maison. Je... je n'arrive pas à croire que ça arrive...

— Et des inconnus dans la rue, Helen ?

Kay fit un pas en avant.

— Avez-vous remarqué quelqu'un que vous ne connaissez pas rôder ces dernières semaines ?

La femme secoua la tête.

— Je vous l'aurais dit si ça avait été le cas.

— Je vais vous poser une question, une que je dois poser dans le cadre habituel de mon enquête.

— D'accord.

La voix d'Helen vacilla, ses yeux écarquillés.

— Quoi ?

— Vous et Carl vous êtes-vous disputés à propos de quoi que ce soit dans les semaines et les jours précédant sa mort ?

— Je... Non, nous ne nous sommes pas disputés.

Helen porta une main tremblante à ses lèvres.

— Oh mon Dieu. Vous pensez que je l'ai tué ?

— L'avez-vous fait ?

— Non.

Laissant retomber sa main sur ses genoux, Helen releva le menton.

— Je n'ai pas tué mon mari, détective Hunter, et je suis indignée par cette question.

— Comme je l'ai dit, c'est une question de routine. Je suis désolée si cela vous cause plus de détresse.

Kay parcourut la pièce du regard, écoutant les voix étouffées de ses collègues dans le couloir.

— Je vais vous laisser maintenant, mais Aaron restera comme votre agent de liaison familiale, est-ce que cela vous convient ?

— Oui.

La femme soupira.

— Écoutez, je sais que vous faites juste votre travail. Je suis contente qu'il soit là. Je... je me sens plus en sécurité.

Helen soupira, son visage abattu.

— Je n'ai aucune idée de ce dans quoi Carl s'est fourré, détective. Vraiment aucune.

— Nous allons faire de notre mieux pour trouver le responsable de sa mort, Helen, et nous espérons aussi trouver des réponses pour vous.

Kay prit congé, rejoignant Aaron et Tim dans le couloir avant de jeter un coup d'œil par-dessus son épaule vers la porte fermée du salon.

Elle baissa la voix.

— Vous pensez qu'elle ment ?

Aaron expira, puis s'appuya contre la balustrade de l'escalier et secoua la tête.

— Je ne pense pas. Je crois qu'elle a été sincèrement surprise par tout ça.

— Intéressant, répondit Kay en se mordant la lèvre. Peut-être que Carl n'a jamais appelé de plombier pour déboucher le drain. Peut-être qu'il envoyait un message indiquant qu'il y avait quelque chose *là-dessous*.

— Une assurance au cas où il se ferait tuer, vous voulez dire ? suggéra Aaron.

—Oui. Et si Carl Taylor avait peut-être vu ou entendu quelque chose, ou si quelqu'un avait découvert qu'il avait cette drogue ? Peu importe ce que c'était, cela l'a fait craindre pour sa vie, et celle de sa femme.

CHAPITRE 24

Lorsque Barnes s'engagea dans l'allée de Kay le lendemain matin, il était en avance de dix minutes malgré la circulation bouchée sur les routes menant hors de la banlieue.

Mais il ne doutait pas que sortir de là pour atteindre l'autoroute allait être une tout autre affaire.

En descendant de la voiture, il prit un moment pour s'étirer le dos.

Le faible *tic tic* du moteur en train de refroidir rivalisait avec une paire de moineaux qui se chamaillaient au-dessus de sa tête sur les lignes téléphoniques s'étirant le long de la ruelle, et il inspira l'air frais.

La maison qu'il partageait maintenant avec sa compagne depuis quatre ans, Pia McLeod, était plus proche du centre-ville. Comme celle-ci était généralement entourée du bruit de la circulation et des cris constants des enfants de ses voisins dans le jardin carré au-delà de la clôture qu'ils partageaient, il savoura ce bref moment de paix dans la banlieue plus calme.

Il se retourna au son d'un verrou qu'on tirait, puis la porte d'entrée s'ouvrit et Kay apparut.

— Désolée, Sharp a appelé pour avoir une mise à jour, et j'ai chargé Gavin et Laura de parler au superviseur de Carl ce matin.

Son regard se posa sur le pansement adhésif au dos de sa main gauche tandis qu'elle fermait la porte, et il leva un sourcil.

— Les chatons encore une fois ?

Kay leva les yeux au ciel.

— Il y en a un particulièrement vicieux, écaille de tortue, qu'Adam jure qu'il va appeler Wolverine. Le problème, c'est qu'il est mignon.

Barnes rit et ouvrit la portière côté passager pour elle.

— À ce rythme-là, je ne vous vois pas les rendre.

— Crois-moi, ils doivent partir, dit-elle alors qu'il montait et démarrait le moteur. Je n'arrive à rien faire le soir, et nos fauteuils ne vont pas survivre beaucoup plus longtemps.

Le temps qu'ils atteignent l'autoroute, Kay avait sorti un dossier de briefing de son sac et feuilletait les pages, un stylo à la main pendant qu'elle griffonnait des notes dans les marges.

— Ce sont les informations que Debbie a trouvées sur ce type qu'on va voir ? demanda-t-il, changeant de voie alors que le panneau pour West Malling défilait.

— Oui. Steve Luxford.

Kay attendit qu'il ait freiné à un feu rouge vers la sortie de l'autoroute et lui montra une copie d'une photo.

— Celle-ci a été prise lors d'une collecte de fonds pour le rugby local il y a quelques années.

Barnes vérifia que la voiture devant n'était pas sur le point de démarrer, puis il jeta un coup d'œil à la photo.

Luxford semblait avoir la fin de la trentaine, les cheveux coupés très courts. De petits yeux sombres fixaient le photographe, un rictus déformant la bouche de l'homme alors qu'il levait une pinte vers l'appareil, ses bras épais dépassant d'un t-shirt qui semblait être une taille trop petit.

— Il a l'allure d'un joueur de rugby.

Kay retourna la photo.

— C'est vrai, n'est-ce pas ?

Elle se remit à lire ses notes alors que le feu passait au vert.

— Il est dit ici qu'il est divorcé, vit seul, trois points retirés de son permis pour un excès de vitesse il y a quelques années. Il possédait une entreprise de lavage de voitures près de Swale mais l'a vendue en février. Il a dû bien s'en sortir pour pouvoir faire une offre sur la propriété de Mike O'Connor.

— Ça dépend de combien il offrait, dit Barnes, se laissant distancer par une camionnette blanche qui perdait la bataille contre la quantité de boue éclaboussée sur ses portes arrière. Après tout, c'est le type qui est revenu avec une offre plus basse après la découverte du corps de Carl. Debbie a-t-elle trouvé un lien entre Carl et ce Luxford ?

— Pas encore.

Kay baissa les feuilles sur ses genoux alors qu'il tournait dans le lotissement de Kings Hill tandis qu'elle observait les différentes entreprises commerciales qu'ils dépassaient avant d'entrer dans la zone résidentielle au-delà.

Barnes fit une pause après avoir négocié un rond-point, alluma l'écran de son téléphone portable et vérifia l'application GPS. Le point de localisation bleu indiquait leur position, et la maison de Luxford n'était qu'à quelques rues de là.

— Comment est-ce que tu veux procéder ? demanda-t-il en s'éloignant du trottoir. Tu veux mener l'entretien ?

— Non, pose les questions. Je veux pouvoir jauger sa réaction.

— D'accord.

Il indiqua du menton une rangée de maisons étroites, l'enduit de couleur beige semblant fatigué et usé.

— C'est chez lui, celle du milieu.

Le numéro 6 était identique à ses voisines, à l'exception d'une porte vert pâle qui semblait avoir connu des jours meilleurs.

Des arbustes à feuilles persistantes poussaient lentement dans les bordures entre les propriétés, et le jardin avant semblait avoir été abandonné à mi-chemin de la pose d'une nouvelle pelouse à un moment de son histoire.

Barnes ouvrit la marche le long d'un chemin pavé inégal, remarquant une grosse moto qui avait été garée sur le côté et couverte d'une bâche pour la protéger des éléments.

Il frappa du poing contre le panneau de verre encastré dans la porte en regardant la sonnette électronique cassée à côté.

— Locataire ou propriétaire ? demanda Kay à voix basse.

— Propriétaire.

— Bon sang, on pourrait penser qu'il ferait quelque chose avec le—

La porte s'ouvrit et Steve Luxford jeta un coup d'œil par-dessus une chaîne en laiton.

— Vous êtes la police ?

— Monsieur Luxford ?

Barnes montra sa carte de police.

— Inspecteur Ian Barnes. Nous nous sommes parlé au téléphone hier.

— Attendez.

La chaîne cliqueta un moment, puis Luxford leur fit signe d'entrer.

— Ça a intérêt à être rapide. J'ai un rendez-vous à dix heures avec mon comptable.

Au moment où Barnes franchit le seuil, il se demanda quand l'endroit avait été décoré – ou nettoyé – pour la dernière fois.

Un papier peint à motifs d'aspect ancien couvrait les murs du couloir, et celui qui avait décoré l'endroit avait dû faire une bonne affaire. Le motif se poursuivait dans un salon rectangulaire qui puait la cigarette, la nourriture à emporter et l'alcool éventé qui avait pu ou non être renversé sur le sol stratifié ébréché.

C'était difficile à dire parmi toutes les autres taches.

Luxford traversa en traînant les pieds une pile de linge sale à côté d'une petite table en bois couverte de boîtes à pizza et il ouvrit une porte unique qui menait à un minuscule jardin.

— J'ai invité des potes pour regarder un match hier soir, dit-il sur la défensive. Asseyez-vous.

Barnes jeta un coup d'œil à l'expression sur le visage

de Kay lorsqu'elle découvrit l'état des meubles, puis il se retourna vers Luxford.

— Ce n'est pas la peine. Ça ne devrait pas être long. Nous enquêtons sur la mort d'un homme—

— Le type retrouvé chez O'Connor. Ouais, vous l'avez dit au téléphone. Pourquoi avez-vous besoin de me parler ?

— Nous avons cru comprendre que vous aviez fait une offre pour acheter O'Connor's Used Cars quelques semaines avant l'incident. Pourquoi ?

Luxford se dirigea vers la table, poussa une boîte à pizza et attrapa un paquet de cigarettes froissé. Il s'appuya contre le cadre de la porte de derrière, sortit un briquet de sa poche et alluma une cigarette.

Barnes attendit, observant l'autre homme qui renversa la tête en arrière et souffla un nuage de fumée dans l'air avant qu'il ne soit emporté par la brise.

Luxford finit par se retourner vers lui, avec son habituel rictus sur les lèvres.

— Parce que je le pouvais. J'avais une station de lavage auto. Je l'ai vendue il y a quelques mois pour un bon prix. Je me suis dit que j'allais essayer autre chose.

— Vous avez déjà fait ce genre de chose auparavant ?

Luxford haussa les épaules.

— Il ne faut pas être un génie pour vendre des voitures, non ?

— Pourquoi cet endroit ?

— Que voulez-vous dire ?

— Pourquoi l'entreprise d'O'Connor ?

— Pourquoi pas ?

— Vous en avez examiné d'autres ?

— Une ou deux. Trop loin, cependant.

Luxford tira une autre bouffée de sa cigarette et se gratta l'intérieur du coude.

— Madame veut que je sois plus près.

Barnes cligna des yeux, regarda les détritus qui couvraient presque toutes les surfaces, puis revint à Luxford.

L'homme laissa échapper un rire amer.

— Elle ne vit pas ici. Ça ne se voit pas ? On s'est séparés. Elle veut juste que je travaille à proximité pour que je puisse aller chercher nos petites filles à l'école à tour de rôle, c'est tout. Charlotte a un nouveau boulot dans une agence immobilière et ne peut pas toujours être là pour elles.

— Avec une jeune famille, je suis surprise que le fait qu'un homme mort ait été trouvé chez O'Connor ne vous ait pas découragé, dit Kay.

— Ça l'a fait un peu. En quelque sorte.

Il sourit, exposant des dents irrégulières tachées par la nicotine.

— Mais ensuite, je me suis dit que plus vous mettriez de temps à trouver qui a fait ça, plus le prix baisserait. Je vais probablement récupérer cette affaire pour une bouchée de pain.

— Monsieur Luxford, pourriez-vous nous dire où vous étiez entre quinze heures vendredi après-midi et sept heures dimanche matin ?

L'homme se dirigea vers la table basse et écrasa le mégot de sa cigarette dans un cendrier en plastique portant le nom d'un brasseur local.

Quand il croisa le regard de Barnes, il y avait une lueur dangereuse dans ses yeux.

— Est-ce que je suis suspect ?

— C'est juste une question de routine, monsieur Luxford. Où étiez-vous ?

— Ici, vendredi soir avec mes filles. Je les ai ramenées chez leur mère dimanche matin à dix heures. Pile à l'heure, en plus. Charlotte devient nerveuse si je suis en retard. Elle dit que ça fout en l'air leur routine.

— Nous aurons besoin du numéro de téléphone et de l'adresse de Charlotte, dit Kay.

— D'accord.

Luxford fouilla dans la poche de son jean et en sortit un téléphone portable cabossé.

— Voilà.

Barnes nota les détails, puis tendit une carte à Luxford.

— Merci pour votre temps. Nous vous recontacterons si nous avons d'autres questions.

— Pas de problème.

Luxford sourit.

— Prenez votre temps, hein ? Je pense que je pourrais obtenir encore quelques milliers de livres de rabais dans quelques semaines.

CHAPITRE 25

— Pourquoi ne parlons-nous pas à Adele Marchant au dépôt, alors ?

Gavin leva la main en signe de remerciement lorsqu'un autre conducteur laissa leur véhicule sortir du parking du commissariat pour rejoindre la circulation lente.

— Elle avait un jour de congé prévu avant que tout cela n'arrive, répondit Laura avant de vérifier l'adresse de la femme dans son carnet. Kay voulait qu'on l'interroge au plus vite, alors je l'ai appelée hier soir pour voir si elle était disponible ce matin. Elle semblait très bouleversée par ce qui est arrivé à Carl.

— Je n'imagine pas ce que ce serait si quelque chose arrivait à l'un d'entre nous, dit Gavin. Je ne suis pas surpris qu'elle soit bouleversée. Où est sa maison ?

— Prends à gauche ici. Elle vit juste au coin de la rue du lycée.

Elle guida Gavin à travers une série de rues qui serpentaient au-delà de l'école vers le centre de loisirs, puis elle lui indiqua la maison d'Adele Marchant alors qu'ils s'en approchaient.

Mitoyenne avec un toit de tuiles brunes, la maison avait un rez-de-chaussée en pierre et un étage crépi. Une fenêtre en baie surplombait un jardin bien entretenu qui jouxtait une allée en asphalte.

Gavin sonna à la porte, et Laura entendit des pas descendre précipitamment un escalier.

Une femme d'une cinquantaine d'années ouvrit la porte, ses cheveux blonds courts encore humides et une serviette verte à la main. Elle avait l'air pressé.

— Vous êtes la police ?

— Adele Marchant ? Je suis l'enquêteuse Laura Hanway, et voici mon collègue l'enquêteur Gavin Piper. Je vous ai parlé au téléphone hier soir au sujet de Carl Taylor.

— Oh, désolée, je suis en retard. Je viens de rentrer du centre de loisirs, dit-elle en reculant d'un pas. Entrez.

Laura s'arrêta dans un hall lumineux, une légère odeur de vernis émanant des plinthes fraîchement poncées qui longeaient les murs peints en crème pâle.

Une pile de cadres imprimés était appuyée contre une petite table en bois au bas de l'escalier, la surface couverte de ce qui semblait être des factures non ouvertes et un trousseau de clés abandonné.

— On peut aller dans la cuisine ?

Adele Marchant se retourna sans attendre de réponse, frottant furieusement ses cheveux courts avec la serviette si bien que lorsqu'ils la rattrapèrent, ses cheveux étaient tout ébouriffés.

La femme continua son monologue tout en rangeant une table à manger en pin, rassemblant un mélange de vieux journaux locaux et de brochures publicitaires avant de leur faire signe de s'asseoir.

— J'ai pensé profiter au maximum de ma journée de congé, un cours de Pilates, suivi d'une baignade. Ce n'est pas souvent que j'ai du temps pour moi avec deux enfants à la maison...

Elle s'interrompit et porta la main à ses lèvres.

— Je suis désolée, je dois avoir l'air insensible, avec tout ce qui se passe. Je me sens tellement impuissante. J'avais besoin de faire quelque chose plutôt que de rester ici toute seule. La mort de Carl a été un choc.

Gavin émit un bruit neutre.

— Les gens font face au chagrin de différentes manières, madame Marchant.

Laura adressa un léger sourire à la femme.

— Je suppose que oui. Appelez-moi Adele, au fait.

Elle s'affaissa sur l'une des chaises en pin assorties, puis posa un coude sur la table en les regardant.

— Vous avez déjà trouvé qui l'a tué ?

— Nous suivons plusieurs pistes, répondit Laura, c'est pourquoi nous voulions vous parler. Carl a-t-il eu des problèmes au travail récemment ?

Adele fronça les sourcils.

— Non, pas que je sache. C'était un employé modèle. Il arrivait bien avant le début de son service chaque matin, et il était toujours prêt à aider au dépôt ou à échanger des tournées si quelqu'un avait besoin de prendre un jour de congé. Il s'entendait bien avec les entreprises sur son itinéraire habituel aussi. Il a reçu plus de cartes de Noël que tous nos autres chauffeurs-livreurs l'année dernière.

— Vous avez mentionné l'échange de tournées, à quelle fréquence cela arrivait-il ?

— Seulement occasionnellement ces derniers mois. Bien sûr, une fois que nous entrons dans la saison des vacances scolaires d'été, cela arrive plus régulièrement.

Un regard nostalgique passa dans les yeux d'Adele.

— Je sais que Carl et sa femme n'avaient pas d'enfants, il me l'a mentionné une fois, il y a un moment, alors il se portait toujours volontaire pour aider pendant l'été. De toute façon, ils avaient tendance à partir en septembre une fois que les écoles reprenaient, quand c'était moins cher.

— Carl vous a-t-il déjà fait part de préoccupations concernant son itinéraire ?

— Pas du tout.

Adele se redressa, visiblement plus à l'aise pour parler de questions liées au travail.

— Occasionnellement, nous le prêtions à notre dépôt d'Ashford, mais cela n'est arrivé qu'une ou deux fois cette année. Je ne me souviens pas qu'il ait mentionné des problèmes là-bas.

— Serait-il venu vous voir s'il avait eu des inquiétudes ? demanda Gavin.

— Oh oui. Nous avions une excellente relation professionnelle. Tous mes employés savent qu'ils peuvent venir me parler de n'importe quoi, n'importe quand. Politique de la porte ouverte et tout ça.

— Qu'en est-il de Will Nivens ? demanda Laura. Comment se fait-il qu'il ait été associé à Carl quand il a rejoint l'entreprise ?

Adele soupira, un triste sourire apparaissant.

— Carl était si fiable. C'était un choix naturel comme formateur de chauffeurs. Il était patient avec les nouveaux, surtout des gens comme Will qui n'avaient jamais fait de livraisons multiples auparavant. Il était toujours prêt à passer une ou deux semaines de plus avec eux pour s'assurer qu'ils savaient ce qu'ils faisaient, et il insistait pour qu'ils appellent son portable s'ils avaient des problèmes une fois qu'ils étaient sur la route par eux-mêmes. Dieu sait combien d'appels téléphoniques il m'a épargnés au fil des ans.

— Et y a-t-il eu des problèmes avec Will depuis qu'il a rejoint l'entreprise ?

— Non, rien. Encore une fois, c'était probablement l'influence de Carl, mais Will s'avérait être un véritable atout pour l'entreprise.

— Carl a-t-il échangé des tournées avec quelqu'un dans le passé, disons, durant les trois à quatre semaines précédant sa mort ? demanda Gavin.

Le front d'Adele se plissa.

— Oui, deux fois. Il y a eu un lundi ou un mardi, je ne me souviens plus lequel. Bonnie Hopkins, qui fait habituellement la tournée d'Aylesford, était absente, elle a une petite fille qui a attrapé un mauvais rhume et a dû rester à la maison, alors Carl s'est proposé pour la remplacer ces jours-là.

Elle s'interrompit et renifla.

— Je ne sais pas ce que nous allons faire sans lui.

— Est-ce que Carl ou Will ont déjà échoué à l'un de vos tests obligatoires de dépistage de drogues et d'alcool ? demanda Laura.

— Non, jamais.

Les sourcils d'Adele se haussèrent.

— Pourquoi ?

— C'est juste une question de routine. Bonnie ou Carl ont-ils déjà mentionné quelque chose qui les inquiétait concernant cette tournée ?

La mâchoire de la femme tomba.

— Vous pensez que Carl a été tué à cause de son travail ?

— Nous examinons toutes les pistes en ce qui concerne un possible mobile, répondit calmement Gavin. Bonnie vous a-t-elle dit quoi que ce soit au cours des deux dernières semaines qui aurait pu, avec le recul, susciter des inquiétudes ?

— Non, rien du tout.

— Nous aimerions organiser un entretien avec elle dès que possible, dit Laura en lui tendant une de ses cartes de visite. Pourriez-vous me transmettre ses coordonnées par e-mail aujourd'hui ?

— Je... bien sûr, oui.

Adele déglutit, puis se leva de table.

— Je vais sécher mes cheveux et me rendre directement au dépôt. Je ne peux pas accéder aux dossiers du personnel depuis mon ordinateur ici, et de toute façon, elle sera en déplacement pour le moment.

— Nous apprécions votre aide, dit Laura en suivant la femme jusqu'à la porte d'entrée.

Adele s'arrêta à côté, la main sur la poignée, et se retourna pour leur faire face.

— C'est le moins que je puisse faire, n'est-ce pas ? Je

ferais n'importe quoi pour découvrir qui a tué Carl et Will. C'étaient des hommes si charmants, ils ne méritaient pas de mourir comme ça.

CHAPITRE 26

Kay fit claquer le capuchon de son stylo à bille tandis que son équipe se rassemblait devant le tableau blanc, un soleil de mi-journée parsemant les bureaux et la moquette de minces rayons de lumière.

Leurs conversations murmurées étaient teintées de frustration, et elle ressentait un sentiment sous-jacent que les jours leur échappaient sans qu'un seul suspect ne soit identifié dans la mort de Carl Taylor.

Aaron Stewart se tenait en marge du groupe, vêtu d'une chemise fraîche, la tête baissée tandis qu'il écoutait quelque chose que Debbie lui disait à côté.

Kay admirait le dévouement de l'agent pour le rôle dans lequel il avait été propulsé. Il était arrivé cinq minutes plus tôt en lui disant qu'il voulait être le plus à jour possible avant de retourner chez Helen Taylor pour une autre période en tant qu'agent de liaison familiale.

— Commençons par la drogue qu'Aaron a trouvée hier soir, dit-elle en élevant la voix au-dessus du groupe.

L'équipe se tut tandis que tous les yeux se tournaient vers l'agent.

— Charlie et Patrick n'ont rien trouvé d'autre dans le jardin au cours de la matinée, dit-il. Le paquet de drogue trouvé dans le drain à l'extérieur de la fenêtre de la cuisine a été enregistré comme preuve et Debbie a fait en sorte qu'un échantillon soit envoyé au laboratoire pour vérifier sa qualité. Cela nous donnera une meilleure idée de sa valeur.

— Qu'en est-il des empreintes ? demanda Gavin, se penchant en avant sur sa chaise pour mieux voir Aaron. Quelque chose ?

— Patrick a trouvé une empreinte latente qui correspond à celle de Carl, mais c'est tout. Ils ont déballé le paquet une fois arrivés au laboratoire ce matin, mais celui qui l'a emballé a été prudent, expliqua l'agent. Harriet rapporte qu'ils n'ont pu relever aucune autre empreinte dessus.

Kay tapota son stylo contre son carnet tout en écoutant.

— Est-ce que quelqu'un du département des crimes graves a signalé une quantité de drogue disparue de personnes qu'ils ont sous surveillance ?

— Il n'y a rien dans le système, chef, répondit Debbie, mais je vais appeler le quartier général après ça pour savoir si de nouveaux rapports sont arrivés au cours des dernières vingt-quatre heures.

— Fais ça, s'il te plaît, et demande-leur s'ils sont au courant de menaces de représailles, ce genre de choses.

Kay se tourna vers le tableau blanc et tapota les photographies qu'Aaron avait prises alors que le paquet de cocaïne était encore sur le plan de travail de la cuisine d'Helen Taylor la nuit précédente.

— D'après ce que tout le monde nous dit sur Carl Taylor, il ne ressemble pas à un trafiquant de drogue, n'est-ce pas ?

— Ce sont toujours les plus discrets, chef, dit Barnes.

— C'est vrai.

Elle se retourna, son regard cherchant Laura.

— Est-ce que tu as eu des nouvelles d'Adele Marchant ? N'était-elle pas censée te donner les coordonnées d'un collègue de travail de Carl ?

— Oui, chef.

L'enquêteuse se leva de son siège à l'extrémité du groupe de chaises pour que tout le monde puisse la voir.

— Je pars après le briefing avec Gavin pour aller parler à Bonnie Hopkins. Carl a couvert sa tournée il y a quelques semaines. Adele nous a dit qu'elle livre dans la région d'Aylesford, donc nous lui demanderons plus de détails sur ce que cela implique et si elle est au courant de problèmes que Carl aurait pu avoir.

— Bien, d'accord.

Kay attendit que Laura soit retournée à sa place, puis leva les yeux de ses notes.

— Lucas a effectué l'autopsie de Will Nivens aujourd'hui. Il a enregistré la même cause de décès que Carl Taylor mais a également noté des traces d'empoisonnement au dioxyde de carbone dans les poumons de Will.

— Qu'est-ce qui a causé cela, chef ? demanda Phillip.

— Will est resté plus longtemps que Carl à l'arrière de ce camion, et étant donné qu'il était plus jeune, il a probablement survécu plus longtemps. Malheureusement, Lucas dit que cela l'a exposé à une atmosphère qui se détériorait. Ces camions sont des unités scellées, ils doivent l'être, pour garder l'air froid à l'intérieur. Will manquait d'air. Le froid l'a tué, mais il n'était pas loin de mourir d'asphyxie.

Un silence suivit ses paroles, rompu seulement par quelques jurons murmurés avant qu'elle ne s'éclaircisse la gorge et continue.

— Gavin, une tâche pour toi demain matin. Pendant que nous examinons les différentes tournées de livraison de Carl ces dernières semaines, nous devons nous concentrer sur la provenance possible de cette drogue. Évidemment, être chauffeur-livreur fait de Carl la personne idéale pour transporter de la drogue d'un endroit à un autre, donc nous devons découvrir comment cela pourrait être fait. Simon Thomas au dépôt de la flotte dit que dès que les chauffeurs partent chaque matin, ils se rendent à un entrepôt de distribution de la chaîne du froid où les camions sont chargés. Je veux que tu ailles là-bas pour voir quelles sont leurs mesures de sécurité.

— Tu penses que c'est la source d'une possible opération de contrebande ?

— Nous devons répondre à cette question.

Kay frappa du poing sur la carte au tableau.

— Et si ce n'est pas la source, alors l'un de ces endroits sur l'itinéraire de Carl pourrait l'être. Nous devons commencer quelque part.

— Pas de problème, je vais organiser ça.

— Ne préviens pas par téléphone, quoi que tu fasses. Je ne veux pas donner à quelqu'un un avertissement que nous sommes intéressés. Vas-y simplement première chose demain matin.

Kay se tourna vers le reste de l'équipe.

— D'autres mises à jour ?

— Chef, nous avons enfin une piste sur le propriétaire de la voiture dans laquelle Carl Taylor a été trouvé, dit Parker.

Tous les yeux se tournèrent vers l'agent en uniforme, et Kay remarqua qu'il se tenait un peu plus droit.

— Qu'avez-vous réussi à découvrir ? dit-elle.

— Elle a été signalée volée la semaine dernière, tôt lundi matin, donc elle a dû être volée dimanche soir. La propriétaire travaille à l'hôpital de Maidstone, elle a garé sa voiture dans une zone commune à l'arrière des appartements où elle vit à East Malling. Quand elle a quitté son appartement pour commencer son service, elle a constaté que sa voiture avait disparu.

Parker fronça les sourcils.

— Elle était assez bouleversée quand elle a appris ce qui lui était arrivé. Elle m'a dit qu'elle ne voulait pas la récupérer après que l'équipe de Harriet aura terminé.

— Je ne la blâme pas.

Kay nota sa mise à jour sur le tableau blanc.

— Des caméras de surveillance là où elle vit ?

— Il y a une caméra plus loin dans la rue des appartements, et apparemment la société de gestion de l'immeuble a des caméras dans les cages d'escalier et des endroits comme ça. Je les rappellerai demain matin pour relancer si je n'obtiens rien.

— Merci, Phillip, ce sont de bonnes informations. Comment est-ce que ça avance avec les images de vidéosurveillance du magasin d'antiquités ? Quelque chose de la police scientifique numérique ?

— Rien encore, chef. J'allais relancer Andy après ça pour voir où ils en sont.

— Demande-lui de me faire parvenir un compte rendu d'ici lundi, s'il te plaît, plus tôt s'il le peut, dit Kay en s'écartant du tableau pour que son équipe puisse voir les notes supplémentaires. Barnes et moi avons interrogé Steve Luxford ce matin. C'est un personnage intéressant, il n'a pas beaucoup d'empathie pour Mike O'Connor et n'a certainement pas été découragé par le fait que Carl ait été retrouvé assassiné sur le parking du concessionnaire de voitures d'occasion.

— Tu penses qu'il pourrait être suspect ? demanda Gavin. Après tout, c'est comme il vous l'a dit, il obtiendra l'entreprise à un prix plus bas maintenant, n'est-ce pas ?

— Cela le place certainement en haut de la liste, répondit Kay. Bien, tout le monde. La prochaine réunion aura lieu demain après-midi, sauf si quelque chose d'important survient entre-temps. Vérifiez le tableau de service pour la couverture du week-end avant de partir aujourd'hui. Voyons ce que les prochaines vingt-quatre heures vont nous apporter.

CHAPITRE 27

Gavin remit son téléphone portable dans sa poche et ajusta les manches de sa veste tandis que Laura ouvrait la portière côté passager de la voiture de service, un sourire aux lèvres alors qu'elle jetait son sac à main dans l'espace pour les pieds.

— Qu'est-ce qui te fait sourire comme ça ? demanda-t-il en relâchant le frein à main et en engageant la voiture derrière un 4x4 appartenant à la division de la circulation qui se dirigeait vers la barrière de sécurité.

— Tu avais un sourire de chat du Cheshire quand je suis sortie par la porte de derrière, dit-elle, des fossettes se creusant sur ses joues. Un rendez-vous galant, ou quoi ?

Le rouge lui monta aux joues, et il se concentra sur la manœuvre dans la circulation plutôt que de répondre.

— Allez, crache le morceau. Ne fais pas le timide.

Laura se tourna sur son siège, le visage avide.

— Tu n'as jamais dit si tu avais une petite amie ou quoi que ce soit, alors qu'est-ce qui se passe ?

— Je ne sais pas, dit-il en cédant avec un soupir. J'ai

été trop occupé, je suppose. Tu sais ce que c'est de travailler à des horaires différents et puis de recevoir un appel téléphonique au milieu de la nuit si tu es de garde.

— Alors c'est qui ?

— Tu ne lâches jamais l'affaire, hein ?

— Non.

Elle tendit la main et lui donna un coup de coude.

— Et si tu ne me le dis pas, je le dirai à Barnes. Il te le fera cracher, d'une manière ou d'une autre.

Gavin leva les yeux au ciel.

— Tu n'as pas tort. C'est quelqu'un que j'ai rencontré en ligne, c'est tout. Tu sais, une de ces applications de rencontre.

— Elle sait ce que tu fais dans la vie ?

— Oui.

Il ne put s'empêcher de sourire au coin des lèvres.

— Et, étonnamment, ça ne l'a pas rebutée.

— Vous vous êtes déjà rencontrés ?

— Le premier rendez-vous était censé être ce week-end.

Son sourire s'effaça.

— Je viens de l'appeler pour lui dire qu'on devrait peut-être reporter, en fonction de ce qui se passe avec cette affaire.

Laura cessa de sourire, et quand il lui jeta un coup d'œil, elle arborait un air préoccupé.

— Comment l'a-t-elle pris ?

— Étonnamment bien, en fait. Elle a dit que ce n'était pas grave, et qu'on pourrait se rattraper quand j'aurais le temps.

— C'est une perle, alors.

Il rit.

— Bon sang, Hanway, on ne s'est même pas encore rencontrés. De toute façon, garde ça pour toi pour le moment, d'accord ? Je ne veux pas me porter la poisse.

— D'accord.

Elle se détourna et pointa du doigt à travers le pare-brise.

— Prends à droite au feu là-bas, Bonnie habite à Downswood.

Quelques instants plus tard, Gavin freina au bord du trottoir devant une modeste maison individuelle avec une façade en pierre claire.

Un jardin bien entretenu menait à une porte d'entrée en PVC, et il leva les yeux vers le boîtier d'alarme installé au-dessus d'une des fenêtres de l'étage supérieur.

En sonnant à la porte, il tourna le dos à la maison et baissa la voix.

— Comment peut-elle se permettre ça avec un salaire de livreuse ?

— Son mari est ingénieur logiciel, chuchota Laura, puis elle fit un signe du menton vers la porte au son d'un verrou qu'on déverrouillait.

Une femme au teint bronzé se tenait sur le pas de la porte, son froncement de sourcils disparaissant lorsque Gavin sortit sa carte de police et fit les présentations.

— Entrez, dit-elle en les faisant passer le seuil et en refermant la porte derrière eux.

Gavin entendit une voix masculine provenant de derrière une porte sur le côté du couloir, la discussion montant en volume.

— Désolée, dit Bonnie.

Elle fit un geste vers l'arrière de la propriété.

— Allez dans le jardin. Mark, mon mari, travaille à domicile et il est en plein milieu d'un appel vidéo concernant un projet de logiciel avec un client en Australie en ce moment.

Laura ouvrit la marche à travers une cuisine et une salle à manger ouvertes, puis dans un jardin rectangulaire qui descendait en pente vers un ruisseau.

Gavin repéra une balançoire à côté d'un pommier, puis la clôture en grillage entre le jardin et le cours d'eau. Un petit abri en bois avait été peint de couleurs vives, et un panneau sur la porte mettait en garde les intrus.

— La cabane de ma plus jeune fille, dit Bonnie.

Elle sourit et fit un geste vers un ensemble de six chaises autour d'une table de patio en métal.

— Malheur à vous si vous vous en approchez.

— Noté, dit Gavin.

Il attendit qu'ils soient tous installés, puis reporta son attention sur la femme.

— Quand nous avons parlé à Adele Marchant hier, elle nous a dit que votre fille avait été absente de l'école récemment pour cause de maladie et que Carl avait couvert votre service pendant quelques jours.

— Oui, Emily, c'est ma cadette, a attrapé un rhume et n'arrivait pas à s'en débarrasser, dit Bonnie en gonflant un coussin en toile bleue et en s'adossant à sa chaise. C'était il y a environ trois semaines maintenant. J'ai décidé le lundi matin de ne pas la laisser aller à l'école car elle commençait à avoir de la fièvre, et heureusement Carl a pu couvrir les deux jours pour moi.

— Est-ce qu'il couvre toujours votre tournée si vous ne

pouvez pas travailler ? demanda Laura en levant les yeux de son carnet.

Bonnie secoua la tête.

— Pas toujours, et Emily ne tombe pas malade si souvent, mais il est… désolée, *était* un véritable saint pour se porter volontaire quand quelqu'un avait besoin d'aide.

Elle renifla et tourna son regard vers le ruisseau, essuyant du bout des doigts des larmes soudaines.

— Madame Hopkins, pourriez-vous nous dire quelle zone couvre votre tournée ? demanda Gavin.

Il attendit que Laura déplie une carte de son sac et l'étale sur la table.

— C'est Aylesford, n'est-ce pas ?

— Oui.

Bonnie renifla, puis se pencha en avant et rapprocha la carte.

— La plupart de mes livraisons vont jusqu'à l'ouest, à l'est jusqu'à West Malling et puis au nord de Snodland sur le chemin du retour vers Maidstone. Cela inclut tous les villages entre les deux comme Burham.

Laura utilisa un crayon pour tracer la zone pendant que Bonnie parlait.

— Et Carl aurait couvert cette zone pendant qu'il faisait votre service il y a trois semaines ?

— Oui, c'est ça. Je veux dire, il n'allait dans les magasins de village que s'il y avait quelque chose à livrer ce jour-là, bien sûr.

— Merci.

Laura passa la carte à Gavin et il parcourut des yeux la limite qu'elle avait tracée avant de lever le regard vers Bonnie.

— Quand vous êtes revenue au travail le, quoi... mercredi...

— Mercredi, oui.

— Est-ce que Carl vous a mentionné quelque chose qui semblait inhabituel sur cette tournée ? Peut-être quelque chose qui l'a dérangé ?

— Dans quel sens ?

La voix de Bonnie avait une note défensive alors qu'elle regardait de Laura à Gavin.

— Quelqu'un a porté plainte ?

— Rien de tout cela, répondit Gavin d'un ton posé. Nous essayons de déterminer si la mort de Carl pourrait être liée à son travail, ou à quelque chose qu'il aurait vu ou entendu pendant sa tournée.

— Quand nous avons appris qu'il avait couvert votre service il y a quelques semaines, nous nous sommes demandé s'il vous avait peut-être dit quelque chose à votre retour au travail, ajouta Laura.

— Non, il ne m'a rien dit.

Les épaules de Bonnie se détendirent un peu, bien qu'un froncement de sourcils plissât son front.

— Cependant, maintenant que j'y pense, il était plus silencieux que d'habitude quand je suis revenue travailler le mercredi matin. Sur le moment, j'ai pensé qu'il était peut-être en train de tomber malade, comme Emily.

— Avez-vous remarqué autre chose ? demanda Gavin.

Bonnie posa son menton dans sa main et son regard se porta vers le sol.

— Comme je l'ai dit, il était silencieux au dépôt cette semaine-là. D'habitude, on rigolait pendant qu'on travaillait, en nettoyant les camions à la fin du service et ce genre de choses. On est plusieurs à travailler en même temps, et il y a les plaisanteries habituelles. Il semblait... préoccupé. À deux reprises, Adele a dû se répéter parce qu'il n'écoutait pas.

— Elle ne nous en a pas parlé, dit Laura, son stylo en suspens au-dessus de son carnet.

Bonnie se redressa et parvint à sourire.

— Elle l'a probablement oublié, elle a beaucoup à faire à son poste, et nous sommes déjà en sous-effectif.

— Vous avez dit que c'était la semaine où vous étiez absente, il y a trois semaines, dit Gavin. Et ces deux dernières semaines ? Comment Carl vous a-t-il semblé ?

— Si c'est possible, il était encore plus silencieux la semaine dernière. Nerveux à propos de quelque chose, aussi.

Bonnie se mordit la lèvre.

— Lui avez-vous demandé ce qui n'allait pas ?

— Je ne voulais pas être indiscrète, je me demandais s'il y avait peut-être des problèmes à la maison, quelque chose comme ça. Je pensais attendre encore une semaine et s'il semblait toujours mal en point, je lui aurais demandé.

Le visage de Bonnie s'assombrit.

— Et maintenant, bien sûr, je n'en aurai jamais l'occasion.

CHAPITRE 28

Kay attacha ses cheveux en une queue de cheval basse et posa son verre de bière sur une table en bois à côté du canapé avant de s'asseoir sur la moquette du salon, les jambes repliées sous elle.

Deux chatons blancs et tigrés sortirent en culbutant d'une petite boîte en carton qu'Adam avait renversée sur le tapis devant la télévision, leurs courtes queues dressées en l'air tandis qu'ils se poursuivaient autour de la table basse.

Kay rit, puis prit un bâton avec un poisson jouet attaché au bout et l'agita au-dessus d'un chaton écaille de tortue qui se tenait près de la porte ouverte de leur enclos grillagé à côté d'elle.

— Tu sais qu'il attend que tu t'approches pour te donner un autre coup de patte, dit Adam, se penchant du canapé pour attraper son frère avant qu'il ne se retrouve pris dans la mêlée.

— Mais non, dit Kay. Il s'habitue à moi maintenant, regarde... Aïe !

— Je te l'avais dit.

Adam rit, secoua la tête puis prit une gorgée de bière avant de reporter son attention sur le match de football à la télévision.

Kay accrocha la canne à pêche sur le dessus de la cage avant de le rejoindre, puis elle balança ses jambes par-dessus l'accoudoir du canapé et appuya sa tête contre son épaule alors que la seconde mi-temps du match débutait.

Barnes avait insisté pour qu'elle quitte la salle des opérations en même temps que lui plutôt que de travailler tard comme d'habitude, raisonnant que jusqu'à ce qu'ils aient une percée dans l'enquête, elle ferait aussi bien de se reposer autant que possible.

Elle ne pouvait pas contester sa logique – après tout, c'était une raison valable et une qu'elle avait elle-même souvent utilisée lorsqu'elle gérait son équipe.

Il leur suffisait d'une seule information qui atterrirait sur leurs bureaux pour leur fournir la percée dont ils avaient désespérément besoin, et il n'y aurait de repos pour aucun d'entre eux jusqu'à ce que le meurtrier de Carl Taylor soit arrêté.

Elle jeta un coup d'œil à la nouvelle égratignure sur le dos de sa main avec une grimace penaude, puis tendit la main alors qu'Adam lui passait un bol de chips.

Elle en prit une poignée et regarda l'écran de son téléphone portable qui commençait à vibrer sur la table basse devant eux.

— C'est Laura, je dois répondre, dit-elle en attrapant le téléphone sur la table.

— Tu veux que je coupe le son ?

— Non, ne t'inquiète pas. Je vais dans la cuisine. Tu veux une autre boisson quand je reviendrai ?

— S'il te plaît. J'en aurai besoin si cette équipe encaisse un autre but comme le dernier.

Elle sourit, prit sa bière et répondit au téléphone tout en marchant le long du couloir.

— Désolée de t'appeler chez toi, dit Laura. J'ai pensé que tu aimerais avoir une mise à jour maintenant plutôt que d'attendre demain matin.

— Pas de problème.

Kay prit une gorgée de bière, posa le verre sur le plan de travail de la cuisine et se glissa sur l'un des tabourets à côté.

— Comment ça s'est passé avec Bonnie Hopkins ?

— Elle a donné l'impression qu'elle et Carl travaillaient en étroite collaboration, répondit l'enquêteuse. Rien d'inapproprié, juste qu'ils s'entendaient vraiment bien, ce qui explique je suppose pourquoi elle pensait pouvoir compter sur lui pour couvrir sa tournée quand sa fille est tombée malade l'autre semaine. Nous lui avons aussi fait fournir un guide approximatif de la zone que couvre habituellement sa tournée de livraison, donc je peux mettre Hughes là-dessus dès demain matin.

— C'est du bon boulot.

— Merci, chef.

Laura fit une pause à l'autre bout de la ligne, et Kay pouvait l'entendre tourner des pages.

— Une chose que Bonnie nous a dite, c'est que quand elle est revenue au travail le mercredi, Carl avait changé. Il était toujours du genre bavard, mais après avoir couvert ce service pour elle il y a trois semaines, elle a dit qu'il était plus silencieux que d'habitude, et nerveux aussi.

— Est-ce qu'il lui a dit pourquoi ?

— Non, elle a dit qu'elle prévoyait de lui demander cette semaine si les choses ne s'étaient pas améliorées. Elle a dit qu'elle se demandait si lui et Helen avaient des problèmes à la maison, c'est pourquoi elle ne voulait pas lui demander tout de suite.

Kay reposa son verre, oubliant sa boisson.

— Je me demande s'il ne voulait pas lui dire ?

— Tu penses qu'elle était peut-être en train de faire quelque chose, et qu'il l'a découvert ?

La voix de Laura contenait une note d'émerveillement.

— Bon sang, chef, je n'y avais même pas pensé.

— Ne tirons pas de conclusions hâtives. Mais quelque chose a perturbé Carl cette semaine-là, n'est-ce pas ? Je veux dire, tu as dit que Bonnie n'avait rien mentionné à propos de son comportement inhabituel la semaine avant qu'il ne couvre sa tournée, seulement après.

Laura resta silencieuse un instant, et les pensées de Kay changèrent de vitesse.

— Voilà ce qu'on va faire : fais ce dont on a convenu. Travaille avec Hughes pour rechercher les types d'entreprises sur l'itinéraire de Bonnie, et quand j'arriverai demain matin, je travaillerai avec Barnes pour fouiller dans le passé de Steve Luxford. Je demanderai aussi à Gavin de passer en revue le système et de voir qui vit dans la zone que couvre la tournée de Bonnie pour découvrir quelles condamnations antérieures ils pourraient avoir.

— Tu penses toujours que sa mort est liée à son travail, plutôt qu'à sa vie personnelle ? demanda Laura.

— Je n'exclus rien pour le moment, répondit Kay. Pas tant qu'on n'aura pas compris ce qui relie Carl couvrant le service de Bonnie, ce paquet de cocaïne caché chez lui, ou pourquoi il s'est retrouvé mort de froid et abandonné au garage de Mike O'Connor.

CHAPITRE 29

Kay poussa du coude la porte latérale du commissariat le lendemain matin, un gobelet de café à emporter dans une main et un sac en papier graisseux dans l'autre.

Hughes leva les yeux de la paperasse qu'il triait à l'accueil lorsqu'elle tourna le coin pour monter à l'étage et il leva le nez en l'air.

— Des sandwichs au bacon ?

Elle sourit.

— J'ai besoin que Barnes me rende un service plus tard aujourd'hui. Je me suis dit que je ferais appel à son bon côté.

— Tu veux dire son estomac ?

Hughes rit.

— Ça devrait marcher, sans problème.

— C'est ce que je pensais. À plus tard.

Toujours souriante, elle gravit l'escalier jusqu'au premier étage et se dirigea vers la salle des opérations allouée à l'investigation.

Avant qu'elle n'atteigne la porte, Gavin sortit

précipitamment, sa veste à moitié enfilée et ses clés à la main.

— Tu sors ? demanda Kay, s'écartant pour laisser passer le jeune enquêteur.

— Je me rends à cet endroit de distribution de chaîne du froid à Laddingford, chef.

— Bon travail, à plus tard.

Kay sourit tandis qu'il s'éloignait en hâte, et elle reporta son attention sur la salle des opérations.

Un brouhaha l'accueillit.

Plusieurs de ses collègues étaient déjà à leurs bureaux malgré l'heure matinale, les yeux rivés sur leurs écrans d'ordinateur tandis que le *tap tap* des doigts en train de frapper les claviers remplissait les accalmies dans la conversation.

Laura et Hughes avaient la tête penchée alors qu'ils étaient assis côte à côte à deux bureaux dans le coin éloigné, et à la vue d'une grande carte de la région étalée sur la table à côté d'eux, elle réalisa qu'ils travaillaient déjà sur les tâches qu'elle avait confiées à la jeune enquêteuse la veille au soir.

Kay se faufila entre un groupe de bureaux et un photocopieur, puis déposa le sandwich emballé sur le bureau de Barnes pendant qu'il terminait un appel téléphonique.

Il leva le pouce tandis qu'elle allumait son écran d'ordinateur et se connectait.

Elle laissa échapper un gémissement en voyant la liste de nouveaux e-mails qui l'attendaient, et elle retint un juron face à une demande de réunion de Sharp pour le rejoindre ce matin au quartier général.

Un briefing avec la commissaire était la dernière chose qu'elle souhaitait faire au milieu d'une enquête pour meurtre, mais si elle voulait conserver le personnel qui avait rejoint l'équipe ces derniers jours pour aider, alors une demande de mise à jour sur l'avancement était inévitable.

Elle émit un souffle exaspéré en lisant la dernière ligne de l'e-mail suggérant une façon de faire progresser l'enquête.

Barnes termina son appel et jeta un coup d'œil par-dessus son bureau vers elle.

— Merci pour le petit-déjeuner. Pourquoi cette tête d'enterrement ?

Elle le laissa s'en tirer avec cette remarque franche puisqu'aucun des autres n'était à portée de voix, sachant que son manque de formalité envers elle dans la salle des opérations était simplement sa façon d'essayer de lui remonter un peu le moral.

Il n'y avait pas beaucoup de gens qui pouvaient se le permettre, et il n'y en avait pas beaucoup qui comprenaient les responsabilités sous-jacentes qui accompagnaient son grade.

Barnes le comprenait.

Kay soupira, admit son point et se força à se détendre.

— Sharp veut que j'assiste à une reconstitution des derniers mouvements de Carl et Will avec lui ce matin. La commissaire a insisté pour que quelques journalistes soient invités.

—Oh, quelle chance.

Barnes termina le sandwich chaud, s'essuya les doigts

avec un mouchoir en papier et jeta les déchets dans la poubelle sous son bureau.

— Merci pour ça. Quel est le plan d'attaque pour ce matin, alors ? Tu as probablement vu Gavin partir tout à l'heure.

— Oui, et avec un peu de chance, ce côté de l'enquête pourrait révéler quelque chose que nous pourrions utiliser.

Kay ramassa une pile de dossiers qui avaient été empilés sur un côté de son bureau et les laissa tomber dans sa bannette d'entrée.

— Ce que toi et moi devons faire avant que je ne disparaisse au quartier général, c'est vérifier les antécédents de Steve Luxford. Son ancien lavage auto était une société incorporée, donc nous devrions pouvoir confirmer son existence. Je veux savoir quelles étaient ses entreprises précédentes, et s'il y a des traces d'argent entrant et sortant de celles-ci. Si nous pouvons trouver des bilans sur le site web du registre des sociétés, nous pourrions repérer quelque chose qui nous donne matière à inquiétude, ou au moins une raison de creuser plus profondément.

Barnes rapprocha sa chaise de son bureau, ses doigts déjà en train de taper sur son clavier.

— Qu'avons-nous ici... d'accord, ce qu'il a dit à propos du lavage auto est vrai, regarde. Vendu il y a trois mois, et n'a pas enregistré de nouvelle entreprise depuis.

Kay se déplaça de son côté des deux bureaux et s'assit dans une chaise libre.

— Qu'en est-il des entreprises précédentes ? Était-il constitué en société ou était-il un entrepreneur individuel avant celle-ci ?

— S'il était un entrepreneur individuel, nous ne trouverons rien ici.

Barnes entra à nouveau le nom de Luxford dans la barre de recherche, puis se renversa dans sa chaise et émit un grognement de surprise.

— Deux sociétés à responsabilité limitée précédentes, toutes deux dissoutes. Celle avant le lavage auto était un garage de voitures d'occasion près de Thanet.

— Il s'y connaît en gestion d'entreprise, alors, dit Kay, le menton dans la main en se penchant plus près.

Elle parcourut rapidement les maigres détails listés.

— Ok, donc d'après ce que nous pouvons voir ici, il a tendance à faire du commerce légitimement...

— Même s'il paraît insensible à la situation d'O'Connor.

— C'est vrai.

Kay soupira.

— Mais ça ne fait pas de lui un meurtrier, n'est-ce pas ?

Barnes fronça les sourcils.

— Mon instinct me dit qu'il mijote quelque chose, même si ce n'est pas lié à la mort de Carl Taylor. Je veux dire, regarde ces micro-comptes qui étaient listés pour le garage de voitures d'occasion. Il n'en tirait pas grand-chose.

— Tu penses que la plupart de ses transactions se faisaient en espèces ?

— Ce serait un moyen facile de blanchir de l'argent, non ?

Le cœur de Kay fit un bond tandis qu'elle se tournait vers son collègue.

— En effet, bien que nous n'ayons rien qui suggère que Luxford ait quoi que ce soit à voir avec la drogue, alors comment cela le lie-t-il au meurtre de Carl ?

— Je ne sais pas, mais je pense que ça vaut le coup de passer plus de temps à creuser ça.

Kay regarda sa montre, puis repoussa sa chaise et retourna à son bureau.

— Bon, je vais devoir y aller si je ne veux pas être coincée dans les embouteillages. Croisons les doigts pour que cette reconstitution ravive les souvenirs des gens.

— C'est une bonne idée, même s'il va y avoir des journalistes sur place, dit Barnes. Les téléphones sont devenus silencieux, et nous n'avons pas de vraies pistes. Je suppose que puisque tu m'as nourri, il y a quelque chose que tu veux que je fasse pendant que tu seras dehors ?

— Oui, est-ce que tu peux arranger un entretien avec Charlotte Luxford, et me faire savoir si tu apprends quoi que ce soit d'elle qui pourrait nous aider avec les vérifications des antécédents sur les entreprises de son mari ?

— Je m'en occupe.

Barnes leva sa tasse de café.

— Tu veux que je lui demande quelque chose en particulier ?

— Ouais, demande-lui si elle pense que son mari a tué Carl Taylor.

Kay sourit en entendant son collègue s'étouffer avec sa boisson alors qu'elle s'éloignait en hâte.

CHAPITRE 30

Gavin tira les manches de la veste de protection mi-mollet sur ses mains et se blottit à côté d'un ensemble de portes en acier ouvertes, encastrées dans un mur deux fois plus long que la salle des opérations.

Son souffle se gelait dans l'air devant lui, la chair de poule lui picotant les bras tandis qu'il scrutait à travers de larges bandes de plastique qui pendaient du cadre de la porte, le bruit des moteurs de camions grondant derrière une porte en tôle ondulée à l'arrière.

Ses cheveux habituellement hérissés étaient couverts d'une charlotte en plastique bleu, ses chaussures enfermées dans des surchaussures assorties similaires à celles qu'il portait sur les scènes de crime actives.

En examinant ses surchaussures et le sol carrelé, il remarqua que le couloir était d'une propreté impeccable.

Les poignées de porte étincelaient, et une légère odeur de désinfectant lui parvint lorsqu'une autre porte en acier à l'extrémité du couloir s'ouvrit.

Un homme d'une quarantaine d'années se précipita

vers lui, un bloc-notes à la main et une expression perplexe sur le visage.

— Détective Piper, désolé de vous avoir fait attendre, lâcha-t-il avant même que la porte ne se referme derrière lui.

Il était essoufflé lorsqu'il atteignit Gavin et lui tendit un gilet jaune haute visibilité.

— Je suis Rupert Penrose, responsable des opérations. Vous devrez porter ça une fois que nous serons là-dedans.

Gavin enfila le gilet par-dessus la veste et utilisa les attaches Velcro pour le fixer sur sa poitrine.

— Merci de me laisser jeter un coup d'œil.

— Je ne suis pas sûr de pouvoir vous être d'une quelconque aide dans votre enquête. Il serait très inhabituel que des irrégularités se produisent ici. Nous menons la barque d'une main de fer, vous savez.

Ses pas bruissaient sur les carreaux tandis qu'il passait le bloc-notes dans son autre main et il fit signe à Gavin de le suivre à travers la zone délimitée par les rideaux.

Une nouvelle bouffée d'air froid tourbillonna autour du cou de Gavin lorsqu'il pénétra dans l'espace caverneux au-delà, et il releva le col de la veste de protection.

Après les instructions de Kay de visiter le site lors du briefing de la veille, Gavin avait passé le temps entre la conduite d'autres interrogatoires de témoins et le classement de documents à élaborer sa stratégie d'entretien.

Le site web de l'entreprise était trompeusement opaque sur ce qui se passait derrière la haute clôture grillagée qui séparait son parvis en béton de la route départementale au-delà, et Gavin était impatient de voir ce qu'il y avait derrière.

Penrose s'arrêta à côté d'un chariot élévateur vert vif et agita la main au-dessus des lignes de palettes empilées qui remplissaient l'entrepôt.

— Que savez-vous de la distribution en chaîne du froid, détective ?

Le responsable des opérations dut élever la voix au-dessus du bruit provenant d'une cacophonie de machines, les unités de réfrigération luttant pour dominer le claquement des palettes en mouvement et le vrombissement des chariots élévateurs dont les conducteurs filaient d'avant en arrière.

— Seulement ce que j'ai glané sur votre site web, répondit Gavin, s'attendant à moitié à voir son souffle se transformer en brouillard devant son visage dans l'atmosphère glaciale. Vous agissez en tant que tiers entre les producteurs alimentaires locaux et les grandes surfaces. À part ça, il n'y avait pas grand-chose à en tirer.

— Nous préférons que cela reste ainsi.

Penrose désigna un chemin délimité qui zigzaguait à travers l'esplanade en béton.

— Restez entre les lignes jaunes, s'il vous plaît.

Gavin suivit le responsable des opérations le long du chemin vers l'extrémité de l'entrepôt et jeta un coup d'œil à travers les portes de trois bureaux vitrés qui longeaient le périmètre du chemin.

À l'intérieur de chacun, des hommes et des femmes étaient assis, la tête baissée, en train de fixer des écrans d'ordinateur ou de parler au téléphone, leur attention totalement accaparée par leur travail plutôt que par le détective et son escorte.

— Nous faisons partie d'une chaîne nationale de distribution alimentaire et la plupart de ce que nous avons ici est sensible au temps, expliqua Penrose alors qu'ils passaient devant la dernière porte ouverte, la voix d'une femme filtrant jusqu'à l'endroit où ils se tenaient. Une grande partie de nos produits part vers de grands marchés de gros pendant que les prix sont encore en cours de négociation.

Observant la foule de travailleurs d'entrepôt qui s'affairaient entre les longues rangées d'étagères du sol au plafond, Gavin regarda un chariot élévateur transporter une palette de laitues à travers les portes au bout vers un camion articulé en attente, le logo familier d'un supermarché s'étalant sur le côté de sa remorque.

— Cet endroit fonctionne vingt-quatre heures sur vingt-quatre ? demanda-t-il.

— Oui, nous fonctionnons en deux équipes avec une heure après chacune pour un nettoyage approfondi, répondit Penrose. Les bureaux sont également occupés pendant la nuit.

Gavin observa deux hommes en uniformes bleu marine de garde de sécurité et gilets jaunes apparaître au bout d'une rangée et marcher dans la direction opposée, leur attention portée sur les étagères suivantes.

— Et la nuit ? Vous maintenez les mêmes niveaux de sécurité en permanence ?

— Nous y sommes obligés, détective.

Penrose enfonça ses mains dans ses poches, son regard déterminé alors qu'il s'échauffait sur son sujet.

— La sécurité alimentaire est un enjeu majeur pour des entreprises comme la nôtre. Toute la chaîne du froid dépend du maintien de hauts niveaux de service par nos fournisseurs et nous-mêmes afin que tous ces aliments arrivent frais à destination. Personne n'entre ici sans passer par les mêmes contrôles rigoureux de santé et de sécurité que vous avez subis en tant que visiteur.

— Donc si quelqu'un était surpris en train de rôder...

— Ce serait difficile. Voilà ce que j'en pense.

Penrose pointa du doigt les grandes portes en acier qui bloquaient l'extrémité de l'entrepôt frigorifique.

— Même les chauffeurs-livreurs n'ont pas accès à cet endroit. Ces portes sont contrôlées par un système de sécurité auquel seuls nos employés ont accès. Les chauffeurs restent près de leur véhicule à tout moment pendant le processus de déchargement et de chargement – c'est autant pour leur propre sécurité que pour la sécurité alimentaire – et tous nos employés subissent des contrôles de sécurité rigoureux. Nous ne pouvons tout simplement pas nous permettre que la nourriture soit contaminée.

— Votre système de sécurité pourrait-il être violé, ou quelqu'un pourrait-il y apporter des modifications ? Ou peut-être...

Gavin se rendit compte qu'il avait l'air désespéré et il ferma la bouche.

— C'est un monde différent d'il y a dix ans.

Penrose lui lança un regard navré.

— Nous n'avons plus seulement à nous inquiéter des anciennes menaces comme la bactérie E. coli qui se forme naturellement   dans   les   aliments   mal conservés ; maintenant nous devons aussi nous assurer de pouvoir atténuer tout risque de bioterrorisme.

Gavin soupira, parcourut une dernière fois du regard les rangées d'énormes unités de stockage, puis remercia Penrose et se retourna pour partir.

Arrivé à sa voiture après avoir jeté les vêtements de protection et signé à la réception du centre de distribution, il sortit son téléphone portable et appuya sur la numérotation rapide.

— Chef ? Je ne pense pas que ce soit l'endroit. Nous sommes revenus à la case départ.

CHAPITRE 31

Kay protégea ses yeux de l'éclat du soleil de fin de matinée et observa une équipe vidéo qui installait une nouvelle scène à quelques centaines de mètres le long de l'allée bordée d'arbres.

Le camion frigorifique abandonné avait été enlevé par l'équipe de Harriet mardi en fin d'après-midi sous le couvert d'une bâche de protection, et seul un vestige de ruban bleu et blanc délimitant la scène de crime flottait pathétiquement au tronc d'un sycomore à l'entrée du chemin.

Kay se fraya un chemin à travers les broussailles et tira sur un nœud du ruban en plastique jusqu'à ce qu'il se desserre, puis elle l'arracha et l'enroula autour de ses doigts tandis qu'elle retournait vers la route.

Elle leva les yeux de l'asphalte pour voir Devon Sharp qui marchait le long de l'allée dans sa direction.

— Vont-ils filmer tout le trajet depuis le dernier point de chute ? demanda-t-elle.

— Oui, ils le monteront en une séquence plus courte,

mais je veux capturer autant de repères familiers que possible pour les habitants, répondit-il en s'arrêtant à côté d'elle et en regardant l'équipe de tournage. J'espère que cela aidera à rafraîchir la mémoire des gens.

— Qu'en est-il des images de vidéosurveillance que nous avons obtenues du magasin d'antiquités ?

Sharp secoua la tête.

— Ce serait peut-être trop d'informations pour le moment, jusqu'à ce que nous sachions qui c'est. Surtout compte tenu de la situation avec la drogue.

Un homme d'une vingtaine d'années tenant un microphone sur une longue perche se tenait à côté d'un camion frigorifique qu'Adele Marchant leur avait prêté pour les besoins de la reconstitution. Il avait l'air de s'ennuyer, appuyé sur une jambe tandis qu'il frottait l'arrière de son mollet avec sa chaussure éraflée.

Devant lui, le cameraman plus âgé s'appuyait contre la cabine du conducteur, indiquant l'angle proposé le long de l'allée qu'il voulait que le conducteur prenne. Il hocha la tête, s'éloigna un peu et rit avant de faire signe à tout le monde de s'écarter du champ qu'il voulait alors qu'il levait la caméra à son épaule.

Kay fronça les sourcils.

— On croirait qu'ils tournent une fichue publicité plutôt que les derniers instants de la vie de quelqu'un, vu la façon dont ces deux-là se comportent.

— Pour eux, ce n'est qu'un autre contrat, dit Sharp en enfonçant ses mains dans ses poches. Allez, attendons ici pendant qu'ils filment cette partie pour ne pas être dans le champ.

Il la conduisit vers un petit accotement, tournant le dos à la haie de prunellier.

Quand Kay le rejoignit, elle entendit le bourdonnement des abeilles, l'air épais de pollen sucré. Le moteur d'un tracteur allait et venait au-delà de la haie, le raclement des machines parvenant à ses oreilles alors qu'il passait avec une ramasseuse-presse abaissée vers le sol.

La campagne débordait encore de vie à cette période de l'année, contrastant violemment avec le rappel que deux hommes avaient perdu la vie de manière si horrible.

Elle soupira, regardant le camion passer avant que quelqu'un ne crie « coupez » et que la caméra ne soit à nouveau baissée.

— Tu veux passer au prochain endroit ? demanda-t-elle après que le conducteur s'était rangé sur le côté de l'allée pour attendre de nouvelles instructions.

— Parlons d'abord aux journalistes, dit Sharp. Au moins comme ça, nous pourrons répondre à toutes les questions qu'ils ont au fur et à mesure plutôt que d'attendre la fin. Ça pourrait nous aider à ajuster les séquences prévues si nous pensons avoir négligé quelque chose.

— D'accord.

Un petit groupe s'était rassemblé à côté de l'ingénieur du son, une sélection de journalistes invités par l'équipe des relations médias pour assister à la reconstitution et donner un compte rendu personnel des événements, plutôt que de s'appuyer uniquement sur le produit fini.

Kay reconnut Jonathan Aspley du *Kentish Times* à l'arrière du groupe, le reporter tenant son téléphone à l'oreille tout en les regardant approcher.

Il leva la main en signe de reconnaissance, mit fin à l'appel et se détacha du groupe.

— Détective Hunter, dit-il, son téléphone tendu devant lui. Cette reconstitution indique-t-elle que vous n'avez aucun suspect dans le meurtre de Carl Taylor ou Will Nivens ?

Six autres journalistes se détournèrent de l'ingénieur du son, leur intérêt piqué.

Kay jeta un coup d'œil aux visages avides, se força à rester calme et adressa un petit sourire à Jonathan.

— Pas du tout, monsieur Aspley. Comme vous le savez des enquêtes précédentes que vous avez couvertes, nous devons rassembler autant de preuves que possible pour présenter un dossier au ministère public. Cette reconstitution est simplement un moyen de faire comprendre au grand public à quel point leurs contributions peuvent être importantes s'ils se souviennent avoir vu Carl ou Will dans les dernières heures de leur vie.

— Bien joué, murmura Sharp du coin de la bouche. Bien, mesdames et messieurs. Encore deux questions, et puis nous devons passer au prochain endroit. Suzi ?

— Carl Taylor avait-il une liaison ?

Kay retint un grognement à la vue de la journaliste de tabloïd.

Suzi Chambers avait la réputation de verser dans le sensationnalisme, ce qui s'était retourné contre elle à plus d'une occasion. D'une manière ou d'une autre, la femme avait toujours réussi à se battre pour revenir, et il semblait qu'elle cherchait une fois de plus à utiliser une enquête pour meurtre pour faire avancer sa carrière.

Elle entendit Sharp prendre une profonde inspiration avant de répondre.

— J'attendrais un peu plus de professionnalisme, même de votre part, dit-il. Question suivante.

Le sourire de Suzi s'estompa tandis que ses épaules s'affaissaient, visiblement déçue de ne pas obtenir la réaction qu'elle recherchait.

Kay lui lança un regard noir, puis écouta Sharp expliquer à un journaliste de la chaîne de télévision locale ce que la police espérait obtenir avec l'aide du public.

Cela fait, le groupe se dispersa vers leurs voitures.

Elle soupira en suivant le commandant divisionnaire de retour à son véhicule, et elle espéra que le reste de ses collègues avaient plus de chance dans leurs efforts.

CHAPITRE 32

Barnes leva les yeux de l'écran de son téléphone portable alors qu'une femme d'une trentaine d'années traversait en hâte Jubilee Square pour le rejoindre près d'un banc en bois.

Le bruit de ses talons résonnait sur les pavés décoratifs posés par le conseil municipal lors de la rénovation quelques années plus tôt, qui réfléchissaient la chaleur du soleil.

Barnes passa son doigt autour du col de sa chemise alors qu'elle s'approchait, regrettant déjà la salle des opérations climatisée.

La jupe et la veste assorties de la femme étaient faites d'un tissu léger, et elle portait un chemisier crème en dessous. Remarquant son regard, elle tendit la main et retira un badge épinglé au-dessus de son sein gauche pour le glisser dans son sac à main.

— Madame Luxford ?

— Charlotte, je vous en prie.

Elle fit un geste vers le banc.

— Merci de ne pas être venu au bureau, inspecteur Barnes. Je ne pense pas que cela aurait été bien vu, étant donné que je suis encore en période d'essai avec eux.

— Comment se passe le travail ? Vous vous y plaisez ?

Elle s'efforça de sourire.

— Je me passerais bien de travailler le samedi. Mais c'est de l'argent qui rentre, c'est le principal. Avez-vous déjà divorcé, inspecteur ?

— Une fois. C'était suffisant.

— Exactement. Je veux ce qu'il y a de mieux pour nos filles, mais cela ne signifie pas que je veux dépendre des revenus de Steve pour les élever. D'où mon travail chez l'agent immobilier. Ça fera l'affaire pour le moment.

Elle posa son sac à main entre eux, enroulant la lanière de cuir autour de ses doigts.

— Alors, de quoi vouliez-vous me parler ?

— Nous enquêtons sur la mort d'un homme qui a été retrouvé assassiné et abandonné dans une voiture—

— L'homme retrouvé chez O'Connor ?

Elle plissa le nez, son regard se portant sur un groupe d'adolescents qui flânaient.

— Oui, j'en ai entendu parler. Steve a fait une offre sur l'endroit il y a quelques semaines.

— Il a fait une offre plus basse depuis.

Les yeux de Charlotte se tournèrent brusquement vers lui, sa bouche s'ouvrant sous le choc.

— Vraiment ?

— Vous semblez surprise.

— Eh bien, c'est... inhabituel, non ? Je veux dire, je n'imagine personne vouloir acheter une voiture à cet endroit.

— Pensez-vous que votre mari pourrait croire qu'avec un nouveau propriétaire, les affaires reprendraient ?

Elle se mordit la lèvre.

— C'est possible, je suppose.

— Avez-vous été impliquée dans la dernière entreprise de voitures d'occasion que Steve gérait ? Celle de Thanet ?

— Non.

Un sourire faillit apparaître au coin de sa bouche.

— J'étais enceinte de notre aînée à l'époque. Il ne l'a gérée qu'un an de toute façon, puis il a eu l'opportunité d'acheter l'entreprise de lavage de voitures.

— Pourquoi a-t-il changé pour faire ça ?

— Steve a une courte capacité d'attention, inspecteur. Il s'est ennuyé et avait envie de changement. C'est probablement la même chose cette fois-ci, trois ans est la plus longue période que je l'aie connu rester au même endroit.

Elle laissa échapper un rire amer.

— C'est pour ça que le mariage ne lui convenait pas, ni le fait d'être un parent responsable.

Barnes se repositionna sur son siège pour mieux voir son visage.

— Charlotte, je dois vous poser la question : avez-vous le moindre soupçon que Steve pourrait être impliqué dans quelque chose d'illégal ?

Il remarqua le choc qui traversa ses yeux, et attendit.

Elle finit par secouer la tête.

— Je ne pense pas, répondit-elle. Écoutez, je sais qu'il connaît probablement des personnages peu recommandables, ça va avec le métier de temps en temps, surtout dans ce segment bas de gamme du marché. Mais je ne pense pas qu'il ferait quoi que ce soit d'illégal.

— Quelqu'un aurait-il pu l'utiliser pour faire quelque chose d'illégal ? Du chantage, peut-être ?

— Non, dit-elle avec véhémence, mais son visage se détendit ensuite. Steve ne ferait rien qu'il ne veuille pas faire. D'ailleurs, pourquoi quelqu'un lui ferait-il du chantage, et comment ? Steve peut paraître un personnage rustre, mais tout ce qu'il a toujours voulu, c'est réussir dans la vie.

Barnes détourna son regard d'elle et réprima sa frustration.

— Très bien, Charlotte, dit-il finalement. Merci pour votre temps. J'apprécie.

Elle hocha la tête et se leva du banc, puis s'arrêta et jeta un coup d'œil par-dessus son épaule vers lui.

— Je pensais ce que j'ai dit à propos de Steve. C'était un mari nul, mais ce n'est pas un tueur, inspecteur.

Barnes se pencha en arrière alors qu'elle s'éloignait et il vérifia sa montre.

Kay serait encore sur la reconstitution de la scène de crime avec Sharp.

Il soupira, puis leva les yeux pour voir Charlotte Luxford disparaître au détour d'un virage et hors de vue.

D'une certaine manière, il croyait ce qu'elle disait à propos de son mari.

Il se leva du banc en bois et déboutonna sa veste en tournant vers Gabriel's Hill en direction du poste de police.

— Nous faisons fausse route, marmonna-t-il.

CHAPITRE 33

Le lendemain matin, Kay gara sa voiture sur une place libre devant le quartier général de la police du Kent à Northfleet et elle se dépêcha de rejoindre le parvis devant le bâtiment moderne de quatre étages.

Une structure en béton entourait des vitres teintées qui donnaient sur une route principale animée longeant la côte nord du Kent près de Gravesend.

La construction moderne contrastait fortement avec le bâtiment en briques rouges de la fin des années 1930 qui avait abrité le quartier général de la police jusqu'à l'année précédente, et certains membres de la division ouest critiquaient la décision de déménager vers l'est.

Malgré cela, la plupart de ses collègues de Sutton Road étaient enthousiastes à l'idée du déménagement.

Comme Adam l'avait fait remarquer, venir ici comportait un autre type de risque pour Kay.

Depuis que son équipe et elle avaient démasqué deux officiers corrompus travaillant aux côtés de l'un des pires trafiquants d'êtres humains du pays, elle avait évité cet endroit, peu désireuse d'affronter le ressentiment tacite de certains qui lui reprochaient sa promotion au poste d'inspectrice principale aux dépens d'anciens collègues autrefois respectés.

Et c'était ainsi qu'elle se retrouvait ici un dimanche matin, espérant éviter quiconque pourrait s'offusquer de sa présence.

Elle portait un plateau en carton avec deux grands gobelets de café à emporter dans une main et balançait son sac sur son épaule de l'autre, y glissant ses clés de voiture alors qu'elle traversait le chemin en béton et atteignait les portes d'entrée.

Kay passa sa carte de sécurité sur un panneau intégré au mur et monta rapidement un escalier, suivant les panneaux qui indiquaient l'équipe de police scientifique numérique. Arrivée sur le palier, elle longea un couloir silencieux jusqu'au bout et frappa du poing contre une porte couleur hêtre avec un panneau de vision inséré dans le bois au-dessus de la poignée.

Quelques instants plus tard, une silhouette apparut et elle entendit un *bip* avant que le mécanisme de verrouillage ne se libère.

— Bonjour, Hunter.

— Merci de faire ça, Andy.

— Je n'ai pas de vie sociale. Tu as de la chance.

La bouche de Grey tressaillit alors qu'il fermait la porte derrière elle et la conduisait vers un ensemble de six écrans.

— Comment tu t'installes ici ? demanda-t-elle en lui tendant l'un des cafés et en regardant par la fenêtre. La vue n'est pas vraiment meilleure, n'est-ce pas ?

— Comme si j'avais le temps de regarder dehors et de rêvasser, marmonna-t-il en passant une main dans ses cheveux en désordre. On n'a toujours pas retrouvé une boîte d'objectifs qui s'est volatilisée pendant le déménagement de Maidstone.

— Oups.

Kay but une gorgée de son gobelet et pointa les écrans du doigt.

— Comment t'en es-tu sorti avec nos images de vidéosurveillance, quelque chose d'utile ?

— En fait, ça a été le seul point positif d'une semaine par ailleurs pourrie, Hunter.

Il lui fit signe de s'asseoir sur l'une des deux chaises à piédestal à côté du bureau et s'affala dans l'autre.

— Je vais commencer par les mauvaises nouvelles. Cet enregistrement-ci, celui fourni par le propriétaire de la boutique d'antiquités, c'est le mieux qu'on puisse obtenir, et j'ai bien peur qu'il ne te soit d'aucune utilité.

Kay plissa les yeux devant l'image pixelisée sur le premier écran et soupira.

— Si c'est ça ton idée du progrès, Andy...

— Attends, rappelle-toi que j'ai dit que cette semaine n'était pas complètement nulle. Regarde ici.

Il tapota l'écran du milieu puis utilisa la souris pour zoomer sur les contrôles.

— C'est une caméra de vidéosurveillance devant un marchand de journaux à Sittingbourne. Cet homme sort de cette ruelle et monte sur un scooter garé devant la boutique. Et voici un angle différent qui le montre en train d'entrer dans la ruelle de l'autre côté, près d'un cabinet d'avocats. Donc, il s'agit probablement—

— Du type qui surveillait Helen Taylor.

La voix de Kay trahissait son émerveillement tandis que l'expert en police scientifique numérique cliquait sur une série de boutons et qu'une nouvelle photographie apparaissait à l'écran avec plus de clarté.

— C'est parfait.

Une nouvelle excitation la parcourut alors qu'elle regardait d'une image à l'autre, puis son regard tomba sur la séquence de chiffres affichée au bas de chaque écran.

— Merde. Attends, ça ne peut pas être notre homme. Regarde l'horodatage ici, il n'aurait pas pu surveiller le bureau d'Helen à ce moment-là. C'est dans le même créneau horaire où on sait que les pneus du camion de Carl ont été crevés.

— Il *la* surveillait, dit Andy, en tenant deux images agrandies. Ce sont deux personnes différentes.

Kay prit les photographies qu'il lui tendait et comprit immédiatement ce qu'il voulait dire.

La première silhouette, le conducteur du scooter, était mince et semblait avoir une vingtaine d'années.

Le second homme était plus âgé, plus costaud, et se déplaçait avec la démarche de quelqu'un souffrant d'une blessure au genou ou quelque chose de similaire, son poids reposant sur sa jambe gauche alors qu'il s'arrêtait pour traverser le carrefour animé.

— Dis-moi que tu sais qui ils sont, dit-elle en rendant les photographies à Andy.

Il sourit et tapota l'image du plus jeune homme.

— Je n'ai réussi à obtenir le nom que d'un seul d'entre eux grâce aux fichiers d'enregistrement des permis de conduire. Adrian Whitely, dix-sept ans. Les registres indiquent qu'il vit avec son père à Boxley.

— Eh bien, un sur deux ce n'est pas mal, je te l'accorde, dit-elle, déjà en train de reculer sa chaise.

— Je pense que si tu as une petite conversation avec lui à portée d'oreille de son père, tu pourrais aussi découvrir qui est cet autre type.

Kay lui fit un clin d'œil et lui tapota l'épaule.

— Le mieux serait que j'aille gâcher leur week-end alors, tu ne crois pas ?

CHAPITRE 34

Laura lissa sa veste de tailleur et s'attarda devant la porte fermée de la salle d'interrogatoire numéro trois, son excitation tempérée par le souvenir récent d'un adolescent terrorisé qu'on y avait fait entrer dix minutes plus tôt.

Adrian Whitely était accompagné de son père, un homme dans la cinquantaine qui dégageait une attitude problématique et empestait la sueur rance.

L'homme lui avait lancé un regard noir en passant dans le sillage de son fils et de Harry Davis, le sergent de garde du quartier de détention ce week-end.

En comparaison, l'adolescent semblait rapetissé dans son jean trop large et son t-shirt blanc mal ajusté qui débordait de sa ceinture, ses pieds enfoncés dans des chaussures de sport de marque si grandes qu'elles faisaient ressembler le reste de sa silhouette maigre à une crosse de hockey.

Harry lui avait fait un signe de tête en partant, puis était revenu quelques instants plus tard avec un homme officieux dans un costume froissé qui semblait avoir été sorti du panier à linge en toute hâte – le présentant comme l'avocat demandé par la famille – avant de le faire entrer dans la pièce.

Laura tapota un dossier en papier kraft contre sa jambe de pantalon et arpenta le sol carrelé en attendant que Kay la rejoigne, ses yeux parcourant les pages de son carnet.

Rien ne laissait supposer que l'adolescent avait des antécédents de troubles. Son nom n'était jamais apparu sur une accusation juvénile, ni n'avait été associé à quiconque d'intérêt pour la police.

Alors pourquoi maintenant ?

— Son avocat est déjà arrivé ?

Laura leva les yeux de ses notes alors que Kay s'approchait, et elle fit un signe du menton vers la porte.

— Il est arrivé il y a quelques minutes.

— D'accord, eh bien, c'est assez long pour qu'ils fassent connaissance. Commençons.

Sur ce, l'inspectrice principale passa sa carte sur le verrou et poussa la porte, puis se dirigea vers la table et laissa tomber une pile de dossiers en papier kraft devant l'adolescent.

Les yeux d'Adrian s'écarquillèrent devant la pile de documents, et Laura réprima un sourire.

Sans doute l'adolescent se demandait-il comment sa courte vie avait pu remplir tant de pages, alors qu'elle savait que Kay utilisait ce geste comme un moyen d'affirmer son autorité sur son jeune interlocuteur.

En fait, la vie d'Adrian Whitely à ce jour ne remplissait pas plus de trois pages de notes dans le dossier que Laura tenait en main – et la majorité provenait d'une copie d'un maigre CV qu'il avait publié en ligne neuf mois auparavant, enfoui sur Internet parmi ses réseaux sociaux et une tentative peu convaincante de profil sur un site populaire de recherche d'emploi.

Laura tendit la main et appuya sur le bouton « enregistrer » de l'appareil à l'extrémité de la table et elle garda un regard fixe tandis qu'elle récitait l'avertissement formel et présentait les personnes dans la pièce. Cela fait, elle posa un bras sur la table et écouta Kay commencer l'interrogatoire.

— Avant que nous commencions, je dois préciser que vous n'êtes ici que pour agir en tant que tuteur légal de votre fils, est-ce clair, monsieur Whitely ? Je ne tolérerai aucune tentative d'influencer les réponses d'Adrian à mes questions, dit l'inspectrice. Je ne supporterai pas non plus d'interruptions. S'il y a un problème juridique ou une préoccupation concernant la direction que prend cet interrogatoire formel, c'est à l'avocat d'Adrian d'intervenir. Vous comprenez ?

Laura observa Whitely prendre une teinte plus foncée, sa mâchoire serrée.

Le silence descendit sur la pièce pendant quelques instants avant qu'il ne hoche la tête.

— D'accord, répondit-il d'un ton boudeur.

L'adolescent déglutit lorsque les yeux de Kay se tournèrent vers lui.

— Adrian, je dois dire que je suis surprise qu'une personne aussi jeune que toi soit impliquée dans un double meurtre, mais des choses plus étranges se sont produites.

Kay ouvrit le dossier en papier kraft au sommet de la pile devant elle et en sortit une photographie.

Le jeune de dix-sept ans devint gris à la vue du corps

gelé de Will Nivens étendu sur l'une des civières de la morgue de Lucas, ses yeux s'écarquillant devant l'image macabre. Il s'essuya la bouche avec la manche de son sweat-shirt avant de baisser le bras sur ses genoux.

— Je ne le connais pas. Je ne l'ai jamais vu de ma vie, lâcha-t-il.

Sa voix tremblait, rappelant soudainement qu'il s'agissait de quelqu'un au seuil de l'âge adulte et à peine sorti de l'enfance.

Laura résista à l'envie de ricaner, maîtrisant sa frustration qu'il ait quelque chose à cacher et souhaitant que sa supérieure parvienne à extirper l'information dont ils avaient si désespérément besoin.

— D'accord, dit Kay d'un ton vif en retournant une autre photographie. Et cette femme ?

Adrian jeta un coup d'œil à l'image d'Helen Taylor et cligna des yeux. Il s'agita sur son siège, les deux mains serrées entre ses jambes, puis haussa les épaules.

— Réponds à la question, Adrian, aboya Kay. Je peux te garder ici pendant vingt-quatre heures. Trente-six si mon commandant divisionnaire l'approuve, et crois-moi, il le fera. Deux hommes sont morts, et tu es notre seul suspect. Commence à parler.

L'adolescent renifla. Il évita soigneusement de regarder son père, dont le regard le transperçait, une fureur silencieuse suintant de l'homme à la carrure imposante.

Kay se tourna vers l'avocat.

— Pensez-vous qu'il serait prudent de demander à monsieur Whitely de quitter la pièce, au cas où Adrian serait plus à l'aise pour nous parler sans sa présence ?

Laura retint son souffle, soulagée de ne pas être la

seule à sentir le courant de tension sous-jacent entre le père et le fils. Elle était sûre qu'Adrian savait quelque chose, mais Kay avait raison – il n'allait pas parler.

Pas encore.

L'avocat s'éclaircit la gorge et se pencha en arrière sur sa chaise jusqu'à ce qu'il puisse voir au-delà d'Adrian jusqu'à son père.

— L'inspectrice a peut-être raison, monsieur Whitely. Cela vous dérangerait-il ?

— Bien sûr que ça me dérange !

Whitely repoussa sa chaise et pointa son doigt vers Kay.

— C'est mon fils, bon sang, et vous le menacez.

— Monsieur Whitely, dit Kay, si vous ne maîtrisez pas votre problème d'attitude tout de suite, je n'aurai d'autre choix que de vous expulser de cette pièce de toute façon. Adrian sera emmené en cellule, et nous continuerons quand vous vous serez calmé. Alternativement, vous pouvez faire ce que l'avocat d'Adrian suggère. C'est à vous de décider.

Elle le fixa du regard, ses traits calmes pendant qu'elle attendait sa réponse.

Whitely se tenait les poings serrés comme prêt à se battre et Laura baissa sa main vers la table, ses doigts cherchant le bouton d'urgence situé sous le cadre métallique.

Finalement, il tourna les talons, frappa à la porte et quitta la pièce, passant devant l'agent en uniforme à l'extérieur sans un regard en arrière.

Adrian poussa un soupir et se frotta le visage avec ses mains.

— Dieu merci. J'ai cru qu'il allait péter un câble ici pendant une minute.

Kay ne fit pas de pause pour laisser l'adolescent se détendre.

Au lieu de cela, elle écarta les deux photographies et en plaqua une autre sur la table – celle qu'Andy Grey avait nettoyée à partir des images de vidéosurveillance montrant la silhouette repérée à côté du camion de Carl Taylor.

— Qui est cet homme ?

Adrian tripota le cordon de son sweat à capuche, le faisant glisser d'avant en arrière sur ses lèvres tout en examinant la photographie.

— Je ne sais pas.

— Il a été filmé en train de crever les pneus de ce camion garé en arrière-plan. Pourquoi aurait-il fait ça ?

— Je ne sais pas. Je ne sais pas qui c'est.

— Voyons si ceci aide à te rafraîchir la mémoire.

Kay tendit la main sous le premier dossier, en ouvrit un second et en sortit une autre image.

Celle qui montrait Carl Taylor allongé sur un brancard.

— Oh, bon sang.

Adrian se rejeta une fois de plus en arrière sur sa chaise.

— C'est qui, putain ?

— Un homme du nom de Carl Taylor.

Kay ignora son malaise et disposa une série de quatre images, toutes montrant le paquet de cocaïne trouvé chez Carl.

— Parle-moi de ceci, dit-elle en tapotant du doigt sur la plus proche. Pourquoi près d'un kilo de drogue serait-il caché dans le drain de la cour d'un homme mort ?

— Je ne sais pas.

La voix d'Adrian tremblait tandis que son regard passait de Kay à son avocat, puis revenait.

— Honnêtement, je ne sais pas.

Kay retourna une autre image qui montrait le corps de Carl Taylor in situ sur la banquette arrière de la voiture.

— J'aimerais savoir pourquoi cet homme a d'abord été laissé mort de froid à l'arrière de son camion de livraison avant d'être déplacé et abandonné à l'arrière d'une voiture dans le garage de voitures d'occasion de Mike O'Connor.

— Quoi ?

Adrian se pencha en avant, les sourcils froncés alors qu'il examinait de plus près la photographie.

— Tu connais Mike O'Connor ?

L'adolescent resta silencieux, le compteur numérique sur le devant de l'enregistreur continuant à défiler tandis que le silence s'étirait.

Il finit par bouger sur sa chaise et fit signe à son avocat avant de lui chuchoter à l'oreille.

Laura observa l'avocat murmurer quelque chose à voix basse puis se tourner vers Kay.

— Mon client souhaite aider, mais il veut qu'il soit noté qu'il n'a rien à voir avec le meurtre de ces deux hommes.

— D'accord, dit Kay. Allons-y alors, Adrian.

— Je ne sais rien, d'accord ?

L'adolescent se redressa sur sa chaise.

— Je suis juste un livreur.

Laura jeta un coup d'œil à Kay, le cœur battant.

L'inspectrice plissa les yeux.

— Un livreur ? Depuis quand ?

— C'est juste à temps partiel, quoi. En liquide. C'est pour ça que je ne l'ai pas mis sur ce CV que vous avez.

— Depuis combien de temps ?

— Environ quatorze mois, je suppose.

— Pour qui ?

— Une entreprise de restauration. Des plats à emporter et tout ça. Vous savez, ces applications de bouffe qu'on a sur son téléphone. Ils préparent tous ces repas, et moi et d'autres on les livre. On est un tas avec des scooters, puis quelques-uns des autres ont des voitures. De l'argent facile, non ?

— Où est le restaurant ? demanda Kay. Où est-ce que tu vas chercher la nourriture ?

— Ils gèrent la cuisine depuis un endroit près de Sandling. Ils font des pizzas, de la cuisine asiatique, des burgers, des trucs comme ça. Tout ce qui est commandé, en fait.

— Comment connais-tu Mike O'Connor ? Tu lui as acheté ton scooter ?

— Nan.

L'adolescent renifla.

— Je travaillais pour lui avant. En quelque sorte.

— Au garage ?

— Non, à son dernier endroit. Le restaurant chic qu'il avait.

L'adolescent gigota sur sa chaise.

— Enfin, pas vraiment au restaurant. Ils nous faisaient venir pour aider avec la restauration de temps en temps.

— Qui ça, « nous » ?

— Alan, c'est mon patron à la cuisine, et quelques-uns des autres livreurs. On venait donner un coup de main.

Kay croisa les mains sur la table et le fusilla du regard.

— C'est Alan qui t'a dit de surveiller Helen Taylor ?

— Je suppose. Enfin, je sais pas. J'ai juste reçu un message avec une photo d'elle me disant de ne pas aller au travail ce jour-là mais d'aller à une adresse à Sittingbourne et de surveiller où elle travaillait et puis d'envoyer un message quand elle partirait.

— Tu as gardé le message ?

— Non, je l'ai effacé.

— Alors, comment sais-tu qui l'avait envoyé ?

— Je... j'ai juste supposé que c'était Alan, quoi. Il change toujours de numéro de téléphone.

Une goutte de sueur coula sur le front de l'adolescent et il jeta un coup d'œil à l'avocat commis d'office.

— C'est tout ce que je sais, je le jure. Je n'ai rien à voir avec le type mort dans la voiture. Je ne sais même pas qui c'est, d'accord ? Je ne sais pas ce qui se passe.

Kay tendit la main et tapota la photographie de Carl Taylor.

— Cet homme, Adrian, est le mari de la femme qu'on t'a dit de surveiller. Maintenant, tu comprends pourquoi tu es ici ?

Elle fit une pause, attendant que la réalisation frappe l'adolescent.

Quand cela arriva, il pâlit, un soupir haletant s'échappant de ses lèvres.

— Oh, merde.

CHAPITRE 35

Le soleil de fin d'après-midi projetait des rayons tachetés sur les bureaux de ses collègues lorsque Kay entra dans la salle des opérations une demi-heure plus tard, le dos raide d'être restée assise sur la chaise en plastique dur pendant qu'Adrian Whitely faisait sa déposition officielle.

Laissant Laura travailler avec le sergent de garde pour organiser la libération de l'adolescent en attendant la suite de l'enquête, elle tapota l'épaule de Barnes en passant.

La frustration embrumait ses pensées tandis qu'elle s'approchait du tableau blanc.

Elle laissa les conversations de la salle des opérations la submerger pendant qu'elle parcourait du regard les photographies épinglées sur le panneau de liège à côté, Barnes accrochant une nouvelle photo d'Adrian Whitely près du haut.

Ils avaient tous deux ajouté des notes sur le tableau blanc au cours de la semaine, les lettres majuscules soignées que Barnes préférait contrastant avec son écriture bouclée alors qu'ils avaient résumé les principales actions entreprises jusqu'à présent.

— Comment ça s'est passé, chef ? demanda-t-il.

— Les informations d'Adrian Whitely sur Mike O'Connor donnent un angle différent à l'enquête, mais il n'a pas fourni les réponses dont nous avons besoin sur la raison pour laquelle le corps de Carl a été laissé dans une voiture volée sur le parking de son garage. Cela n'explique pas non plus pourquoi deux chauffeurs-livreurs ont fini leur vie en mourant de froid à l'arrière de leur véhicule.

— Ni pourquoi l'un d'eux était en possession de trente mille livres de cocaïne.

— Peut-être que c'était un deal de drogue qui a mal tourné ? marmonna-t-elle en arpentant la moquette, les yeux rivés sur le tableau. Et s'ils avaient vu quelque chose qu'ils n'auraient pas dû voir ?

Elle jeta un coup d'œil par-dessus son épaule en entendant son nom, pour voir Gavin se précipiter vers elle.

— J'ai d'autres informations sur l'entreprise de restauration pour laquelle Adrian travaille, dit-il.

Il se faufila entre les chaises de deux assistants administratifs et s'approcha du tableau blanc.

— L'adresse est une boîte postale en ville ici. Ils opèrent à partir d'un local industriel à une adresse à Sandling, cependant.

— Une idée de la date de début d'activité ?

— Elle est apparue il y a environ deux ans, quand les applications de livraison de repas ont commencé à décoller par ici, selon les informations sur le site web. Ils travaillent pour les applications ainsi que pour fournir des services supplémentaires aux restaurants à emporter locaux et à d'autres entreprises qui ont besoin de services de restauration ponctuels pendant les périodes chargées comme les jours fériés.

— Y a-t-il quelque chose sur le registre des entreprises qui pourrait nous aider ? Comme le nom de famille d'Alan s'il est directeur ?

— Rien, chef, ça n'apparaît pas dans la recherche.

— Une indication sur qui pourraient être leurs clients ?

Gavin hocha la tête et tourna une autre page de son carnet.

— Certaines des grandes franchises de restauration rapide de la région, pizzas, burgers, ce genre de choses, même si ce n'est pas sur leur site web. J'ai dû creuser un peu pour trouver ça.

— J'imagine que les franchises ne veulent pas que leurs clients sachent qu'elles sous-traitent le travail, dit Barnes.

— C'est vrai. On dirait que cette entreprise pourrait profiter des noms de marques.

Kay parcourut du regard les notes sur le tableau blanc et fronça les sourcils.

— Comment s'appellent les personnes qui possèdent l'ancien restaurant de Mike et Ann ?

— Attends.

Gavin feuilleta à nouveau ses notes.

— Voilà, Tom et Zoe Peters.

— Tu penses qu'ils auraient pu continuer à utiliser cette même entreprise ? demanda Barnes.

— C'est quelque chose que nous devrons examiner, dit Kay. Et pour HOLMES2, Gav, des rapports sur l'entreprise là-dedans ?

Gavin fronça les sourcils.

— Il n'y a rien qui suggère qu'il y ait eu des problèmes avec l'entreprise auparavant, chef, mais...

— ... Si ce Alan, qui qu'il soit, a fait faire tout le boulot à des gosses comme Adrian, alors il a réussi à rester discret, dit Kay.

Elle fit signe à Laura de venir alors qu'elle entrait dans la salle des opérations avant de se déplacer vers les cartes étalées sur le bureau à côté du tableau blanc.

Poussant de côté des copies d'images de vidéosurveillance et décollant doucement des post-it qui obscurcissaient les contours et les noms de lieux, elle tapota du doigt une route secondaire qui longeait la route M20.

— D'accord, Gav, où se trouve cette entreprise de restauration ?

Son collègue se pencha en avant pour indiquer une impasse sur la gauche.

— Juste ici. Il n'y a qu'environ six unités industrielles, le genre avec un petit espace d'entrepôt en dessous et des bureaux au-dessus.

— Ils ont dû transformer l'entrepôt en cuisines commerciales, alors.

Kay se redressa.

— Gavin, lis la déclaration d'Adrian Whitely pour le contexte, mais je veux que tu travailles avec Laura pour enquêter sur cette entreprise de cuisine où il a travaillé ces quatorze derniers mois. Je veux tout savoir sur son mode de fonctionnement, et en particulier sur le propriétaire, Alan. Adrian ne connaît pas son nom de famille.

— Pas de problème.

— Merci.

Kay consulta sa montre et repoussa sa chaise.

— Il se fait tard, alors apportez tout ce que vous pouvez pour moi au briefing de demain matin à huit heures. Où se trouve l'entreprise de restauration par rapport à l'ancien restaurant de Mike et Ann ?

— Ici, dit Gavin, et il traça un itinéraire sinueux du doigt. Pas loin, donc ça aurait du sens s'ils les utilisaient pour un service de livraison ou pour la restauration d'événements plus importants. Et regarde, ils pourraient le faire en évitant les routes principales aussi.

— Intéressant.

— Qu'est-ce que tu veux faire ? demanda Barnes. Est-ce qu'on devrait interroger à nouveau Mike et Ann O'Connor ?

— Non, pas avant de savoir à quoi nous avons affaire, étant donné ce qui est arrivé à Carl et Will. Nous avons besoin de plus d'informations de base à ce sujet pendant que Gavin fait ses recherches.

Kay ramassa ses clés de voiture sur le bureau et les tendit à son collègue.

— Mais allons parler aux nouveaux propriétaires du restaurant, d'accord ?

CHAPITRE 36

Kay s'arrêta à côté de la voiture de service et prit un moment pour apprécier l'ancien presbytère classé monument historique qui abritait l'ancienne entreprise de Mike et Ann O'Connor.

Perché sur un talus herbeux surélevé, le bâtiment s'élevait sur deux étages avec une paire de hautes cheminées en brique dépassant de chaque côté d'un toit en ardoise. Un panneau à côté de la place de parking indiquait que le restaurant était accessible par huit marches en pierre ou une rampe en béton qui montait en pente depuis le parking asphalté.

En montant les larges marches aux côtés de Barnes, Kay remarqua une grande terrasse en pierre qui s'étendait sur toute la longueur de la façade du restaurant, avec six tables rondes en bois dressées pour des couples ou des groupes de quatre personnes, espacées sur toute la longueur.

Un couple en train de partager une bouteille de vin rouge à la table la plus éloignée les observa approcher, puis reprit sa conversation tandis que la femme rejetait ses cheveux en arrière en riant, son compagnon souriant avec indulgence.

Kay s'arrêta devant la large porte en chêne menant à l'intérieur du bâtiment, l'intérieur frais l'invitant au-delà d'un paillasson accompagné d'un grand bol en céramique pour l'eau des chiens à côté et d'un panneau demandant poliment que les animaux restent à l'extérieur.

Un tableau noir à côté de la porte accueillait les clients avec une note des spécialités du jour.

— 9,99 livres pour un bol de soupe ? marmonna Barnes à voix basse. On devrait les arrêter pour vol qualifié.

— Bonne chance pour faire passer ça au ministère public.

Kay lui donna un coup de coude dans les côtes et le poussa à l'intérieur.

— Comporte-toi bien, sinon je dirai à Pia que tu l'emmènes ici pour son anniversaire.

Il ouvrit la marche en grognant à voix basse, et après avoir traversé un couloir aux murs recouverts de lambris, Kay se retrouva dans une salle de réception à l'avant de l'ancien presbytère qui avait été transformée en espace d'accueil pour les clients en attente d'une table.

Les corniches en plâtre d'origine avaient été récemment peintes en blanc cassé, et une douce teinte verte recouvrait les murs. Ses talons résonnèrent sur un parquet jusqu'à ce qu'elle atteigne un fin tapis à motifs qui menait à un comptoir de réception.

Une jeune femme apparut par une porte ouverte sur la

droite, souriant tout en tenant une paire de menus reliés en cuir dans une main.

— Bonjour, puis-je vous—

Kay montra sa carte de police.

— Inspectrice principale Hunter, et mon collègue l'inspecteur Barnes. Pourrions-nous avoir un mot avec monsieur et madame Peters, s'il vous plaît ?

La mâchoire de la femme tomba, puis elle posa les menus sur le comptoir.

— Ils sont tous les deux en cuisine en ce moment, en train de préparer le service du soir.

— C'est urgent.

Rougissante, la femme acquiesça avant de s'éclipser rapidement.

Barnes regarda sa montre après cinq minutes.

— Il est quatre heures et demie. De combien de temps ont-ils besoin pour préparer ?

— Nous insistons toujours pour préparer nos plats le jour où ils sont servis, inspecteur. Cela signifie un peu plus de travail, mais ça en vaut la peine.

Kay se retourna au son de la voix pour voir un homme de grande taille entrer dans la pièce depuis le couloir au-delà de la zone de réception.

Sa taille le forçait à se baisser sous l'encadrement de la porte avant qu'il ne tende la main.

— Je suis Tom Peters. Zoe a les mains pleines en ce moment en cuisine, mais si je peux vous aider en attendant qu'elle termine...

— Merci, monsieur Peters. Auriez-vous un endroit privé où nous pourrions discuter ?

— Bien sûr. Pourquoi ne pas venir dans le restaurant ?

Nous n'attendons pas nos premiers clients avant six heures et quart.

Sur ce, il tourna les talons et les conduisit de l'autre côté du hall dans une salle à manger qui s'étendait de l'avant de la propriété jusqu'à l'arrière.

Des portes vitrées décoratives à l'arrière de la pièce donnaient sur une pelouse qui descendait vers une rivière, le paysage au-delà baignant dans le soleil de fin d'après-midi.

— C'est vraiment un bel endroit que vous avez là, monsieur Peters.

Il haussa les épaules.

— Merci. Il avait besoin de quelques travaux quand nous l'avons repris, mais nous y arrivons.

Kay s'assit à la table près de la fenêtre qu'il indiquait et attendit que Barnes sorte son carnet. Elle admira les couverts polis jusqu'à briller, puis s'adossa à sa chaise, ne voulant pas froisser la serviette en polyester fraîchement pliée devant elle.

— Monsieur Peters, nous sommes actuellement au milieu d'une enquête pour meurtre et nous espérons que vous pourriez nous aider dans nos recherches, commença-t-elle, en particulier concernant Mike et Ann O'Connor qui vous ont vendu cet endroit l'année dernière.

Peters se frotta le menton et se pencha en avant, redressant un petit bouquet de fleurs dans un vase en verre au milieu de la table.

— Est-ce à propos de l'homme trouvé mort au garage de Mike dont nous avons entendu parler ? Que voulez-vous savoir ?

— Avez-vous parlé à Mike ou Ann O'Connor depuis la vente ?

— Non, pas de raison vraiment. Une fois que l'inventaire a été fait le jour de la passation, c'est à peu près tout, nous étions prêts à ouvrir ce soir-là.

— Y a-t-il eu des problèmes lors de l'achat du restaurant qui vous ont donné des raisons de vous inquiéter ?

Peters secoua la tête.

— Pas que je me souvienne. Je veux dire, chaque propriétaire a sa propre façon de faire les choses. Nous avons apporté des changements immédiats basés sur ce que Zoe et moi voulions réaliser avec l'endroit à long terme, et d'autres changements ont été plus progressifs, comme la rénovation de la décoration ici. Il y a toujours un risque quand on reprend un endroit de contrarier les habitués, donc il vaut mieux y aller doucement au début. Cela dit, c'est beaucoup plus facile avec un endroit comme celui-ci qu'avec, disons, un pub établi.

— Où étiez-vous avant ?

— Nous avions un hôtel à Totnes.

Il esquissa un petit sourire.

— C'est mieux ici cependant. Au moins la clientèle rentre chez elle à la fin de la journée. Ça a toujours été le rêve de Zoe d'avoir son propre restaurant, et la vente de l'hôtel s'est faite rapidement, alors nous avons décidé de nous lancer.

— Avez-vous rencontré des problèmes ici depuis ?

— Non, pas du tout. Je suppose que ça n'attire pas ce genre de foule.

Peters fronça les sourcils.

— Quelques fournisseurs de Mike et Ann n'étaient pas contents que nous arrêtions de faire appel à eux et ils ont essayé de causer quelques problèmes mineurs, nous harceler sur les réseaux sociaux et laisser de faux avis, ce genre de choses, mais ils ont vite arrêté une fois qu'ils ont réalisé que ça ne faisait aucune différence. Notre service à nos clients parle de lui-même.

— Qui... commença Kay avant de s'interrompre lorsqu'une femme corpulente apparut dans l'encadrement de la porte du restaurant et, apercevant les trois personnes assises à la table du fond, s'avança vers eux tout en s'essuyant les mains sur son tablier.

— Désolée de vous avoir fait attendre, souffla-t-elle en tirant une chaise à côté de Peters et en s'y asseyant avec une difficulté mal dissimulée. Un de nos plongeurs a appelé malade il y a une demi-heure, alors c'est la pagaille là-bas. Je suis Zoe, au fait.

— Merci de prendre le temps de nous parler, répondit Kay. J'étais sur le point de demander à votre mari qui étaient ces fournisseurs qui, selon lui, ont laissé de mauvaises critiques sur l'entreprise.

— Oh, eux.

Zoe eut un petit rire.

— Mike et Ann... ces dernières années où ils étaient ici... ils ont décidé d'arrondir les coins, disons. Je veux dire, rien de répréhensible, c'est de plus en plus courant, et soyons honnêtes, ils cherchaient à vendre de toute façon.

Barnes leva les yeux de son carnet.

— De quel genre de raccourcis parle-t-on ? Hygiène et sécurité ?

— Mon Dieu, non. Juste du côté de la nourriture. Ils

utilisaient une entreprise de l'autre côté de Maidstone pour fournir le service de plats à emporter style restaurant et le traiteur pour les événements qui faisaient partie de leur activité.

— Quel était le nom de l'entreprise ? demanda Kay, clignant des yeux lorsque Peters le lui dit. Et vous dites que vous ne les avez jamais utilisés ?

— Quand nous avons repris, nous avons immédiatement rompu le contrat avec les traiteurs, dit Peters. Ils n'étaient pas contents, ils sont même allés jusqu'à envoyer quelqu'un ici pour nous parler.

Kay se redressa.

— Vous voulez dire que vous avez été menacés ? L'avez-vous signalé ?

— Non, nous ne l'avons pas signalé.

Peters haussa les épaules.

— Ce n'était rien que nous ne puissions gérer, et en plus, nous avions fait installer des caméras de sécurité le lendemain de notre emménagement, donc si quelqu'un essayait quoi que ce soit, nous le saurions.

— Et vos clients ? Ils n'ont pas été dérangés par le changement ?

— Nous avons perdu de l'argent au début quand nous avons repris et fermé cette partie de l'entreprise, mais ça en valait la peine sur le long terme, dit Peters.

Zoe acquiesça au commentaire de son mari.

— Nous préférons faire les choses nous-mêmes, nous devons à nos clients d'être honnêtes sur la provenance de notre nourriture. S'ils pensaient que nous sous-traitions le travail censé se passer dans cette cuisine, ils seraient mortifiés. Je suis surprise que Mike et Ann l'aient fait pendant si longtemps sans que personne ne le découvre, pour être honnête.

Kay plissa les yeux.

— Mais Ann a remporté des prix pour leur service de traiteur et de plats à emporter, n'est-ce pas ? N'était-ce pas la base de ce livre de cuisine qu'elle a publié, quelque chose sur les repas rapides pour les gens occupés ?

Zoe jeta un coup d'œil à son mari avant de se retourner vers Kay, une lueur malicieuse dans le regard.

— C'est probablement pour ça que son contrat d'édition n'a pas été renouvelé. Ils ont fini par découvrir qu'elle ne savait pas cuisiner.

CHAPITRE 37

Kay observait le cottage pittoresque qui se blottissait au milieu d'un joli jardin derrière une haie de troènes entrelacée de chèvrefeuille, la main sur la poignée de la portière.

— D'accord, avant qu'on y aille, qu'est-ce que je dois savoir ?

Laura se repositionna sur le siège conducteur, retira les clés du contact et examina la propriété par-dessus ses lunettes de soleil.

— Ça a dû lui coûter les trois quarts d'un million, je pense, et attends de voir l'intérieur. Le sol d'origine en pierre de taille. Le salon est incroya—

— Je parlais d'Ann O'Connor.

Les lèvres de sa collègue s'arquèrent.

— Désolée, chef. Je le pense vraiment, cependant. C'est magnifique à l'intérieur. Ann, par contre... J'y ai réfléchi depuis que tu m'as appelée hier soir et même si elle semble avoir réussi en apparence, je pense qu'elle fait partie de ces gens qui ont peur de tout perdre du jour au lendemain.

Elle claqua des doigts.

— Tout ne tient qu'à un fil, alors ? dit Kay.

— Oui.

— Allons voir ce qu'elle a à dire sur cette entreprise de restauration. Peut-être qu'elle pourra expliquer pourquoi ils ont menacé les Peters après qu'ils ont acheté le restaurant.

Kay ramassa un dossier sur le plancher et sortit. Après avoir vérifié qu'il n'y avait pas de circulation dans la ruelle, elle traversa la route et suivit sa collègue à travers un portail dans la haie et le long d'un chemin qui avait besoin d'être désherbé.

Le jardin avait peut-être été aménagé au millimètre près, mais les fissures commençaient à apparaître.

Elle s'arrêta pendant que sa collègue sonnait à la cloche en fer forgé fixée au mur à côté de la porte.

Après avoir déposé Barnes au poste, elle avait rattrapé Laura alors qu'elle quittait la salle des opérations pour la journée et l'avait entraînée dans une voiture de patrouille de réserve.

Estimant que la jeune enquêteuse avait déjà rencontré et interrogé Ann O'Connor la semaine précédente, et désireuse d'engager la conversation avec la femme sans avoir à établir un rapport à partir de zéro, elle était heureuse que Laura ait sauté sur l'occasion de se rendre à nouveau au domicile de la femme.

Maintenant, Kay leva les yeux et remarqua d'épaisses toiles d'araignée sous le chaume et la peinture qui s'écaillait du cadre en bois de la fenêtre à sa droite.

Sa collègue était peut-être sous le charme de l'endroit, mais l'impression de Kay était celle d'une femme d'affaires autrefois prospère qui vivait au-dessus de ses moyens.

Elle se demanda combien de temps cela durerait.

Se retournant lorsque la porte s'ouvrit, elle écouta Laura faire les présentations.

Le visage d'Ann O'Connor était ridé, avec les traits d'une femme qui avait passé trop de temps au soleil au fil des ans, la peau de son cou tordue et affaissée. Malgré le maquillage épais, Kay pouvait voir le stress émaner des yeux de la femme.

— Je ne comprends pas pourquoi vous avez besoin de me parler à nouveau, dit-elle à Laura en s'écartant et en leur faisant signe d'entrer. Mike ne vous a pas expliqué que je n'ai rien à voir avec son entreprise ?

— Il s'agit du restaurant, répondit Kay. J'ai quelques questions à vous poser avant de reparler à votre mari.

Ann arqua un sourcil, puis haussa légèrement les épaules et fit un geste vers le salon.

— Entrez donc. Même si je ne suis pas sûre de pouvoir vous aider après tout ce temps. Cela fait un an que nous avons vendu aux Peters, après tout.

Elle n'attendit pas de voir si elles la suivaient et traversa le sol en pierre pieds nus avant de se pelotonner sur l'un des canapés deux places de la pièce, tirant un coussin sur ses genoux et tripotant une couture pendant que Kay s'asseyait en face.

Laura resta près de la cheminée, hors du champ de vision d'Ann mais positionnée de manière à pouvoir observer les réactions de la femme aux questions de Kay.

— Nous avons compris que vous aviez sous-traité la partie traiteur du restaurant à une autre entreprise, commença Kay. Laquelle était-ce ?

Ann ricana.

— Ce n'était pas vraiment une entreprise. Plutôt un one-man-show avec quelques adolescents boutonneux qui travaillaient pour lui quelque part à Sandling. Il n'était presque jamais là. Chaque fois que j'appelais, c'était toujours l'un des employés qui répondait.

— Quel genre d'arrangement aviez-vous avec eux ?

— Tout était en règle.

La femme poussa le coussin de côté et posa ses pieds sur le sol, les yeux suppliants.

— Mike enregistrait toutes les ventes et les reçus et tout de la bonne manière. Nous l'avons toujours fait quand nous payions en espèces, beaucoup d'entreprises alimentaires ne le font pas, vous savez. Vous pouvez demander à notre comptable.

— Vous payiez le traiteur en espèces ?

— Oui.

— Pourquoi ?

Ann haussa les épaules.

— C'est simplement comme ça qu'il le voulait.

— Qui ? Le propriétaire, ou Mike ?

— Le propriétaire, Alan Trentithe.

Kay attendit que Laura note le nom dans son carnet, puis reporta son attention sur Ann.

— Qui a approché Alan pour fournir la partie traiteur du restaurant ?

— Oh, ce n'est pas nous, Alan est venu à nous.

Le front d'Ann se plissa à nouveau.

— Ça devait être il y a au moins deux ans. Il a dit qu'il débutait et cherchait un établissement de qualité avec lequel travailler. Il a dit qu'il voulait changer la réputation des plats à emporter locaux et offrir quelque chose pour une clientèle plus exigeante. Bien sûr, c'était parfait pour nous.

— Et que s'est-il passé quand vous avez vendu le restaurant ?

— Que voulez-vous dire ?

— Nous avons compris que Tom et Zoe Peters n'étaient pas intéressés pour continuer cet arrangement avec Trentithe. Comment l'a-t-il pris ?

Ann recula comme si elle avait été frappée.

— Comment savez-vous cela ? Est-ce que Zoe a dit quelque chose ?

Kay ne dit rien et garda son regard fixé sur la femme.

Finalement, Ann soupira et secoua légèrement la tête.

— Si j'avais su à l'époque... Alan ne l'a pas bien pris. Il a dit que nous faisions une erreur en vendant l'entreprise, et qu'il pourrait faire en sorte que ça vaille la peine si nous restions. Bien sûr, nous n'étions pas intéressés. Je pense que Mike et moi savions que notre mariage était terminé, nous pensions simplement que si nous pouvions nous sortir du restaurant et passer du temps ensemble, nous pourrions faire en sorte que ça marche.

— Alan vous a-t-il menacéc ?

— Je ne dirais pas *menacée*. Il s'est mis en colère, oui. Je suppose qu'il était frustré, je veux dire, il gagnait très bien sa vie grâce à nous, avec le service traiteur pour les événements...

— Et le service de plats à emporter, dit Kay.

Ann rougit.

— Oui. Ça aussi. Bien sûr, tout cela s'est retourné contre moi, n'est-ce pas ?

— Que voulez-vous dire ?

Kay garda un ton léger, observant le visage de la femme pour guetter une réaction.

— Je suppose que tout va sortir maintenant de toute façon. J'ai utilisé beaucoup des recettes des plats qu'ils proposaient dans mon premier livre de cuisine, voyez-vous. Bien sûr, j'y ai apporté ma propre touche, on ne peut pas protéger une idée par le droit d'auteur, et Alan n'avait jamais pensé à les écrire, encore moins à les publier. Au moment où le livre est sorti, la vente du restaurant était conclue et Tom et Zoe étaient sur le point de prendre la relève.

Elle pinça les lèvres.

— Je suppose qu'ils ne vous ont pas dit qu'ils ont connu les trois meilleurs mois de cette entreprise quand le livre est sorti ? Je le sais, je fais tout le travail difficile, et quelqu'un d'autre en récolte les bénéfices.

Kay ignora la remarque d'apitoiement et ouvrit plutôt le dossier qu'elle avait apporté.

— Qu'a dit Alan à propos du livre ?

— Je ne sais pas, nous n'avons plus jamais eu de ses nouvelles après avoir quitté le restaurant. Je suppose qu'il a d'autres clients et qu'il a simplement continué à travailler avec eux.

Kay sortit deux photographies des pages à l'intérieur, puis les tendit.

— Reconnaissez-vous l'un de ces deux hommes ?

— Qui sont-ils ?

Ann se pencha vers une table d'appoint à côté du canapé et mit des lunettes de lecture à monture métallique.

— Nous espérions que vous pourriez nous le dire.

— Est-ce que ce sont des images de caméras de sécurité ?

— Si vous pouviez simplement répondre à la question.

Un silence s'abattit sur la pièce, brisé seulement par le bruit d'Ann O'Connor en train de passer d'une photographie au format A4 à l'autre.

— Tiens, dit-elle en tenant celle copiée à partir de la vidéosurveillance de la boutique d'antiquités. Il ressemble à Barry.

— Barry comment ?

— Je ne connais pas son nom de famille. Il venait chercher l'argent liquide d'Alan tous les lundis.

— Que conduisait-il ?

— Mon Dieu, une voiture qui avait l'air en mauvais état. Je ne me souviens pas de la marque ou du modèle.

Ann fronça les sourcils, puis son visage s'illumina.

— Je me souviens par contre qu'elle était de couleur bordeaux.

CHAPITRE 38

— Comment diable avons-nous pu passer à côté du fait que ce Barry possédait la voiture bordeaux ?

Kay fit irruption dans la salle des opérations, ignorant les têtes qui se tournèrent à sa question aboyée, et elle se dirigea vers le fond de la pièce.

Une fraîcheur s'accrochait à l'air matinal, tandis qu'ici, le bruit des klaxons et des freins hydrauliques des gros véhicules filtrait à travers les fenêtres de devant qui donnaient sur la route principale à l'extérieur du commissariat. L'odeur de grains de café brûlés se mêlait à celle de la graisse des petits déjeuners avalés à la hâte, et une fatigue émanait de ses collègues alors qu'elle les dépassait rapidement.

Elle arpenta la moquette fine devant le tableau blanc, fusillant du regard les notes qui couvraient la surface brillante avant de se retourner vers la salle une fois de plus.

— Allez, l'un d'entre vous a sûrement découvert quelque chose. Cela fait plus de douze heures que nous avons interrogé Adrian Whitely et Ann O'Connor. Vous avez tous lu leurs déclarations.

Parker se précipita vers elle, son téléphone portable à la main.

— J'ai contacté la femme qui a signalé le vol de la voiture, chef. Elle dit l'avoir achetée en espèces à un type il y a douze mois. Il lui a dit qu'il ne s'était pas embêté à l'enregistrer car il ne l'avait eue que quelques jours avant de changer d'avis sur le fait de la garder.

Kay leva les yeux au ciel.

— Et elle n'a pas trouvé ça suspect ?

— Elle a dit qu'elle était fauchée à l'époque et qu'elle avait juste besoin d'une voiture pour aller travailler à l'hôpital, chef.

— Qu'en est-il d'un numéro de téléphone pour le type à qui elle l'a achetée ? Elle l'a encore ?

— Elle l'avait, mais il est hors service, chef. J'ai vérifié et c'était un vieux numéro prépayé, pas un forfait, donc je ne peux pas trouver d'adresse pour lui de cette façon non plus.

— D'accord.

Kay soupira.

— Gavin, qu'est-ce que Laura et toi avez découvert sur cette entreprise de restauration ?

— Le bail a été pris par l'intermédiaire d'une agence commerciale locale par Alan Trentithe deux mois avant qu'il ne commence à exploiter l'entreprise depuis l'unité industrielle, répondit l'enquêteur. Nous avons interrogé le responsable de l'agence hier en fin de journée, mais ce n'est pas lui qui l'a loué. Le type qui l'a fait est tombé malade l'année dernière et est décédé, donc tout ce que le responsable a, ce sont les documents du dossier.

— Y a-t-il quelque chose dans ces documents qui puisse nous aider ?

— Seulement une liste d'entrepreneurs que l'agence a suggérés à Alan Trentithe pour aider à la rénovation, dit Laura. Et un seul d'entre eux était valable, l'entreprise qui a fourni le mobilier de bureau. Le propriétaire a dit qu'il ne se souvenait d'aucun problème, et le travail s'est déroulé selon le calendrier prévu. À part ça, le contrat lui-même ne nous aide pas. Trentithe a utilisé une boîte postale pour toute la correspondance concernant le bail.

Gavin leva la main.

— Chef, nous avons repassé en revue les détails des itinéraires que Carl et Will ont empruntés lors de leurs tournées de livraison au cas où nous aurions repéré quelque chose que nous avions manqué auparavant. Cela n'apparaît sur aucun des tachygraphes qui nous ont été envoyés concernant ces chauffeurs, mais cet endroit est situé en bordure de l'itinéraire de livraison de Bonnie Hopkins.

— C'est trop de coïncidences, chef, dit Barnes en faisant tourner ses lunettes de lecture entre ses doigts. Surtout d'après ce qu'Adrian nous a dit.

— C'est exactement ce que je pense.

Kay posa ses mains sur ses hanches et souffla sa frange de ses yeux.

— Très bien, Barnes, procure-toi un mandat de perquisition pour l'unité industrielle et nous allons demander à Sharp de le signer. Parker, j'ai besoin que tu fasses la liaison avec Hughes et que vous organisiez un renfort en uniforme pour nous rejoindre à l'unité industrielle. Nos priorités sont d'interroger formellement Alan Trentithe, et ce Barry si nous le trouvons là-bas, et de trouver d'autres preuves pour étayer notre théorie selon laquelle Carl Taylor et Will Nivens étaient d'une manière ou d'une autre liés à cet endroit.

Elle fit une pause et prit un moment pour promener son regard sur les visages captivés de son équipe.

— Nous ne prenons aucun risque avec cette affaire. Je veux que justice soit rendue pour Carl et Will, mais je ne veux pas que l'un d'entre vous mette sa vie en danger, c'est compris ?

Un grondement de murmures accueillit ses paroles.

— Très bien, mettons-nous au travail.

CHAPITRE 39

Kay boutonna sa veste et examina l'enseigne au-dessus de la porte à enroulement de l'unité industrielle.

Le crépi beige s'écaillait sur les murs extérieurs, un effet reproduit par les propriétés voisines qui semblaient presque aussi délabrées et négligées.

Deux véhicules étaient garés devant une porte métallique simple servant d'entrée piétonne à la propriété – une berline à quatre portes vieille de quelques années et une camionnette. La voiture avait été polie jusqu'à briller de mille feux, tandis que la camionnette usée par le temps portait des égratignures et des bosses comme des cicatrices de bataille.

Une rangée de cinq mobylettes longeait un muret bas qui séparait le bâtiment de la route, et un groupe d'adolescents maussades en t-shirts à l'effigie de l'entreprise l'observaient tandis qu'elle prenait conscience de son environnement.

La grande porte à enroulement menant au côté entrepôt du bâtiment était du type aluminium gris terne et abîmé, et, en jetant un coup d'œil par-dessus son épaule aux cinq autres unités qui bordaient l'aire en béton fissuré, elle estima que les constructeurs originaux avaient trouvé les matériaux les moins chers possibles pendant la phase de construction.

L'ensemble de l'endroit semblait sur le point de s'effondrer à tout moment.

— C'est la dernière fois que je commande à emporter si ça vient d'un endroit comme celui-ci, grommela Barnes en lui tendant le mandat de perquisition signé.

— C'est pour ça que nous continuons à soutenir notre restaurant local, dit Kay. Des problèmes pour obtenir ces documents ?

— Non, Sharp a dit qu'il voulait un compte rendu dès que nous aurons terminé ici cependant. Apparemment, la commissaire veut faire une déclaration aux médias dès que nous trouverons quelque chose pour faire avancer l'enquête. Il a mentionné le besoin d'une bonne nouvelle cette semaine.

— Super. Pas de pression, donc.

— Exactement.

Elle parcourut rapidement le libellé du mandat de perquisition, son rythme cardiaque s'accélérant d'un cran.

— Cela ne nous permet pas de faire grand-chose, Ian. Ce ne sera guère plus qu'un coup d'œil rapide.

— Désolé, chef. C'est tout ce que Sharp voulait signer pour le moment. Il a dit que si nous trouvions quelque chose qui justifiait une recherche plus détaillée, il reconsidérerait la question...

— D'ici là, s'ils enfreignent la loi, ils auront le temps de cacher toute preuve.

Elle soupira et replia les pages.

— Bon, c'est ce que c'est. Mettons-nous au travail. Les agents en uniforme peuvent interroger les livreurs ici dehors.

Ils traversèrent le parvis en béton, et Kay appuya sur le bouton de l'interphone de sécurité à côté de la porte unique tout en essayant de contenir la frustration qui s'infiltrait dans ses pensées.

Elle savait que la demande d'un mandat de perquisition était un acte de désespoir, mais malgré tout le travail que son équipe avait effectué au cours de la semaine passée, ils avaient besoin d'une percée.

S'ils ne trouvaient pas quelque chose pour faire avancer l'enquête avant qu'un autre crime majeur ne se produise, elle perdrait la moitié de ses ressources et les personnes restantes deviendraient rancunières face au manque de progrès.

Un lourd verrou se retira de l'autre côté de la porte métallique et elle s'ouvrit pour révéler un homme de taille moyenne vêtu d'un costume gris bien coupé.

Sa bouche s'ouvrit à la vue des agents en uniforme rassemblés derrière elle.

— Je peux vous aider ?

— Inspectrice principale Kay Hunter, dit-elle en tendant le mandat de perquisition. Nous avons l'autorité de fouiller ces locaux dans le cadre d'une enquête pour meurtre, et j'attends votre entière coopération, monsieur... ?

— Trentithe. Alan Trentithe.

— Justement la personne à qui je voulais parler, dit-elle en franchissant le seuil tout en récitant la mise en garde formelle d'entretien.

Un couloir étroit et tronqué menait à un escalier, une porte à sa droite ouverte sur la partie entrepôt de l'unité.

Elle fit signe à Barnes de se diriger vers la porte ouverte et s'écarta pour laisser passer quatre agents en uniforme qui se précipitèrent depuis le parvis pour le rejoindre, se déployant en entrant dans l'entrepôt éclairé par des projecteurs.

Le son de leurs voix lui parvenait tandis qu'elle attendait à côté de Trentithe pendant qu'ils donnaient des ordres à un groupe de trois travailleurs qui regardaient, stupéfaits par ce brusque tournant des événements.

Elle jeta un coup d'œil à travers la porte pour voir une femme et deux hommes – tous vêtus de tenues de chef – debout à côté de cuisinières à gaz rutilantes, leurs fronts parsemés de sueur à cause de la chaleur émanant de l'intérieur de la pièce caverneuse.

Un mélange enivrant d'arômes filtrait depuis l'espace, un assortiment d'épices rivalisant d'attention avec l'ail et l'oignon.

— Bien, monsieur Trentithe, dit-elle. Allons-nous monter pour discuter ?

— Je suppose que oui.

Il fit signe à son personnel de s'écarter tout en murmurant une assurance qu'il n'y avait rien à craindre, puis il se retourna et mena le chemin dans l'escalier en acier, les semelles de ses chaussures en cuir coûteuses résonnant sur la structure métallique.

En le suivant, Kay passa en revue les certificats qui parsemaient les murs en plâtre – accréditation en santé et sécurité, normes de sécurité alimentaire, et autres documents légaux pour soutenir les pratiques commerciales de l'entreprise de restauration.

Il semblait que ce qui se passait à l'intérieur du bâtiment était une priorité bien plus élevée pour Trentithe que l'état de la façade extérieure.

En haut des escaliers, il tourna à droite.

Après avoir fait un signe de tête à une jeune femme derrière un bureau de réception dans un espace vitré qui ne semblait pas plus grand que la salle de bain du rez-de-chaussée de la maison de Kay, il la fit entrer dans un second bureau à l'avant du bâtiment donnant sur le parvis.

Trentithe contourna une table effet chêne qui faisait face à une fenêtre à double vitrage maculée de saleté, de graisse et de fientes d'oiseaux, et il s'affaissa dans un fauteuil en cuir fauve avec un soupir mal dissimulé.

— J'espère qu'il y a une sacrée bonne explication à tout cela, dit-il. Tous mes employés sont en situation régulière, et nous n'avons reçu aucune plainte. Que diable se passe-t-il ? Pourquoi êtes-vous ici ?

— Tout est là, dans le mandat que vous tenez, répondit Kay.

Elle ignora le regard confus qu'il lui lança et tira une des chaises pour visiteurs.

Elle était plus confortable que celle qu'elle utilisait au poste de police.

— Je vous rappelle, monsieur Trentithe, que vous êtes actuellement sous mise en garde.

— Je n'ai rien à cacher, et je peux vous assurer que les accusations contenues dans ce document sont totalement fausses. Est-ce qu'un concurrent a fait ces fausses allégations ? demanda-t-il.

— J'ai quelques questions, répondit Kay, ignorant la sienne.

Trentithe plia le mandat de perquisition et le posa sur le bureau devant lui.

— Je vous en prie.

— Depuis combien de temps opérez-vous depuis cette unité industrielle ?

— Environ deux ans. Et nous n'avons jamais eu de problème, c'est pourquoi je suis un peu confus quant à—

— Parlez-moi de votre entreprise, dit-elle. Cette cuisine fantôme que vous gérez—

— Je préfère le terme « cuisine nébuleuse », expliqua-t-il. C'est un peu plus digne, étant donné la haute qualité de cuisine de mes employés, et cela fait référence à la façon dont nos commandes sont reçues. De manière dématérialisée, voyez-vous, via des applications mobiles.

— Les personnes qui travaillent ici—

— Sont tous des contractuels légitimes, détective.

Trentithe désigna d'un mouvement du menton un groupe de trois classeurs métalliques à côté du bureau.

— Si votre mandat le permet, vous pouvez consulter leurs dossiers d'employés. Sinon...

Il leva les mains dans un geste signifiant « que peut-on y faire ».

— Quand avez-vous employé Adrian Whitely pour la première fois ?

Trentithe laissa échapper un rire amer.

— Êtes-vous ici parce qu'il m'a accusé de quelque chose ?

— Répondez à la question, s'il vous plaît.

— Adrian a commencé ici il y a un peu plus de trois ans.

— Que fait-il actuellement ?

— La même chose que les autres livreurs là-bas, détective. Il est employé pour livrer nos repas à nos clients dans les meilleurs délais afin que leur nourriture arrive bien chaude.

— Fait-il d'autres petits boulots pour vous ?

— Je n'ai aucune idée de ce à quoi vous faites allusion, mais non, Adrian a un emploi à temps partiel pour livrer de la nourriture, et c'est tout.

Kay décida de changer de tactique.

— Depuis combien de temps connaissez-vous Carl Taylor ?

— Qui ?

Trentithe se pencha en avant et souleva à nouveau la première page du mandat, ses yeux parcourant le texte.

— Carl Taylor. Il a récemment livré les aliments surgelés que vous utilisez pour préparer les repas en bas.

Trentithe laissa retomber la page et fronça les sourcils.

— Non, je ne me souviens pas de lui, ni du nom. Il y a une femme qui fait notre livraison de nourriture. Bonnie, je crois qu'elle s'appelle. Pourquoi voulez-vous savoir cela ?

— Il a été retrouvé mort de froid à l'arrière d'une voiture volée la semaine dernière. Son collègue, un jeune homme de dix-neuf ans nommé Will Nivens, a été découvert, également mort de froid, à l'arrière de leur camion frigorifique.

— C'est terrible.

Trentithe frissonna.

— Quelle façon de partir.

— Parlez-moi de Mike et Ann O'Connor, dit-elle, soulignant leurs noms dans son carnet. Avez-vous eu un différend avec eux quand ils ont vendu leur restaurant ?

— Pas du tout, dit-il. Nous avions un contrat pour leur fournir des services de traiteur, et quand ils ont vendu sans me faire la courtoisie de me prévenir qu'ils le faisaient, le contrat s'est terminé.

— Étiez-vous en colère que les nouveaux propriétaires ne veuillent pas continuer le contrat ?

— Cela ne faisait aucune différence pour moi à ce moment-là, nous avons d'autres contrats pour nous tenir occupés, comme vous l'avez vu dans la cuisine en bas.

— Comment vous êtes-vous senti quand Ann O'Connor a publié son livre avec les recettes de votre entreprise ?

Trentithe regarda son écran d'ordinateur éteint et soupira.

— Il n'y avait pas grand-chose que je puisse faire à ce sujet. Je n'avais rien publié ni mis aucune des recettes par écrit au-delà de ce dont j'avais besoin pour former de nouveaux cuisiniers, je ne pensais pas en avoir besoin.

— Elle a gagné un bon six chiffres avec l'avance et les ventes ultérieures, dit Kay, feuilletant ses notes même si elle connaissait les faits par cœur. Cela ne vous a pas un peu piqué ?

— Si, en effet. Mais comme je l'ai dit, je ne pouvais rien y faire. Je n'ai certainement pas le genre d'argent nécessaire pour essayer de l'amener en justice pour savoir si j'avais droit à une compensation.

— Est-ce pour cela que vous avez abandonné le corps

de Carl Taylor dans l'entreprise de son mari ? Pour vous venger ?

— Je n'ai aucune idée de qui est ce Carl, et non, je n'ai pas abandonné son corps dans l'entreprise de Mike. Pourquoi l'aurais-je fait ?

— Qui est Barry ?

— Encore une fois, détective, je suis désolé, je ne connais personne nommé Barry. Est-il un ami des deux hommes qui sont morts ?

Kay observa le visage de l'homme à la recherche du moindre signe de stress, et elle réprima un soupir qui menaçait de lui échapper.

Un coup à la porte interrompit ses pensées, et elle leva les yeux de son carnet pour voir Barnes debout dans le couloir à l'extérieur.

Il secoua légèrement la tête, et elle retint le juron qui lui vint à l'esprit.

— C'est tout, détective Hunter ? demanda Trentithe, avant de repousser sa chaise et de faire un geste vers la porte. Je suis un homme occupé, et je dois maintenant expliquer à mes employés en bas que ce raid était basé sur des accusations sans fondement. J'ai bien envie de me plaindre à vos supérieurs.

Il froissa le mandat de perquisition et le jeta dans une corbeille à papier à côté d'un des classeurs.

Kay se leva de sa chaise et sortit à grands pas.

Elle entendit le bruit de ses pas dans l'escalier en acier alors qu'il la suivait, et elle ignora les regards des trois employés qui se tenaient à la porte intérieure menant à l'entrepôt, leurs combinaisons couvertes de taches de nourriture tandis qu'ils regardaient d'elle à Trentithe, la confusion assombrissant leurs traits.

— Retournez au travail, dit Trentithe, les congédiant d'un geste. Un malentendu, c'est tout. L'inspectrice Hunter s'en va. Sans plus attendre.

Kay suivit Barnes à travers la porte d'entrée, puis s'arrêta et se retourna pour regarder à travers la porte ouverte de l'entrepôt.

Deux agents en uniforme se frayèrent un chemin vers elle en passant devant une rangée de six grands congélateurs coffres de taille industrielle, le plus petit des deux grimaçant en passant devant elle.

— Désolé, patron. Il n'y avait rien, dit-il à voix basse. Les chauffeurs sont clean aussi.

Kay fixa du regard l'enseigne au-dessus de l'entrepôt alors qu'Alan Trentithe tournait les talons et rentrait à grands pas, la porte se refermant derrière lui.

— Merde, marmonna-t-elle.

CHAPITRE 40

— Quelles sont les nouvelles ? demanda Laura.

Gavin rangea son téléphone portable dans la poche de sa veste et soupira.

— Ils n'ont rien trouvé, et Trentithe nie toute connaissance de quoi que ce soit concernant les deux victimes. Kay dit qu'elle et Barnes doivent aller à une réunion avec Sharp pour informer la commissaire. Elle veut nous voir avant le briefing de l'après-midi une fois qu'on aura parlé à Bonnie Hopkins. Elle est arrivée ?

— À l'instant.

— Quelqu'un est avec elle ?

Il rassembla son carnet et les documents dont ils avaient besoin et verrouilla l'écran de son ordinateur.

— Je lui ai demandé si elle voulait appeler quelqu'un, mais elle a dit que ce n'était pas nécessaire.

Gavin tint la porte de la salle des opérations ouverte pour sa collègue puis la suivit vers les escaliers.

Il garda le silence lorsqu'ils atteignirent le rez-de-chaussée et passèrent une porte de sécurité depuis l'accueil pour entrer dans le couloir des salles d'interrogatoire.

Ayant pris des dispositions avec Hughes à l'accueil pour installer Bonnie Hopkins dans l'une des plus grandes salles, il remarqua que le sergent avait laissé la porte de la salle numéro quatre ouverte.

Par l'entrebâillement, il pouvait voir Bonnie qui tenait un verre d'eau entre ses mains tout en fixant le mur au-dessus de l'équipement d'enregistrement, le visage détourné de lui.

Elle portait un haut noir à fines bretelles assorti à une longue jupe à motifs floraux qui effleurait le sol carrelé, ses ongles de pieds peints d'un rose choquant dépassant de ses sandales en cuir.

Il frappa, puis ouvrit la porte pour laisser Laura entrer dans la pièce devant lui et il fit signe à Bonnie de se rasseoir alors qu'elle se levait.

— Madame Hopkins, merci d'être venue, dit-il en posant son carnet et son téléphone portable sur la table avant de s'asseoir en face d'elle. Nous allons enregistrer cet entretien, donc nous devons vous lire une déclaration formelle avant de commencer, cela vous convient ?

La femme acquiesça silencieusement, son regard se portant sur l'appareil d'enregistrement tandis que Laura l'installait et récitait la mise en garde d'une voix claire qui résonna contre les murs.

Le temps qu'elle termine, Gavin avait déplié la carte montrée à Bonnie chez elle la semaine précédente.

— Madame Hopkins, nous voulions clarifier quelques détails avec vous concernant votre itinéraire et où il vous mène, commença-t-il. Plus précisément, nous nous intéressons à l'entreprise de restauration à laquelle vous livrez à Sandling.

Bonnie se pencha en avant tandis qu'il tournait la carte vers elle.

— Oh, c'est l'entreprise d'Alan.

— Des problèmes là-bas au cours des six derniers mois environ ?

— Non, rien du tout, répondit-elle en prenant une gorgée d'eau. C'est un peu à l'écart par rapport à certains endroits où nous livrons. Je ne sais pas si je pourrais y travailler. C'est tellement bruyant quand les cuisines fonctionnent à pleine capacité.

— Connaissez-vous Alan Trentithe ?

— Il n'est pas souvent là, mais quand il y est, il rit et plaisante toujours.

Bonnie rayonna.

— Pour être honnête, c'est l'une des personnes les plus sympathiques sur mon itinéraire.

— Vous livrez toujours là-bas ?

— La plupart des semaines, oui. Parfois une livraison supplémentaire le vendredi s'ils pensent qu'ils vont avoir un week-end chargé ou s'il y a un jour férié qui approche.

Laura sortit du dossier sous son carnet une photographie aérienne des unités industrielles de Sandling.

— S'agit-il de l'endroit où vous livrez ?

— C'est ça. Il y a un panneau à côté de l'entrée, donc on ne peut pas le rater.

— Livrez-vous des marchandises à un autre endroit pour Alan Trentithe ?

— Non.

Bonnie secoua la tête et repoussa la photographie.

— S'il a un autre bâtiment quelque part, je n'en sais rien. Je n'y ai jamais livré quoi que ce soit. Seulement à cet endroit.

Gavin soupira, rassembla les photographies et la carte, et recula sa chaise tandis que Laura mettait officiellement fin à l'entretien et éteignait l'appareil d'enregistrement.

— Merci pour votre temps, madame Hopkins.

Il lui tendit une de ses cartes de visite et la conduisit vers la porte de la réception.

— Si vous pensez à quoi que ce soit d'autre qui pourrait nous aider, pourriez-vous m'appeler ?

— Bien sûr.

Bonnie acquiesça, glissant la carte dans la poche latérale de son sac à main.

— J'espère que vous trouverez qui a fait ça à Carl et Will, détective Piper. C'étaient des types adorables, ils n'auraient pas fait de mal à une mouche.

— Merci.

Il attendit que la femme ait poussé la porte d'entrée puis se tourna vers Laura.

— Qu'en penses-tu ?

Laura soupira.

— Elle ne nous a pas du tout aidés, n'est-ce pas ? Si—

Un téléphone portable l'interrompit, et Gavin le sortit de sa poche avant de répondre.

— Phillip ? Oui, nous sommes en bas. Elle vient de partir. Quoi ?

Gavin tendit la main pour empêcher Laura d'aller parler à Hughes à l'accueil et secoua la tête.

— On arrive tout de suite.

— Qu'est-ce qui se passe ?

— Salle des opérations, maintenant. Phillip a quelque chose.

Il courut le long du couloir et se dirigea vers les escaliers, entendant la porte se refermer tandis que Laura essayait de suivre ses grandes enjambées, mais peu disposé à ralentir pour elle.

Il entra dans la salle des opérations et se dirigea droit vers le bureau de Phillip Parker alors que l'agent baissait son téléphone, une expression surprise traversant ses traits.

— C'était rapide, dit-il. Que—

— Montre-moi ces tachygraphes, dit Gavin, tirant une chaise vers le bureau de Parker pour s'y laisser tomber avant de lancer un regard d'excuse à Laura.

Elle secoua imperceptiblement la tête et alla chercher sa propre chaise avant de les rejoindre tandis que Gavin expliquait ce que Bonnie Hopkins leur avait dit.

— Ces informations ont été envoyées par e-mail il y a dix minutes, dit Parker. J'ai demandé au responsable de Carl de fournir les enregistrements du jour où Carl a couvert l'itinéraire de Bonnie car ce n'était pas celui qu'il prenait habituellement, c'est la seule anomalie dans son emploi du temps au cours du mois dernier.

Gavin prit les pages imprimées et les inclina pour que Laura puisse lire les lignes de données en même temps.

— Qu'est-ce que tout cela signifie ?

— Le tachygraphe de chaque camion contient des données rétrospectives sur chaque trajet, y compris les coordonnées GPS ainsi que l'heure, la vitesse et d'autres relevés mécaniques, expliqua Phillip en se penchant et en faisant glisser son doigt le long du texte. Comme ce sont des camions réfrigérés, ils enregistrent aussi en permanence la température. Si quelque chose ne va pas et que la nourriture est avariée parce qu'une unité de réfrigération tombe en panne, le dépôt doit avoir une preuve pour sa compagnie d'assurance.

— Alors... commença Gavin en levant les yeux, incapable de masquer la confusion dans sa voix. En quoi cela nous aide-t-il exactement ?

Parker sourit et tapota du doigt sur des coordonnées GPS au tiers de la deuxième page.

— Carl n'est pas allé directement chez le client suivant à Aylesford après sa visite chez Alan Trentithe. Regardez, les coordonnées montrent qu'il a conduit vers le nord au-delà de la M20, s'est arrêté à l'unité industrielle pendant cinq minutes, puis a continué sur cette route pendant environ un kilomètre et demi. Il s'est arrêté là pendant une demi-heure, puis il est revenu sur l'itinéraire prévu. Cet arrêt d'une demi-heure ne figurait pas sur la liste des livraisons de ce jour-là.

— Sais-tu où il est allé ? demanda Laura.

Phillip pointa son pouce par-dessus son épaule.

— J'étais au téléphone avec le dépôt quand vous êtes arrivés. Ils vont nous envoyer un résumé des bordereaux de livraison.

— Je les ai, s'exclama Debbie en accourant pour leur remettre à chacun un document d'une page. Ils viennent d'arriver par e-mail, alors je vais tout enregistrer dans HOLMES2 aussi.

Ses paroles passèrent au-dessus de Gavin tandis qu'il parcourait le texte des yeux.

— À quelle heure le GPS de Carl l'a-t-il localisé à cet endroit au-delà de l'unité industrielle, Phillip ?

— Quinze heures trente.

Gavin frappa du revers de la main la ligne de signature.

— Six boîtes de produits surgelés livrées à Sandling le mardi après-midi à quinze heures cinquante-cinq. L'adresse de l'unité industrielle de Trentithe a été barrée. Il est juste écrit Whites Lane. Et regardez, c'est signé par B Clements.

Les yeux de Laura s'écarquillèrent.

— Tu crois que ça pourrait être le Barry dont Ann O'Connor a parlé ? Celui qui était sur les images de vidéosurveillance qu'on a obtenues du magasin d'antiquités ?

— Je ne sais pas, mais vu les informations du tachygraphe, ça vaut le coup de vérifier, non ?

Gavin ouvrit une application de cartes et tapa Sandling avant de passer en vue satellite et de réduire la zone industrielle, scrutant les environs.

— L'entreprise d'Alan Trentithe est le seul lien avec tout ça jusqu'à présent, n'est-ce pas ?

— Pas nécessairement, dit Laura. Tu as entendu Kay, ils n'ont rien trouvé.

— Ça pourrait être fait exprès, suggéra Parker.

— Exactement. Peut-être que l'unité industrielle est une façade. Tout ce côté de l'entreprise est légal, d'où le fait qu'ils n'aient rien trouvé, dit Gavin.

— Et Bonnie Hopkins alors ? Elle nous a dit qu'elle n'avait livré qu'à l'unité industrielle de Trentithe, pas ailleurs.

— Peut-être que quelque chose a changé le jour où Carl a couvert son service.

— Ou elle ment.

Laura se tourna vers le tableau blanc.

— On devrait aller jeter un coup d'œil à l'endroit avant que Kay ne revienne ? Je veux dire, on pourrait avoir raison mais...

— ... Ça ne ferait pas bonne impression de revenir les mains vides deux fois dans la même journée, n'est-ce pas ?

Gavin fit une pause en jetant un dernier coup d'œil aux papiers éparpillés sur leurs bureaux.

— Ok, allons-y.

— Je vais chercher mes clés de voiture.

— Debbie ? Rends-moi service et enregistre ça dans le système pour qu'ils sachent où nous sommes allés.

Il frissonna.

— Je n'ai pas envie de finir comme Carl et Will, peu importe ce qu'on trouve.

CHAPITRE 41

— Pourquoi penses-tu que Carl et Will ont été tués ?

Laura manœuvra doucement la voiture de service autour d'un mini-rond-point à côté de l'entrée d'un supermarché, puis accéléra lorsque la route s'élargit.

L'étalement urbain laissa place à la campagne, les haies empiétant sur l'étroit trottoir qui disparut au bout d'un autre kilomètre, jusqu'à ce que les propriétés de chaque côté cèdent la place à un panorama sur le paysage du Kent.

Gavin parcourait ses e-mails pendant qu'elle conduisait, lui communiquant les mises à jour de l'équipe tandis qu'elle guettait le tournant.

— Je ne sais pas, répondit-il finalement, baissant son téléphone alors qu'elle mettait son clignotant à gauche. Mais je me demande si Carl était la cible, et si Will s'est simplement trouvé au mauvais endroit au mauvais moment.

Laura vérifia son rétroviseur puis ralentit un peu.

— Ok, voici la zone industrielle où Kay et Barnes

étaient. Selon Phillip, nous devons continuer sur cette route pendant encore cinq minutes. Prêt ?

— Oui.

Gavin se tourna sur son siège pour la regarder.

— Mais faisons un marché, d'accord ? Si nous pensons avoir besoin de faire demi-tour et d'attendre des renforts, alors nous le faisons. Pas d'héroïsme, d'accord ?

— Ça me va.

Ses yeux passaient de la route sinueuse à son rétroviseur tandis qu'ils dépassaient différentes propriétés.

Elle se rangea sur le bas-côté pour laisser passer un tracteur, grimaçant lorsqu'une haie d'aubépine trop développée érafla le rétroviseur, puis elle remit la voiture en marche une fois de plus et accéléra, une nervosité lui griffant la poitrine.

En passant devant la zone industrielle, son regard se porta sur l'enseigne au-dessus de l'unité de l'entreprise de restauration d'Alan Trentithe et elle se demanda s'il y était en ce moment, à surveiller ses employés ou peut-être à les attendre à leur prochaine destination.

Malgré la bravoure de sa suggestion à Gavin, elle se demandait s'ils n'auraient pas dû attendre que Kay et Barnes reviennent à la salle des opérations avant de s'aventurer.

Sans le soutien de ses collègues plus expérimentés et plus gradés, elle se sentait exposée et combattait une pointe de peur qui commençait à ronger sa concentration.

La route se rétrécit au-delà des unités industrielles, et à l'exception d'une poignée de cottages en pierre blottis derrière une basse clôture en bois penchant dangereusement vers la route, il n'y avait personne d'autre en vue.

À peine un kilomètre plus loin, elle fit brusquement dévier la voiture vers l'accotement, la manœuvre soudaine soulevant de la poussière et de petits cailloux qui criblèrent les passages de roues.

La poitrine de Gavin pressa contre sa ceinture de sécurité et son téléphone portable tomba de ses mains, dégringolant sur le sol.

— Bon sang, Hanway...

Il se pencha en avant, fouilla et localisa le téléphone sous son siège, marmonnant dans sa barbe.

Elle l'ignora et scruta à travers le pare-brise.

— Regarde.

Un chemin dissimulé s'étirait au-delà de la fin de la route asphaltée, bordé des deux côtés par d'épais conifères et frênes. Une barrière métallique à cinq barreaux bloquait l'entrée et un mélange de boue et de pierres se déversait sur la route devant eux.

La rouille grignotait les bords d'un panneau qui jadis ordonnait de ne pas entrer, les lettres décolorées sous l'assaut alterné de plusieurs hivers et d'un soleil éclatant.

De l'autre côté de la barrière, la carcasse d'un vieux bus scolaire était garée sous les arbres, ses roues manquantes et la peinture couverte de rouille et de mousse.

Gavin plissa les yeux à travers le pare-brise.

— C'est ici ?

— Ça doit être ça. Il n'y a nulle part d'autre où aller, c'est la fin de la route.

Elle se tourna sur son siège pour lui faire face, notant l'expression déterminée qu'il arborait.

— On appelle des renforts ?

— Non, dit-il, ne t'inquiète pas, on va juste jeter un coup d'œil rapide. On pourrait se tromper après tout. Gare-toi quand même près des cottages.

Cinq minutes plus tard, ils s'approchèrent du chemin à pied et Laura s'arrêta pour prendre une série de photos avec son téléphone au cas où elle devrait les enregistrer dans HOLMES2 à leur retour dans la salle des opérations.

Un cliquetis de métal contre métal parvint à ses oreilles après qu'elle avait pris une image du panneau rouillé et elle se retourna pour voir Gavin en train de tenir un cadenas et une chaîne dans sa main.

— C'était déverrouillé, dit-il avant de l'accrocher sur la barre supérieure de la barrière et de la pousser pour l'ouvrir.

Elle ferma la barrière et observa le bus abandonné avec un mélange de dégoût et d'intrigue.

— Ça fait un moment qu'il est là.

— Oui, mais ces traces de pneus sont nouvelles, regarde.

Gavin pointa du doigt une série de lignes entrecroisées qui étaient gravées dans la terre, toutes des marques de bandes de roulement différentes labourant le sol.

Elle se mordit la lèvre et suivit son collègue qui avançait d'un pas vif le long du bord droit du chemin, s'assurant d'éviter de marcher sur les traces de pneus.

Une partie d'elle voulait être celle qui trouverait la percée dans l'enquête, l'autre moitié luttait contre le nœud dans son ventre qui lui rappelait qu'ils étaient à au moins trente minutes de tout renfort si quelque chose tournait mal.

De chaque côté du chemin de terre, alignés comme une garde d'honneur malade, se trouvaient un mélange de voitures, de fourgonnettes et un vieux camion militaire Bedford dans divers états de délabrement et de pourriture.

— Ça a dû être une casse à une époque, dit-elle, gardant sa voix basse tandis que ses yeux balayaient les alentours à la recherche de tout signe d'activité. Je me demande pourquoi ils ne s'en sont pas débarrassés...

— Pour le décor, peut-être, dit Gavin. Une façon de faire croire qu'il ne se passe rien ici.

— Peut-être.

Le chemin continuait au-delà d'un hangar en fer, puis tournait à gauche avant de s'élargir en une cour pierreuse encombrée d'enjoliveurs en plastique abandonnés, de carburateurs rouillés et d'autres pièces de véhicules.

Au fond et plus près du pont d'autoroute en béton se trouvaient trois conteneurs maritimes en acier, les portes tournées face au chemin et résolument fermées.

Le vrombissement de la circulation emplissait l'air, et Laura leva les yeux pour voir une série de camions articulés aux inscriptions allemandes et hongroises sur les flancs passer à toute allure devant les barrières de sécurité renforcées qui longeaient l'autoroute. Une sirène solitaire passa de l'autre côté, un bêlement pitoyable qui s'évanouit dans le lointain en quelques secondes.

— Jetons un coup d'œil aux alentours, dit Gavin.

Il traversa vers le côté gauche de la cour, les mains dans les poches, se penchant pour examiner quelques-uns des détritus abandonnés sur les bords, avant d'avancer à nouveau et de disparaître derrière les restes d'un vieux pick-up.

Laura déglutit, puis se fraya un chemin entre les carburateurs et les calandres abandonnées, tandis que ses yeux parcouraient les véhicules.

Elle expira fortement et tourna son attention vers les trois conteneurs maritimes, se demandant si elle devait appeler Parker pour lui dire que les informations de la société de livraison étaient erronées, qu'il n'y avait rien ici.

Son souffle se bloqua dans sa gorge au bruit d'un moteur de moto qui approchait, et elle pivota sur ses talons.

— Gavin ! Quelqu'un arrive.

Elle entendit le bruit de pas qui couraient, puis un juron étouffé et un bruit métallique lorsque son collègue trébucha sur un tuyau d'échappement.

— Par ici.

Il lui fit signe, et elle courut le rejoindre à côté d'une benne à ordures de taille industrielle remplie de cartons vides, aplatis et compressés sous le couvercle métallique saillant.

Elle se baissa derrière alors qu'un scooter entrait en vue, son conducteur luttant pour le maintenir droit tout en slalomant entre les nids-de-poule et les ornières profondes.

Le souffle de Gavin lui chatouillait les cheveux tandis qu'ils jetaient un coup d'œil par-dessus la benne, et elle fronça les sourcils lorsque le conducteur arrêta le scooter à côté des deux conteneurs maritimes les plus proches.

Il descendit du deux-roues et releva la visière de son casque avant de l'enlever, révélant le visage couvert d'acné d'un adolescent.

Le conducteur ouvrit ensuite un grand boîtier en

plastique fixé à l'arrière du scooter, y plongea la main et en sortit un ensemble de sacs en nylon écrasés.

Il laissa le couvercle retomber sur l'espace de rangement et secoua les sacs avant de se diriger nonchalamment vers le conteneur le plus éloigné de Laura et de frapper du poing sur la surface bleu foncé au-dessus d'une poignée métallique.

Laura ne put retenir une brusque inspiration lorsque la porte s'ouvrit et qu'un nuage de vapeur s'échappa par l'ouverture.

L'arôme d'huile de friture, d'ail et d'autres odeurs flottait dans le vent jusqu'à leur cachette, et elle entendit l'estomac de Gavin gronder en protestation lorsqu'une femme d'une trentaine d'années tendit deux boîtes à pizza à l'adolescent.

— Heureusement qu'on n'est pas en mission de surveillance, murmura-t-elle.

— Désolé. Attends, il y a quelqu'un d'autre qui arrive.

Elle tendit le cou pour voir au-delà de lui et le long de la piste.

En effet, un deuxième scooter se frayait un chemin cahotant vers eux, le conducteur portant un casque intégral avec la visière relevée, son visage empreint de détermination tandis qu'il essayait de maintenir son équilibre.

Un troisième conducteur apparut avant qu'il n'atteigne la cour, et en quelques minutes, Laura compta six conducteurs de scooter qui s'agitaient devant les trois conteneurs maritimes.

— C'est la vraie cuisine fantôme d'Alan Trentithe, murmura Gavin. Ce sont tous des livreurs, n'est-ce pas ?

C'est le début de leur service. Regarde, voilà le premier qui part.

Le scooter passa en trombe, le conducteur abaissant sa visière avant d'atteindre la piste, puis s'éloigna.

Laura reporta son attention sur les conteneurs maritimes en entendant un cri provenant du troisième conteneur situé plus loin que les autres, juste à temps pour voir la porte se refermer.

Elle fronça les sourcils, se demandant si le cri était un avertissement ou autre chose, puis elle laissa échapper un reniflement surpris lorsque la porte s'ouvrit à nouveau et qu'un homme corpulent en sortit avec un énorme sac de frites surgelées jeté sur son épaule gauche.

Lorsqu'il se retourna pour fermer la porte derrière lui, Laura frappa le bras de Gavin.

— Bingo, dit-elle. C'est le type qu'Ann O'Connor a identifié sur les images de vidéosurveillance. C'est Barry.

CHAPITRE 42

— Bon sang, je savais qu'on avait raison à son sujet.

Barnes frappa le volant du plat de la main, puis leva le bras pour desserrer sa cravate.

Ils se placèrent derrière une voiture de patrouille en livrée, ses gyrophares illuminant le chemin à travers la circulation de l'après-midi en direction de Sandling.

Kay retint son souffle et serra les dents lorsque Barnes doubla un bus, puis elle ferma les yeux quand il franchit le premier feu de signalisation sans lever le pied.

Son collègue continuait à marmonner dans sa barbe tandis que le paysage défilait par la fenêtre, et elle tendit la main pour se stabiliser quand il négocia un virage serré à gauche.

Son estomac protesta lorsque la voiture descendit un creux caché dans la route, Barnes tournant le volant avec aisance pour négocier les virages sinueux du chemin et foncer vers les unités industrielles.

Il freina brusquement, faisant pivoter le volant vers la

droite et envoyant le véhicule rebondir sur la rampe de béton surélevée menant au parking.

— La prochaine fois, c'est moi qui conduis, marmonna-t-elle alors qu'il s'arrêtait derrière la voiture de patrouille devant l'entreprise de restauration d'Alan Trentithe.

Les occupants de la voiture de patrouille étaient déjà sortis et couraient dans l'ouverture béante des portes de l'entrepôt.

Leurs cris résonnaient depuis l'intérieur de l'espace sombre tandis qu'ils rassemblaient les quelques travailleurs qui aidaient Trentithe à maintenir l'illusion d'une entreprise de restauration active opérant depuis l'unité industrielle, puis Kay entendit le bruit reconnaissable des bottes d'un agent en train de monter l'escalier interne au-delà de la porte d'entrée pour se diriger vers les bureaux à l'étage.

Elle fit un pas en arrière et leva les yeux vers la fenêtre du premier étage lorsque l'agent apparut, puis gémit quand l'homme secoua la tête.

— Merde, on arrive trop tard.

— Chef ?

L'autre agent en uniforme appela depuis l'entrepôt.

— Il y a une porte de derrière, chef, elle mène à un champ.

— Allez-y.

Kay poussa Barnes en avant et le suivit, se frayant un chemin à travers un assortiment d'équipements de cuisine.

Elle détourna le visage d'une rangée de quatre friteuses, la chaleur de deux cuisinières à gaz et l'eau bouillante dans les casseroles crachant sur sa peau alors qu'elle passait, et elle essaya de ne pas glisser sur une éclaboussure d'huile qui recouvrait le sol en béton peint.

L'agent qui l'avait appelée tenait par le bras un homme costaud en tenue de chef et pointait vers une porte ouverte.

— C'est une sortie de secours, chef. J'ai vu quelqu'un la franchir quand j'arrêtais celui-ci.

Barnes se dirigeait déjà vers la porte, et Kay avala une bouffée d'air plus frais lorsqu'elle se retrouva sur un espace en béton brut envahi par les mauvaises herbes à l'arrière des unités industrielles.

Large de quelques mètres seulement, il était bordé de grandes poubelles métalliques qui libérèrent une vague de mouches lorsqu'ils passèrent en hâte.

Au-delà du béton s'étendait un vaste champ stérile, séparé des unités par une clôture en bois avec trois traverses entre chaque poteau.

Un petit nuage de poussière s'élevait du milieu du pâturage broussailleux, et elle plissa les yeux à travers celui-ci pour voir Alan Trentithe s'éloigner en trébuchant, sa progression entravée par de grosses mottes de boue séchée, des ronces tordues et des racines d'arbres qui avaient envahi le paddock.

Barnes soupira.

— Je suppose que tu veux que je...

Kay jeta un coup d'œil par-dessus son épaule au son des sirènes pour voir une seconde voiture de patrouille s'arrêter devant l'unité industrielle, puis elle se retourna vers son collègue avec le sourire le plus doux qu'elle puisse afficher dans ces circonstances.

— Si ça ne te dérange pas. Il aura disparu avant qu'ils n'arrivent ici.

Le détective plus âgé soupira, puis franchit la clôture en bois en trébuchant à moitié et s'élança à travers le champ à la poursuite de Trentithe.

Quelques instants plus tard, elle fut rejointe par les deux nouveaux arrivants.

Tim Wallace la salua d'un signe de tête avant de tourner son attention vers la course-poursuite qui se déroulait tandis que son collègue transmettait une mise à jour par radio à la salle de contrôle des forces de l'ordre.

Barnes avait presque rattrapé Trentithe à l'extrémité du champ, et ils pouvaient l'entendre crier à l'homme de s'arrêter.

— Il ne se débrouille pas mal pour un vieux bonhomme, n'est-ce pas, chef ? dit Wallace en se protégeant les yeux.

Kay renifla.

— Je pense que le régime que Pia lui fait suivre fonctionne.

— Tu penses qu'il va l'attraper ?

— S'il n'y arrive pas, y a-t-il des sentiers qui mènent hors de ce champ ? demanda Kay.

Wallace scruta l'écran de son téléphone.

— Aucun que je puisse voir. Je pense que cet endroit a été clôturé par les promoteurs qui possèdent le terrain jusqu'à ce qu'ils obtiennent le financement pour construire plus d'unités comme celles-ci. Ça ne s'est jamais produit.

— Ça y est. Il passe à l'action.

Kay leva les yeux du téléphone de Wallace au commentaire excité de son collègue, juste à temps pour voir Barnes se jeter sur Trentithe, ses mains agrippant la chemise de l'autre homme alors qu'ils tombaient au sol.

Elle se mit sur la pointe des pieds, tendant le cou pour voir par-dessus les hautes herbes et les troncs d'arbres coupés.

— Je ne vois rien du tout. Est-ce qu'il va bien ?

Un mouvement à l'arrière du champ attira son attention, et elle soupira lorsque Barnes réapparut avant de relever Trentithe et de le ramener vers la clôture.

Kay fusilla l'homme du regard pendant que Barnes récitait la mise en garde formelle, puis elle regarda Trentithe être menotté et emmené par Wallace, qui le plaça à l'arrière de la voiture de patrouille.

Elle se retourna alors que Barnes se penchait pour épousseter son pantalon, un grognement émanant de lui lorsqu'il se redressa.

— Ça va ? demanda-t-elle en tendant la main alors qu'il titubait.

Il laissa échapper un rire étranglé.

— Oui, mais comme le dit le dicton, je commence à être trop vieux pour ces conneries.

CHAPITRE 43

Kay se tenait parmi les hautes herbes au bord du chemin de terre et protégeait ses yeux du soleil de fin d'après-midi.

Une équipe de six enquêteurs de la police scientifique était descendue sur les conteneurs maritimes une heure plus tôt, grommelant à voix basse à propos du fait de devoir transporter tout leur équipement depuis leurs camionnettes.

Tous les véhicules étaient garés sur la route, et l'entrée du chemin était bloquée par un cordon de sécurité surveillé par un jeune agent de police en uniforme.

La cour n'avait guère fait mieux et était désormais délimitée en différents quadrants dans lesquels l'équipe d'experts en criminalistique de Harriet allait et venait, la tête baissée et des blocs-notes à la main.

Les conteneurs maritimes et les débris environnants d'une entreprise désaffectée étaient maintenant analysés pièce par pièce par le groupe, leurs voix murmurées portant jusqu'à l'endroit où Kay attendait.

Au milieu de la cour, Barnes et ses autres détectives interrogeaient progressivement une file de dix cuisiniers qui avaient émergé de deux des conteneurs maritimes, les visages des travailleurs hagards et luisants de sueur, emplis de confusion face à l'interruption soudaine de leur routine quotidienne.

Des agents en uniforme prenaient les dépositions des jeunes livreurs tandis que leurs scooters étaient analysés et testés pour détecter des traces de drogues par un second groupe d'experts de la police scientifique qui examinaient méthodiquement les sacs de livraison en nylon et les compartiments de rangement.

Le troisième conteneur maritime s'était avéré être un entrepôt pour tous les ingrédients nécessaires à la préparation des divers plats à emporter, et était équipé de congélateurs industriels et d'étagères en aluminium recouvertes du sol au plafond de produits secs.

Sur sa droite, une silhouette solitaire était assise sur la banquette arrière d'une des voitures de patrouille, son regard furieux fixé sur Kay à travers la vitre.

Elle l'ignora et jeta un coup d'œil à son téléphone portable qui émit un *ping*.

Un soulagement teinté d'excitation l'envahit en lisant le court message de Debbie. Alan Trentithe était en garde à vue, avec quatre de ses employés de l'unité industrielle.

Ils étaient tous maintenant au poste de police de Maidstone, à attendre son retour.

Une deuxième alerte précéda un message de félicitations apaisé de Sharp pour la percée réalisée par son équipe.

Comme elle, il semblait réserver son jugement jusqu'à ce que tous les suspects soient officiellement interrogés.

L'homme identifié comme étant celui qui avait lacéré les pneus du camion de Carl Taylor lui lança un regard noir alors qu'elle s'approchait de la voiture de patrouille, rangeant son téléphone dans sa poche.

— Bien, dit-elle à l'agent en uniforme debout à côté de la portière du conducteur. Qu'a-t-il eu à dire jusqu'à présent ?

— Pas grand-chose, chef. Il dit qu'il veut un avocat.

— Vous avez obtenu son nom complet ?

— Les cartes dans son portefeuille et un ancien permis de conduire européen l'identifient tous comme Barry Clements. J'ai transmis l'information au QG par radio et ils disent qu'il a eu quelques accusations d'agression et de coups et blessures il y a trois ans, rien depuis.

— Il fait profil bas, hein ?

— Soit ça, soit il a réussi à éviter de se faire prendre.

Kay jeta un coup d'œil à l'homme sur la banquette arrière qui avait maintenant détourné son regard d'elle, puis elle baissa la voix.

— Ok, ramenez-le au poste. Gardez-le hors de vue de Trentithe cependant.

— Compris, chef.

Elle le remercia, puis contourna la zone que les enquêteurs de la Crim' avaient délimitée à l'intérieur du cordon interne et elle se dirigea vers l'endroit où se tenaient Gavin et Laura, leurs visages captivés alors que les conteneurs maritimes étaient minutieusement démontés.

— Qui a eu cette idée, alors ? demanda-t-elle en s'approchant.

Laura donna un coup de pied dans une pierre détachée tandis que Gavin s'éclaircissait la gorge.

— Euh, c'était—

— La nôtre, dit Laura.

Son visage devint écarlate.

— Nous voulions juste nous assurer que nous avions interprété correctement ce que nous avions vu dans les informations du tachygraphe avant de donner l'alerte, chef.

— La dernière chose que nous voulions était d'arriver ici et de ne rien trouver, ajouta Gavin. Nous connaissions les dangers cependant, chef, c'est pourquoi Debbie l'a enregistré dans le système, et c'est pour ça que nous avons appelé dès que Laura a reconnu Barry sur les images de vidéosurveillance.

Kay les observa tous les deux, se demandant jusqu'où ils seraient allés sans ce moment de lucidité qui avait abouti à cet appel téléphonique, et se rappelant une précédente enquêteuse avec une même tendance à l'impétuosité et à la détermination.

Sans doute avaient-ils passé le temps depuis la demande de renforts à mettre au point ce qu'ils lui diraient, mais elle ne pouvait pas trouver à redire à un travail bien fait.

Un sourire se forma sur ses lèvres avant qu'elle ne secoue la tête et se tourne pour regarder Barry Clements alors qu'il était emmené.

— Bon travail, vous deux. Assurez-vous simplement de ne rien oublier lorsque vous rédigerez vos rapports.

Maintenant que nous avons ces deux-là en garde à vue, je veux m'assurer que toutes les accusations tiennent. Je ne veux pas que le ministère public remette en question nos résultats.

Gavin se redressa.

— Absolument, chef. Merci.

— Très bien. Vous feriez mieux de commencer, alors. Assurez-vous également de tenir Barnes informé dès que vous serez de retour dans la salle des opérations. Il gère ce côté des choses jusqu'à mon retour.

Elle les regarda repartir le long du chemin, puis leva la main en signe de salut tandis que Harriet Baker s'approchait du premier conteneur maritime.

Après s'être glissée sous le ruban tendu entre deux piquets en fer enfoncés dans le sol dur, la chef de la police scientifique repoussa sa capuche de protection de ses cheveux et retira ses gants.

— Comment ça se passe ? demanda Kay, luttant contre l'envie de passer sous le ruban et d'aller voir par elle-même au lieu de devoir faire les cent pas en attendant des réponses.

— Doucement, dit Harriet en se retournant vers les conteneurs maritimes, le nez froncé. Tu vas devoir signaler cet endroit à l'agence des normes alimentaires. Dieu sait quand ils ont été inspectés pour la dernière fois sur le plan de l'hygiène.

— Il y a des règles différentes pour ce genre d'endroits car ils ne servent pas de nourriture au public sur place, expliqua Kay. Mais je comprends ce que tu veux dire. Je demanderai à l'un des membres de mon équipe de passer un coup de fil demain matin. Qu'en est-il de mon enquête ? Tu as trouvé quelque chose qui pourrait lier cet endroit aux meurtres ?

— Pas encore, mais nous n'en sommes qu'à la moitié, alors ne panique pas.

Harriet désigna deux agents qui sortaient plus d'équipement de l'arrière de leur camionnette.

— Nous sortons les lumières au cas où nous devrions travailler tard. S'il le faut—

Elle fut interrompue par un cri de l'autre côté de la cour, et Kay se retourna pour voir l'un des autres agents de la Crim' lever la main.

Il appela à nouveau et leur fit signe d'approcher.

— On dirait que Charlie a trouvé quelque chose, dit Kay.

— Et on dirait que tu vas devoir enfiler une combinaison après tout, répondit Harriet. Viens.

Une fois que Kay eut enfilé une combinaison de protection, des surchaussures et des gants, elle emboîta le pas à la responsable.

Harriet ouvrait la marche le long du chemin balisé, zigzaguant entre les véhicules et les machines abandonnés jusqu'à ce qu'elles arrivent au troisième conteneur maritime et puissent voir à travers les portes les grands congélateurs coffres à côté desquels se tenait Charlie.

— Qu'est-ce que tu as trouvé ? lança Harriet.

Les yeux de Charlie se plissèrent au-dessus de son masque de protection. Il leur fit signe d'entrer, puis hocha la tête en direction de l'énorme congélateur situé à mi-chemin du conteneur maritime.

— Je pense qu'ils faisaient plus que cuisiner de la nourriture ici, chef.

Kay parcourut du regard les sacs de légumes surgelés, de frites et autres, puis retint un hoquet de surprise à la vue d'une douzaine de paquets familiers en forme de brique, similaires à celui trouvé dans le drain du jardin de Carl Taylor.

— Je pense qu'ils feraient mieux de dire à leurs clients qu'il n'y aura pas de nourriture au menu ce soir, dit-elle. Pas avant qu'on découvre ce qui se passait ici, bon sang.

CHAPITRE 44

L'obscurité enveloppait le ciel à l'extérieur des fenêtres lorsque Kay revint dans la salle des opérations.

Après avoir téléphoné à Adam pour lui faire savoir qu'elle ne s'attendait pas à rentrer avant minuit, elle remercia Laura pour la tasse de café que l'enquêteuse lui mit sous le nez et se servit une part de pizza parmi la sélection que Debbie avait commandée pour les sustenter.

Elle examina les garnitures de légumes avec un intérêt renouvelé, se demandant qui avait préparé la nourriture et si ces personnes travaillaient elles aussi dans des conditions similaires à celles endurées par les employés d'Alan Trentithe.

— C'est de l'endroit au bout de la rue, dit Debbie en passant devant son bureau. Ne t'inquiète pas, j'y suis allée à pied pour les récupérer avec Parker.

Kay sourit.

— Merci. J'avais besoin de quelque chose pour tenir le coup.

— On s'est dit que tout le monde en aurait besoin.

Debbie inclina la tête vers la table à côté du tableau blanc.

— Sers-toi encore, il y en a plein. Enfin, jusqu'à ce que Gavin remonte du poste de garde...

Kay n'eut pas besoin d'y réfléchir davantage : son estomac gargouilla tandis qu'elle léchait les miettes sur ses doigts, et elle se précipita vers l'endroit où Barnes se tenait avec une part de pizza au pepperoni à la main, en train d'examiner les notes sur le tableau blanc.

— Courir, ça creuse, dit-il entre deux bouchées.

Elle observa les taches d'herbe et la saleté accrochées au dos de sa chemise et sourit.

— J'imagine que tu as une autre chemise à mettre pour les interrogatoires ?

— Dans mon casier en bas. Je vais me changer dans une minute.

Il but une gorgée de sa canette de soda avant de réprimer un rot et tapota sa poitrine.

— Quand est-ce que tu veux commencer ?

— Il y a de la nourriture ?

Ils se tournèrent en entendant la voix de Gavin un instant avant qu'il ne les rejoigne, se servant avec enthousiasme deux parts et une serviette en papier.

— On va manger ça, et puis on s'occupera des interrogatoires, répondit Kay en s'essuyant les mains avec un mouchoir qu'elle jeta dans la corbeille la plus proche. J'imagine qu'ils ont tous les deux une représentation légale ?

— Les avocats sont arrivés il y a vingt minutes, chef, dit Laura, et Hughes les a conduits à leurs clients.

— Merci.

— Qui interrogeons-nous en premier, chef ? demanda Barnes.

— Alan Trentithe, je pense. Voyons ce qu'il a à dire pour sa défense étant donné qu'il nous a menti effrontément lors de notre entretien ce matin.

Kay tapota le bras de Gavin alors qu'il prenait une troisième part de pizza.

— Je veux que tu participes à l'interrogatoire de Barry Clements, alors assure-toi de pouvoir me faire un rapport complet sur ses antécédents d'ici une heure, d'accord ?

— Pas de problème, chef.

— Laura, tu peux faire l'intermédiaire entre ces interrogatoires au cas où nous aurions besoin de vérifier quelque chose que l'un d'eux dit ? J'aimerais que ça avance, Sharp ne m'a toujours pas répondu concernant la prolongation de la garde à vue pour ces deux-là, et je ne veux prendre aucun risque.

L'enquêteuse hocha la tête.

— Pas de souci.

— Bien, Barnes, si tu es prêt, allons voir ce que notre monsieur Trentithe a à dire pour sa défense, d'accord ?

CHAPITRE 45

Kay nota avec satisfaction que les traits d'Alan Trentithe ressemblaient étrangement à sa chemise et à son pantalon froissés.

De la saleté couvrait ses manches et une déchirure dans le tissu au-dessus de son poignet gauche révélait une éraflure d'aspect irrité qui semblait avoir été nettoyée par le sergent de garde à son arrivée au poste.

Un pansement de gaze blanche couvrait une zone sur le dos de sa main.

À côté de lui, un homme mince comme un roseau aux cheveux noirs plaqués en arrière sur les oreilles leva vers elle des yeux gris pâle et hocha la tête en guise de salut.

— Vous me devez un nouveau costume, grogna Trentithe alors que Barnes prenait place.

Les deux détectives ignorèrent le commentaire.

Kay attendit que son inspecteur démarre l'équipement d'enregistrement et récite la mise en garde formelle, puis elle prit une profonde inspiration en ouvrant un dossier et en sortant une liasse de papiers agrafés.

— Sont présents à l'entretien l'inspectrice principale Kay Hunter, l'inspecteur Ian Barnes, Alan Trentithe, et... ?

— Spencer Verdy, avocat de monsieur Trentithe, répondit l'homme en faisant glisser une carte de visite sur la table.

— Bien.

Kay replia une page du premier document et posa ses mains dessus.

— Je vais vous renvoyer aux déclarations que vous avez faites sous mise en garde formelle ce matin, monsieur Trentithe. Beaucoup de choses ont changé depuis, n'est-ce pas ? Voulez-vous bien vous expliquer ?

— Mon client souhaite exprimer son choc face au tournant des événements de cet après-midi, dit Verdy, sa voix aussi mince que sa silhouette diaphane. Il n'a rien à voir avec la gestion quotidienne des cuisines temporaires et ne sait rien des prétendus agissements qui s'y déroulent.

Kay observa la paupière inférieure gauche de Trentithe qui tressaillait, puis elle regarda son avocat.

— Belle tentative. Monsieur Trentithe ici présent est le seul signataire de l'achat des conteneurs maritimes.

Elle poussa la documentation sur le bureau vers les deux hommes, observant avec satisfaction Trentithe se frotter le côté du nez et scruter la page.

— Nous avons utilisé les numéros des plaques d'approbation de la convention sur la sécurité des conteneurs encore fixées sur le côté des conteneurs pour retrouver l'entreprise à qui vous les avez achetés il y a trois ans. Ils ont été très obligeants. Ils nous ont même dit combien vous les aviez payés en espèces et nous ont fourni une copie du bon de livraison. L'inspecteur Barnes ici présent a parlé au conducteur de la grue il y a une heure, il se souvient encore du travail. Il dit que c'était l'enfer de faire descendre son camion par ce chemin. Il pense que la suspension n'a plus jamais été la même. Comment va cette mémoire, Alan ?

— Sans commentaire.

Kay lui arracha les papiers et remplaça la documentation par une photo d'identité judiciaire de l'homme qui fixait actuellement les murs de la salle d'interrogatoire numéro un.

— Parlez-moi de Barry Clements.

— Mon client a employé monsieur Clements pour superviser le travail supplémentaire opérant à partir d'une cuisine nébuleuse temporaire qui a été mise en place pour faire face à une demande croissante.

Verdy jeta un regard en biais à son client avant de poursuivre.

— Monsieur Clements a l'entière responsabilité de ce côté de l'entreprise. Comme nous vous l'avons dit, mon client n'a rien à voir avec la gestion quotidienne—

— Oh, épargnez-moi ces conneries, lança Kay. Que s'est-il passé, Alan ? Carl Taylor est-il tombé sur ce que Barry et vous mijotiez vraiment dans ces conteneurs ?

Barnes se pencha en avant et fit glisser un sac à preuves transparent vers Trentithe.

— Ceci a été trouvé dans le drain du jardin de la maison de Carl. L'emballage est identique à d'autres localisés dans un congélateur à l'intérieur d'un des conteneurs vous appartenant, Trentithe. De la cocaïne.

— Utilisez-vous ces adolescents pour trafiquer de la drogue ? demanda Kay. Est-ce qu'il s'agit de ce que Carl a découvert il y a trois semaines quand il a fait une livraison là-bas ? L'a-t-il volée et vous l'avez découvert ? C'est pour cela que vous les avez assassinés, lui et Will Nivens ?

— Je ne les ai pas tués, répondit Alan en levant le menton et en la fusillant du regard. Je n'ai rien à voir avec ça, je vous l'ai dit. Demandez à Barry.

Kay rassembla la documentation, ferma le dossier et se leva.

— J'en ai l'intention.

CHAPITRE 46

Barry Clements était une brute repoussante.

Une peau grêlée couvrait sa mâchoire, et son nez semblait avoir perdu tout son cartilage depuis des années.

Kay jeta un coup d'œil à ses mains charnues tandis qu'il faisait tourner une bague en or autour de son petit doigt, et elle supposa qu'il avait un passé de boxeur – ou du moins de bagarreur, si son casier judiciaire était révélateur.

Il portait toujours le sweat-shirt gris pâle taché de graisse et le pantalon de jogging noir dans lesquels il avait été arrêté, et elle plissa le nez à l'odeur de vieille friture et de transpiration qui emplissait la pièce.

Selon les informations que Gavin lui avait fournies avant qu'ils n'entrent dans la salle d'interrogatoire, Clements avait un casier judiciaire qui avait commencé quand il avait dix-neuf ans – et qui s'était arrêté il y a trois ans.

Pendant que son collègue récitait l'avertissement officiel et présentait les personnes présentes pour l'enregistrement, elle parcourut du regard la liste des amendes, des travaux d'intérêt général et des séjours dans diverses prisons de la côte sud lorsque le système judiciaire avait perdu patience avec l'homme, puis se demanda ce qui avait changé – et pourquoi.

— Depuis combien de temps travaillez-vous pour Alan Trentithe ?

Elle drapa sa veste de tailleur sur le dossier de la chaise en plastique avant de croiser les bras sur sa poitrine en fusillant l'homme du regard.

— Alors ?

Il haussa les épaules, un geste accompagné d'une moue renfrognée.

— Répondez à la question, Barry, dit Kay.

Elle observa l'avocat à côté de lui, le reconnaissant comme l'un des avocats commis d'office réguliers pour les clients qui n'avaient pas leur propre représentation légale.

Henry Franks arborait une expression ennuyée et jouait avec le capuchon de son stylo-plume, les rides striant ses joues et le contour de ses yeux montrant tous ses soixante-quatre ans.

Une lassitude émanait de lui comme si la situation de son client était trop familière, et elle se demanda si ses yeux injectés de sang étaient une indication des heures qu'il travaillait, ou un problème de santé sous-jacent causé par le stress.

Franks se tourna vers son client et agita une main impatiente vers lui.

— Monsieur Clements aide Alan Trentithe de temps en temps, selon les besoins. Ce n'est pas un arrangement permanent.

Clements fronça les sourcils à ces mots, puis releva le menton.

— Je fais juste ce qu'on me dit, c'est tout.

— Oh, il parle.

Kay laissa tomber ses bras sur la table et prit le dossier que Gavin lui tendait. Elle en sortit des copies des photographies capturées par la caméra de vidéosurveillance à l'extérieur du magasin d'antiquités et les tourna face aux deux hommes.

— Pourquoi avez-vous crevé les pneus du camion de Carl Taylor il y a dix jours, monsieur Clements ?

L'homme renifla, puis s'essuya le nez avec la manche sale de son sweat-shirt gris pâle.

— Alan m'a dit de le faire.

— Quand ?

— Jeudi soir.

— Vous a-t-il dit pourquoi ?

— Non.

— Connaissiez-vous Carl Taylor ?

— Je l'ai vu une fois ou deux.

— Où ?

— Ici et là.

— Avez-vous déjà vu Carl à Sandling, près des conteneurs maritimes ?

Un silence de pierre accueillit sa question, et elle reprit les photographies tout en observant les yeux de l'homme se diriger vers le dossier ouvert dans les mains de Gavin.

— Répondez à la question, monsieur Clements. Avez-vous déjà vu Carl Taylor près des conteneurs maritimes ?

— Une fois, peut-être.

— C'était quand ?

— Je ne m'en souviens pas.

— Eh bien, essayez plus fort.

— Ça pourrait être il y a trois semaines. Peut-être un peu avant ça.

— Que faisait-il là ?

— Il livrait de la nourriture.

— À quelle fréquence le faisait-il ?

— Il ne le faisait pas, pas d'habitude. C'était la première fois que je le voyais. Il n'est pas revenu depuis.

— Eh bien, je n'en suis pas surprise, monsieur Clements. On l'a retrouvé mort de froid à l'arrière d'une voiture lundi dernier.

Gavin se pencha et plaça une photo différente sur la table devant l'homme et son avocat.

— Plus précisément, il a été retrouvé dans *cette* voiture, qui vous appartenait autrefois.

— Je ne la reconnais pas.

— Où étiez-vous dimanche soir dernier entre dix-huit heures et quatre heures du matin ? demanda Kay.

— Je ne m'en souviens pas.

— Peut-être que je peux raviver vos souvenirs.

Elle tapota la photographie.

— Vous étiez en train de voler ce véhicule à la femme à qui vous l'aviez vendu l'année dernière. Vous aviez toujours une clé, n'est-ce pas ? Une copie supplémentaire, ce qui signifie que vous pouviez l'utiliser pour transporter le corps de Carl depuis le camion frigorifique et le laisser à l'entreprise de Mike O'Connor. Pourquoi ?

Kay entendit le bruit distinct de Clements grinçant des dents avant qu'il ne passe une main sur sa mâchoire et qu'un silence ne s'abatte sur la pièce.

— Monsieur Clements, nous pouvons actuellement vous garder ici pour interrogatoire pendant encore vingt et une heures, dit-elle, et elle désigna les photographies. Compte tenu des preuves dont nous disposons, mon commandant divisionnaire sera tout à fait disposé à prolonger ce temps de douze heures supplémentaires si nécessaire. Entre-temps, mon équipe continue de fouiller ces conteneurs maritimes et les bureaux d'Alan Trentithe. Toute la cocaïne trouvée dans les congélateurs de votre lieu de travail a été saisie. Je suis sûre que nous y trouverons aussi vos empreintes digitales.

Gavin souleva le rabat du dossier, jeta un coup d'œil à ses notes et laissa échapper un ricanement dédaigneux.

— Jusqu'à présent, ils estiment avoir trouvé pour plus de quatre cent mille livres sterling de cette substance. Je n'imagine pas que vos acheteurs seront très contents quand elle n'arrivera pas.

— Rien à voir avec moi, dit Clements, un rictus retroussant sa lèvre. C'est l'affaire d'Alan. Comme je l'ai dit avant, je fais juste ce qu'on me dit.

— Y compris assassiner deux livreurs innocents ? demanda Gavin.

— Je n'ai tué aucun d'entre eux.

— Mais vous avez déplacé le corps de Carl et l'avez placé dans cette vieille voiture qui vous appartenait avant de le laisser devant l'entreprise de Mike O'Connor, dit Kay.

Clements jeta un regard en biais à son avocat, puis se retourna vers elle.

— Seulement parce qu'Alan me l'a dit.

— Oh, et vous avez simplement suivi, c'est ça ? Qu'a-t-il contre vous, Barry ? Ça doit être quelque chose de plutôt grave s'il vous fait courir partout pour vous débarrasser de corps.

— Ce n'était pas censé se passer comme ça. On n'a juste pas eu de chance ce jour-là, c'est tout.

Le cœur de Kay fit un bond.

— Quel jour ? Le vendredi où vous avez tué Carl et Will ?

— Je ne les ai pas tués, lança-t-il sèchement. Non, le jour où il est arrivé à la place de la femme habituelle qui fait les livraisons.

Gavin fit glisser une photo de Bonnie Hopkins vers l'homme.

— Vous voulez parler de cette femme ?

— Ouais.

Barry laissa échapper un rire amer.

— Si ça avait été elle ce jour-là pour faire la livraison, il n'y aurait pas eu de problème.

CHAPITRE 47

— Ce n'est pas ta faute si elle a menti.

Kay scrutait à travers le pare-brise la maison individuelle nichée dans un coin isolé de l'impasse.

Une lueur chaleureuse filtrait à travers les rideaux partiellement tirés des fenêtres du rez-de-chaussée, entrecoupée par les flashs de couleurs plus vives provenant d'un écran de télévision. Sous le réverbère à côté de la haie de devant, elle pouvait voir une pelouse soigneusement tondue, entourée d'arbustes fleuris dans les bordures et une jardinière sous le plus grand des rebords de fenêtre de la façade.

— J'aurais dû savoir que quelque chose n'allait pas, dit Gavin, mais elle a nié toute connaissance de la seconde cuisine clandestine de Trentithe. Elle nous a dit qu'elle ne livrait qu'à l'unité industrielle.

— Qu'ont révélé ses vérifications d'antécédents ?

— Rien à signaler, rien ne suggérait qu'elle puisse être impliquée dans les activités de Trentithe.

Kay se mordit la lèvre, puis ouvrit brusquement la portière et arracha les clés du contact.

— Bon, voyons ce qu'elle a à dire pour sa défense.

Elle se précipita vers la porte d'entrée et frappa du poing contre la surface en PVC avant de sonner, déterminée à ce que les occupants ne doutent pas qu'elle était pressée et qu'elle voulait des réponses immédiates.

Le commandant divisionnaire Sharp n'avait pas encore confirmé la prolongation de la période durant laquelle elle pouvait interroger Trentithe et Clements, et elle n'était que trop consciente des heures qui s'écoulaient.

Un homme ouvrit la porte, vêtu d'un t-shirt noir uni et d'un jean, légèrement plus grand que Kay et arborant une expression perplexe.

Elle brandit sa carte de police.

— Votre femme est-elle là, monsieur Hopkins ?

— Qu'est-ce que—

— C'est urgent. Pouvons-nous entrer ?

Hopkins s'écarta, les sourcils froncés.

— Il est dix heures et quart, inspectrice. Ça ne peut pas attendre jusqu'à—

— Non, ça ne peut pas attendre. Où est votre femme, s'il vous plaît ?

— Que se passe-t-il ?

Bonnie Hopkins apparut dans l'embrasure d'une porte à la gauche de Kay, un verre de vin rouge à moitié vide à la main. Son expression passa de la confusion à la peur lorsqu'elle vit Gavin dans son entrée.

— Il y a un problème ?

— Un mot, si vous voulez bien, madame Hopkins, dit Kay. Maintenant.

— Maman ?

Une jeune fille aux longs cheveux bruns descendit les escaliers, des écouteurs autour du cou, le ton anxieux.

— Pourquoi est-ce que la police est là ?

— Ce n'est rien, Beth. Remonte te coucher. Tu vas réveiller ta sœur, et tu as école demain matin.

Bonnie se retourna vers Kay.

— Venez par ici.

Elle leva la main pour empêcher son mari de les suivre, puis les conduisit à la cuisine à l'arrière de la maison et ferma la porte qui donnait sur le couloir. Cela fait, elle se retourna pour faire face à Kay.

— Que voulez-vous ?

— Je veux que vous me parliez de Barry Clements, et des conteneurs maritimes où vous livrez des aliments surgelés près de Sandling, dit Kay. Et ensuite, je veux que vous me parliez du trafic de drogue dans lequel Alan Trentithe est impliqué.

La femme prit son verre, vida ce qui restait de vin puis poussa un soupir tremblant.

— Je suppose que tout allait finir par se savoir tôt ou tard, surtout après le meurtre de Carl et Will.

Kay remarqua que la main de la femme tremblait lorsqu'elle posa le verre à côté de l'évier en acier inoxydable sous la fenêtre, et elle fronça les sourcils.

— Depuis combien de temps êtes-vous au courant ? dit-elle. Des mois ? Des années ?

— Environ six mois.

Bonnie s'appuya contre le plan de travail et refoulait ses larmes.

— C'est de ma faute s'ils sont morts, n'est-ce pas ?

Gavin tira une des chaises près de la table dans le coin.

— Pourquoi ne vous asseyez-vous pas pour tout nous raconter depuis le début ?

La femme acquiesça, puis s'affaissa sur le siège et posa son coude sur la table, les yeux baissés.

— J'ai... j'ai vu quelque chose là-bas. Ça devait être juste après le Nouvel An. Il faisait un froid glacial, la piste était verglacée. Je déchargeais le camion à côté des conteneurs maritimes. Il y en a un presque sous le pont de l'autoroute, c'est là qu'ils gardent tout le stock de nourriture. D'habitude, il y a quelqu'un pour m'aider, Barry. Il se tient près de la porte du conteneur pendant que je lui passe les cartons. Je n'entrais jamais à l'intérieur normalement.

Elle s'éclaircit la gorge, comme si elle avait du mal à laisser les mots franchir ses lèvres.

— Il n'était pas là quand je suis arrivée ce jour-là, une des employées de cuisine fumait dehors et m'a vue arriver, alors elle a proposé de m'aider. Je suppose qu'elle ne savait pas que je n'étais pas censée entrer dans le conteneur de stockage et je n'y ai pas prêté attention. J'avais froid, et je voulais juste retourner dans la cabine et monter le chauffage.

— Que s'est-il passé ? demanda Kay.

— Nous avons transporté les cartons dans le conteneur maritime et elle m'a dit de mettre les deux que je portais dans un des congélateurs coffres vers le fond.

Bonnie essuya les larmes qui coulaient désormais sur ses joues et renifla.

— J'ai ouvert le mauvais par erreur. J'ai su ce que je regardais dès que je l'ai vu.

— Qu'avez-vous vu ?

— De la drogue. Beaucoup de paquets de drogue, comme ceux qu'on voit aux informations quand il y a eu une grosse saisie et qu'ils les exposent devant les caméras.

— Qu'avez-vous fait ?

— Rien, pendant un moment. J'étais trop choquée. Puis la femme s'est précipitée vers l'endroit où je me trouvais, je ne connais pas son nom, et elle a claqué le couvercle. Elle m'a crié dessus que j'aurais dû écouter, que j'étais stupide et qu'elle parlait du congélateur de l'autre côté. J'étais en train de reculer hors du conteneur quand... je ne sais pas... j'ai juste *senti* quelqu'un debout derrière moi, et c'était Barry. J'ai cru qu'il allait me tuer. L'expression sur son visage...

Kay intercepta le regard choqué de Gavin et secoua légèrement la tête. Maintenant que la femme parlait, elle ne voulait pas l'interrompre.

— Il m'a raccompagnée jusqu'au camion, poursuivit Bonnie. Il a dit que deux choses pouvaient arriver. Soit je pouvais garder le silence sur ce que j'avais vu, soit il s'assurerait que je ne revoie jamais ma famille. Il a dit qu'il ne faisait que stocker la drogue pour un ami, il rendait un service, et qu'elle serait partie dans la semaine.

— Pensez-vous qu'il mentait, et que Carl a vu la drogue quand il vous a remplacée pour votre service il y a trois semaines ? demanda Kay.

— Oui. Il a dû la voir. Je ne sais pas s'il a réussi à obtenir quelque chose pour prouver ce qui se passait, mais quoi qu'il ait fait, ils ont dû le découvrir.

— Pourquoi ne nous avez-vous pas dit tout cela quand nous vous avons parlé la semaine dernière ? demanda Gavin.

— Je ne pouvais pas.

Bonnie secoua la tête et détourna le regard.

— J'espérais que vous trouveriez quelque chose. Et puis plus tôt aujourd'hui, je voulais aider, vraiment. Mais quand je suis arrivée au commissariat et que vous avez commencé à me parler, j'ai eu trop peur. C'est mon jour de congé, vous voyez, alors je pensais que si je vous disais ce qui se passait, je pourrais aller chercher les enfants à l'école. Je pourrais les protéger si Barry ou Alan essayaient de faire quoi que ce soit. Je pensais que si je... je ne sais pas... vous donnais un coup de pouce dans la bonne direction, tout cela se terminerait. Après ce qui est arrivé à Carl et Will... Je suis dépassée. Je ne peux pas continuer comme ça.

Le visage de la femme se décomposa, les larmes ruisselant sur ses joues.

— Bonnie, avez-vous reçu une quelconque forme de paiement ou de pot-de-vin de la part d'Alan Trentithe pour garder le silence ? demanda Kay.

— Non, rien du tout. Ils savaient que je ne pouvais rien dire, comme je l'ai dit, ils savent que j'ai deux filles et si j'essayais de dire quoi que ce soit à vos collègues, ils ont dit qu'ils les tueraient. J'étais terrifiée.

Ses yeux allèrent de Kay à Gavin, puis revinrent.

— Vous devez me croire. J'ai eu tellement peur que je n'en ai même pas parlé à Mark.

— Et les conducteurs de scooters ? demanda Gavin. Sont-ils impliqués ?

— Je ne sais pas. Il n'y en a pas beaucoup pendant la journée quand j'arrive là-bas. Il faudrait demander à l'un d'entre eux.

Les épaules de Bonnie s'affaissèrent.

— Croyez-moi, ces temps-ci, je fais ma livraison et je m'éloigne de cet endroit aussi vite que possible.

CHAPITRE 48

Les pensées de Kay faisaient écho au sifflement choqué qui échappa à Gavin à la vue d'Adrian Whitely.

L'orbite de l'adolescent était violette et jaune à cause d'une ecchymose qui s'étendait sur toute sa joue gauche et faisait tomber sa paupière alors qu'il essayait de les fusiller du regard à travers l'entrebâillement de la porte d'entrée.

— Où est ton père ? demanda Kay en se penchant pour voir au-delà de l'adolescent maigrichon et le long d'un couloir brillamment éclairé. Il n'est pas là ?

— Au pub, grommela Adrian. Mais il va bientôt rentrer, alors...

— Ne t'inquiète pas, on ne sera pas longs, dit Kay en plaçant sa main contre la porte pour l'empêcher de la fermer. Entrons avant que les voisins ne se demandent ce qui se passe.

— Ok.

Le jeune homme de dix-sept ans traîna ses chaussettes sur la moquette pour les conduire dans un salon peu meublé qui empestait la nicotine.

Même le plafond avait une teinte jaunâtre et, alors que Kay jetait un coup d'œil aux derniers modèles de télévision et d'équipement audio assortis contre un mur, elle pouvait voir où se situaient les priorités de son père.

Adrian s'affala dans un fauteuil élimé qui s'affaissa sous son poids et redressa le menton, feignant l'indifférence.

— Qu'est-ce que vous voulez, alors ?

Kay récita la mise en garde formelle, rappelant à Adrian ses droits, puis elle fronça les sourcils.

— Qui t'a frappé ?

— Qu'est-ce que ça peut vous faire ?

— C'est ton père qui t'a fait ça ?

— Il était furieux après que je vous ai parlé. Il m'a dit que j'étais stupide de m'être impliqué. Il a dit qu'il ne paierait pas non plus pour un avocat pour m'aider, alors je ne sais pas ce que je vais faire maintenant.

Adrian haussa les épaules et détourna la tête.

— Tout ce que je voulais, c'était gagner un peu d'argent pour pouvoir partir d'ici. Loin de lui.

— Parle-moi de Barry Clements et Alan Trentithe, dit Kay tandis que Gavin sortait son carnet. Que se passe-t-il vraiment dans cette cuisine fantôme ?

— Je ne peux pas vous le dire. Ils me tueront s'ils apprennent que je vous ai parlé.

— Ils sont tous les deux actuellement en garde à vue. J'enquête sur leur implication dans le meurtre de deux hommes. Ce que tu me diras maintenant pourrait m'aider à les mettre en prison pour très longtemps.

Elle observa l'adolescent froncer les sourcils puis

baisser les yeux vers l'affreuse moquette, sa pomme d'Adam montant et descendant dans sa gorge.

Ses épaules se soulevèrent alors qu'il expirait, et elle retint son souffle dans l'espoir qu'il veuille se débarrasser de tout ce qu'il avait dû garder pour lui pendant des mois.

Elle avait besoin de son aide plus qu'il ne pouvait l'imaginer.

— Ça a commencé avec l'entreprise de traiteur il y a environ trois ans, dit Adrian en se penchant en avant sur son siège et en posant ses coudes sur ses genoux. J'ai entendu dire par un pote qu'ils avaient besoin de serveurs et tout ça pour aider à servir la nourriture lors d'événements. Ils fournissaient les uniformes et tout. Tout ce que j'avais à faire, c'était me pointer, et on était payés en liquide. Je me faisais déposer par un des autres qui travaillait pour eux à l'époque.

— Comment les événements étaient-ils organisés ? demanda Kay. Sais-tu comment ils trouvaient des clients ?

— Le bouche-à-oreille, je suppose. Surtout une fois que les gens savaient ce qui se passait vraiment pendant ces événements.

— Explique.

Adrian leva les yeux vers elle.

— Tous ces gens riches avec de grandes maisons dans le coin qui n'ont pas envie de cuisiner eux-mêmes quand ils font une fête. Ils font appel à des traiteurs, pas vrai ? Je crois qu'Alan a vu une opportunité, quoi. Tout cet argent, tous ces gens qui font la fête. Je ne sais pas quand ça a commencé, mais quand j'ai commencé à travailler pour lui, il avait déjà des contrats réguliers. Du travail récurrent. Une fois que les gens ont su que le service de traiteur offrait quelques... extras optionnels, ça a vraiment décollé pour lui.

— Tu veux dire qu'il utilisait l'entreprise de traiteur pour vendre de la drogue ?

— Ouais.

Kay cligna des yeux.

— Tu connais Mike et Ann O'Connor ?

— Ouais, mais je ne les ai pas vus depuis plus d'un an. Je crois qu'ils ont vendu leur restaurant. J'ai travaillé sur quelques événements de traiteur qu'ils faisaient dans le village. Ann ne voulait pas faire toute la cuisine elle-même, alors ils sous-traitaient le travail à Alan.

Un sourire rusé traversa ses lèvres.

— Je ne pense pas qu'ils aient compris un jour pourquoi ils étaient si populaires, même quand ils ont gagné ce prix.

— Quand l'activité de plats à emporter a-t-elle commencé ?

— Juste après le côté traiteur, je pense. Alan m'a demandé de passer à ça il y a environ dix-huit mois. Il a dit qu'il pensait qu'ils allaient perdre un gros contrat de traiteur, alors il voulait se concentrer sur ce côté de l'entreprise. Il a dit que ça allait décoller et qu'il avait besoin de toute l'aide possible.

Elle soupira, incapable de contenir sa frustration, et arpenta la moquette.

— Pourquoi ne nous as-tu pas dit tout ça quand tu as été interrogé sur le fait d'avoir suivi Helen Taylor ?

Adrian pâlit, sa bravade s'estompant.

— Je... je ne pouvais pas. C'était plus que mon boulot qui était en jeu.

— Adrian, si nous inculpons Barry Clements et Alan Trentithe pour les meurtres de Carl Taylor et Will Nivens, il n'y a *plus* de boulot. Tu comprends ?

Kay s'arrêta devant lui et le regarda fixement.

— Est-ce que tu vends de la drogue quand tu livres les repas à emporter ?

Il hocha la tête, la bouche tournée vers le bas.

— Écoutez, tout ce que je voulais, c'était gagner assez d'argent pour pouvoir partir d'ici, d'accord ?

Il renifla, essuya avec colère son œil et grimaça de douleur.

— J'ai aucune qualification, alors c'est pas comme si j'allais aller à l'université de sitôt. Je veux juste partir.

La mâchoire de Kay tomba alors qu'Adrian commençait à pleurer.

Il mit son bras devant son visage, les joues rouges de honte alors que des sanglots secouaient son corps maigre.

— J'ai peur, putain, d'accord ? Je peux pas partir. Ils me poursuivront. Ils ont dit qu'ils le feraient. Une fois que t'es dedans, t'es dedans. Et mon père va me tuer quand il va l'apprendre.

Kay entendit une voiture s'arrêter dehors alors que des lumières bleues clignotantes se reflétaient sur les rideaux fermés.

— Nous allons avoir besoin que tu viennes au poste avec nous pour faire une déclaration officielle, Adrian. Allons-y.

Elle recula d'un pas tandis que Gavin aidait l'adolescent à se lever et le conduisait vers la porte d'entrée.

Adrian la verrouilla d'une main tremblante, la tête

baissée, tandis qu'on le dirigeait vers la voiture de patrouille qui attendait.

— Hé ! Qu'est-ce que vous croyez faire, bordel ?

Kay fit volte-face en entendant cette voix et aperçut le père d'Adrian qui titubait vers eux, le poing levé en l'air alors qu'il accélérait le pas.

Elle recula d'un pas tandis qu'il s'approchait.

— Il a l'air complètement ivre.

— Il va me tuer.

— Tu as un autre endroit où aller après tout ça ? demanda Kay en se tournant vers Adrian.

— Mon grand-père vit à Paddock Wood. Il me laisserait peut-être habiter chez lui, je ne sais pas. Je ne lui ai jamais demandé.

Kay se retourna et observa l'un des agents en uniforme lever la main pour empêcher le père d'Adrian d'approcher davantage, puis pousser doucement l'adolescent vers la maison.

— Je vais demander aux agents de t'emmener là-bas quand ils en auront fini avec toi et de lui demander de t'aider pendant un moment. Va chercher quelques vêtements pendant que je discute avec ton père. Allez, vas-y.

CHAPITRE 49

Il était bien plus de minuit lorsque Kay retourna dans la salle d'interrogatoire et fusilla du regard l'homme en face d'elle.

L'attitude confiante d'Alan Trentithe s'était effritée durant les heures écoulées depuis son dernier interrogatoire.

À côté de lui, son avocat avait l'air débraillé dans son costume désormais froissé, son visage déjà las à l'idée que la nouvelle journée allait lui imposer de longues heures de travail.

Kay ne perdit pas de temps une fois que Barnes avait officiellement relancé la procédure d'interrogatoire.

— Selon les preuves, qui sont corroborées par deux déclarations de témoins, monsieur Trentithe, vous avez utilisé votre entreprise pour trafiquer de grandes quantités de cocaïne, profiter de ce commerce illégal et blanchir les bénéfices.

Trentithe ricana.

— Les témoins sont des menteurs, inspectrice Hunter.

Je n'ai rien fait d'illégal. Je suis un homme d'affaires légitime et un soutien de nombreuses bonnes causes locales.

— Vous avez été le soutien de bien plus de choses que cela, dit-elle. Y compris l'extorsion, la corruption, les menaces envers vos employés et leurs familles... Tout allait bien jusqu'à ce que Carl Taylor débarque, n'est-ce pas ? Il a ruiné tous vos plans.

Elle observa Trentithe serrer le poing et elle sut qu'elle avait touché un point sensible.

— Qu'avez-vous fait quand vous avez réalisé qu'il avait découvert ce que vous faisiez réellement avec votre cuisine fantôme ? L'avez-vous d'abord menacé, ou avez-vous immédiatement demandé à Adrian de suivre Helen Taylor ?

Trentithe exhala.

— Putain de merde. Je savais que je n'aurais jamais dû laisser Barry gérer l'endroit.

À côté de lui, les sourcils de Spencer Verdy se haussèrent jusqu'à sa frange à la mode.

— Inspectrice, tout ce que mon client dit—

— La ferme.

Trentithe se retourna vers lui.

— C'est trop tard maintenant, alors fermez-la.

Kay plissa les yeux.

— Donc tout ça, c'est la faute de Barry, c'est ça ?

— Comme toujours.

Trentithe passa une main sur son visage.

— Il était censé surveiller les choses, surtout après que cette nana avait découvert le pot aux roses. Je pensais qu'il avait retenu la leçon.

— Qui a donné la drogue à Carl ? demanda Barnes.

— Personne. Il nous l'a piquée il y a quelques semaines.

Le stylo de Kay se figea au-dessus de son carnet.

— Il a fait quoi ?

Trentithe leva les mains.

— Je sais, incroyable, non ? Barry pensait que c'était peut-être lui. Ce n'était pas comme la première fois où Carl est venu à la place de Bonnie. Cette fois, il n'y avait personne pour l'aider à décharger, donc personne pour le surveiller. Un des plongeurs de cuisine, un nouveau gamin, lui a juste dit où mettre les trucs. C'est seulement quand Barry a préparé la marchandise pour l'expédition plus tard dans l'après-midi qu'il s'est rendu compte qu'il en manquait un.

— Alors il a paniqué.

— Bien sûr qu'il a paniqué. Il est venu directement me voir à l'entreprise pour me le dire.

— Qu'avez-vous fait ?

Trentithe tambourina un rythme diabolique avec ses doigts sur la surface ébréchée de la table avant de répondre.

— Je dirige une entreprise, inspectrice. J'ai fait ce que je sais faire de mieux, j'ai attendu que Carl quitte le travail le lendemain, et je l'ai abordé avec une proposition.

— Vous voulez dire que vous l'avez menacé.

Une lueur mauvaise brilla dans les yeux de l'homme.

— Oh non, ça ne marche jamais de menacer les gens qui vous ont fait du tort. Non, c'est beaucoup plus efficace de leur dire ce que vous allez faire à leur famille ou à leurs amis.

— C'est à ce moment-là que vous avez commencé à faire suivre Helen Taylor ?

— On le faisait déjà, dès que Barry est venu me voir pour avouer, j'ai fait mettre des yeux sur elle. C'était assez facile à faire, parce que ces deux-là partagent tout sur les réseaux sociaux. Tout ce que j'ai eu à faire, c'était de montrer à Carl une photo de sa femme en train de marcher dans la rue devant son bureau ce matin-là, et il a accepté de me rendre ce qui m'appartenait.

— Sauf qu'il ne l'a pas fait.

— Ce petit enfoiré est venu me voir quelques jours plus tard et m'a dit qu'il voulait participer au business, et il pensait pouvoir me dicter ce que j'allais lui payer pour son silence.

Kay se pencha en arrière sur sa chaise et espéra que le choc ne s'était pas lu sur son visage tandis qu'elle prenait une profonde inspiration.

Trentithe sourit.

— Je suppose que toutes ces vacances à l'étranger que lui et sa femme aimaient tant lui coûtaient une fortune et qu'il s'imaginait pouvoir s'imposer dans mon business pour les financer. Comme je l'ai dit, petit enfoiré.

— Avez-vous accepté ?

— Putain, non. Bien sûr que non.

Trentithe frappa la table de sa paume, son visage devenant rouge.

— Pour qui me prenez-vous ?

La porte de la salle d'interrogatoire s'ouvrit, et Gavin jeta un coup d'œil à l'intérieur, l'inquiétude gravée sur ses traits.

Kay secoua la tête et attendit qu'il se soit retiré avant de reporter son attention sur Trentithe.

— Alors vous l'avez tué.

Il haussa les épaules, comme s'ils discutaient d'un détail mineur dans une affaire commerciale.

— On ne peut pas laisser les gens essayer de me dicter ce que je dois faire.

— Pourquoi avoir tué Will Nivens ?

— On ne savait pas que Carl était avec quelqu'un ce jour-là, jusqu'à ce qu'il soit trop tard pour faire marche arrière. Mauvais endroit, mauvais moment, c'est tout. On ne pouvait pas attendre un autre jour, Carl avait déjà menacé de tout révéler à la police si on ne se pliait pas à ses exigences. Il ne m'a laissé aucun choix. Si quelqu'un est à blâmer pour la mort de Will, c'est Carl, pas moi.

— Pourquoi avez-vous fait déposer le corps de Carl par Barry au garage de Mike O'Connor ?

Trentithe rit alors, ses yeux pétillants.

— Les nouveaux propriétaires du restaurant ne s'intéressaient pas à proposer nos services de traiteur aux locaux, et aucun des locaux ne voulait risquer de me le demander directement. Tant qu'Ann et Mike proposaient le service, les locaux pouvaient prétendre ne rien savoir sur la façon dont la drogue arrivait à leurs soirées si vos collègues faisaient une descente. Plus discret, vous voyez ?

— Alors vous avez consacré tout votre temps à développer le côté cuisine fantôme pour écouler la drogue, c'est ça ?

— Tout allait bien jusqu'à ce que Carl Taylor débarque.

Trentithe fit une pause, passa une main sur sa nuque puis soupira.

— Putain de Barry. Je savais que j'aurais dû m'occuper de tout moi-même.

Kay se pencha en arrière sur sa chaise et laissa ses paroles faire leur effet pendant un moment.

Malgré toutes ses années en tant qu'agente de police, la manière froide et barbare dont Trentithe parlait des deux hommes morts et de la façon dont il s'était débarrassé du corps de Carl en utilisant Barry Clements, pour régler un différend, lui donna des frissons.

Elle prit une profonde inspiration, puis prononça les mots qu'elle espérait qu'il emporterait dans sa tombe.

— Alan Trentithe, je vous inculpe pour les meurtres de Carl Taylor et Will Nivens...

CHAPITRE 50

Kay s'arrêta sur le trottoir devant la concession de voitures d'occasion de Mike O'Connor et laissa échapper un « oh » surpris avant que Barnes ne la bouscule au bras à cause de cette décélération soudaine dans son allure.

— Regarde, dit-elle.

Une banderole peinte à la main s'étirait sur toute la façade du terrain, ses couleurs vives proclamant que toutes les voitures d'occasion étaient en promotion et que les clients potentiels devraient se dépêcher tant qu'il en restait.

Elle parcourut du regard les véhicules formant un demi-cercle de chaque côté des portes d'entrée du bureau et remarqua que des panneaux similaires étaient affichés sur chaque pare-brise, certaines des voitures les plus anciennes étant presque à moitié prix.

Un mouvement à l'arrière du terrain attira son attention, et elle regarda par-dessus le toit du véhicule le plus proche pour voir Mike O'Connor en train de porter un seau dont l'eau sale débordait sur les côtés tandis qu'il marchait lourdement vers un drain sur le côté du bâtiment.

— Il est seul aujourd'hui ? demanda Barnes.

— Allons voir ce qui se passe, dit-elle avant de se diriger d'un pas décidé vers le vendeur de voitures d'occasion.

O'Connor vida l'eau dans le drain puis se retourna pour leur faire face, la bouche tournée vers le bas.

— Vous êtes venus vous réjouir de mon malheur ?

— Où est Kevin ? demanda Kay.

— Il a décidé qu'il ne voulait plus travailler ici.

O'Connor haussa les épaules.

— Je ne peux pas lui en vouloir pour être honnête. Le pauvre garçon a eu une sacrée frayeur. Travailler pour moi n'aurait pas fait très beau sur son CV de toute façon, j'imagine.

— Comment se passe la vente ?

Il la fusilla du regard.

— Je ne l'ai commencée qu'aujourd'hui. Luxford a décidé qu'il ne voulait plus m'acheter l'entreprise finalement, et je n'ai pas vendu une seule voiture depuis que le corps de ce type a été trouvé ici.

— Si ça peut vous consoler, nous avons arrêté deux hommes ce matin en relation avec le meurtre de Carl. Je pense que vous connaissez au moins l'un d'entre eux. Alan Trentithe.

O'Connor cligna des yeux.

— Alan ?

Il chancela un peu et tendit le bras pour se stabiliser sur un tuyau de descente qui longeait le bâtiment.

Kay observa son visage devenir gris.

— Ce que j'aimerais savoir, monsieur O'Connor, c'est

pourquoi Barry Clements a choisi de laisser le corps de Carl ici. Pourquoi vous prendre pour cible ?

— Parce que j'ai essayé de m'en aller. Je lui ai dit que je ne voulais rien avoir à faire avec son business.

O'Connor laissa tomber l'éponge mouillée dans le seau vide avant de croiser les bras sur sa poitrine.

— Et on ne s'éloigne pas de gens comme Alan Trentithe.

— Vous a-t-il menacé, avant de déposer le corps de Carl Taylor ici ?

— Pas au début, non.

Barnes fit un geste vers les portes ouvertes du bureau.

— Et si nous allions à l'intérieur, à l'abri de cette chaleur, pour que vous puissiez nous raconter ce qui s'est passé ?

Les épaules d'O'Connor s'affaissèrent.

— D'accord. Je suppose que tout finira par sortir de toute façon si vous avez arrêté Trentithe.

La chair de poule picota la peau de Kay lorsqu'elle entra dans le bureau des ventes, l'intérieur frais offrant un soulagement bienvenu face au soleil qui se reflétait sur les pare-brise des voitures à l'extérieur et cuisait le béton du terrain.

Elle suivit O'Connor jusqu'à son bureau et attendit qu'il s'asseye, remontant ses manches tout en semblant réfléchir à ses mots.

Barnes s'enfonça dans une chaise en face et sortit son carnet.

— Pourquoi ne commencerions-nous pas par l'arrangement que vous aviez avec Trentithe au restaurant ?

La lèvre du vendeur se recroquevilla.

— Nous n'avions honnêtement aucune idée de ce qui se passait lors de ces événements, pas jusqu'à ce que nous disions à Trentithe que nous allions vendre. Je n'oublierai jamais l'expression sur son visage quand il est arrivé ce jour-là.

— C'était quand ? demanda Kay.

— Environ quatre semaines avant notre départ. Nous avons gardé la vente pour nous aussi longtemps que possible, c'était mieux pour les nouveaux propriétaires, et pour nous. Certaines personnes peuvent mal prendre le changement, voyez-vous, et nous voulions rendre les choses aussi faciles que possible pour Tom et Zoe afin qu'ils réussissent.

— Comment Trentithe l'a-t-il découvert ?

— Ann a parlé à la femme qui travaille dans son bureau pour lui dire que nous n'aurions plus besoin des services de traiteur ou de plats à emporter. Environ une heure plus tard, Trentithe est arrivé comme une furie par la porte d'entrée du restaurant, exigeant de nous parler. Il a foutu une trouille bleue à la jeune fille à la réception ce jour-là.

O'Connor secoua la tête.

— Dieu merci, il n'est pas arrivé pendant que nous avions des clients.

— Et c'est à ce moment-là qu'il vous a menacés ?

— Il nous a dit que nous devions convaincre les nouveaux propriétaires de continuer avec le côté traiteur, sinon il s'assurerait que nous ne dirigerions plus jamais une entreprise. C'est là que nous avons découvert ce qui se passait réellement.

Il baissa les yeux vers ses mains.

— Si j'avais su qu'il faisait dealer de la drogue à ses employés lors de ces événements et qu'il utilisait notre service de plats à emporter pour mettre en place son réseau, je serais venu vous le signaler.

— Pourquoi ne l'avez-vous pas fait ? demanda Barnes. Je veux dire, c'était il y a quoi, plus d'un an que vous l'avez découvert ?

O'Connor secoua la tête, et quand il leva enfin les yeux, Kay vit la tristesse dans son regard.

— C'était trop tard à ce moment-là. Ann avait déjà publié ce fichu livre, et nous avions gagné beaucoup d'argent grâce au service de traiteur que nous soustraitions à l'équipe d'Alan Trentithe. Vous nous auriez eu pour avoir profité du produit du crime ou quelque chose comme ça, n'est-ce pas ? Et si nous l'avions dénoncé, il serait venu après nous.

Il fit un signe du menton vers le terrain.

— Il *est* venu après nous. Tout ça parce que nous avons vendu le restaurant et qu'il a perdu une source de revenus, une source lucrative en plus. C'est ça le truc avec Alan Trentithe, voyez-vous. Il prend son temps, mais il n'oublie jamais. Je ne pourrai jamais vendre cette entreprise maintenant. Je ne pourrai jamais rembourser à Ann tout l'argent que je lui dois encore. Je ne vendrai probablement plus jamais une voiture non plus.

Kay recula tandis que Barnes se levait de sa chaise et rangeait son carnet à l'intérieur de la poche de sa veste.

Elle soupira en observant l'homme brisé assis derrière le bureau.

— Au moins, Trentithe et son collègue, Barry

Clements, sont en garde à vue, dit-elle. Il y a des chances qu'ils soient placés en détention provisoire jusqu'à leur procès aussi. Vous n'aurez pas à vous inquiéter de Trentithe, il ne sortira pas avant longtemps.

— Bonne chance avec ça, détective, dit O'Connor. Mais rappelez-vous juste, il y aura toujours quelqu'un prêt à prendre la place de gens comme Alan Trentithe.

CHAPITRE 51

Un sentiment de soulagement envahit la salle des opérations lorsque Kay jeta le dernier d'une série de rapports dans son bac supérieur et laissa tomber son stylo sur son bureau.

Elle fit craquer son cou et roula des épaules, puis se leva et se pencha vers le bureau de Barnes, pour attraper l'un des croissants d'une assiette à côté de lui.

— Hé, tu as dit que tu ne voulais rien quand je suis allé au café, chef, grommela-t-il.

— J'ai menti.

Elle sourit, puis prit une bouchée et savoura la viennoiserie encore chaude.

— On fait ce dernier briefing, et ensuite on peut laisser tout ce monde partir plus tôt ?

Barnes s'empara du dernier croissant avant qu'elle ne puisse le voler aussi, puis la suivit jusqu'au tableau blanc tandis que le reste de l'équipe d'enquête se rassemblait en demi-cercle autour d'eux.

— Tout d'abord, merci à vous tous pour le bon travail

cette semaine passée, commença Kay. Ce n'était pas une affaire facile, et nous examinons toujours s'il faut porter des accusations contre Mike et Ann O'Connor mais, pour l'instant, certains d'entre vous vont passer à d'autres affaires. Laura, j'aurai besoin que tu travailles avec Debbie pour t'assurer que nous cataloguons tout pour l'examen du ministère public. En attendant, …

Kay fit une pause et ramassa l'effaceur du tableau blanc, puis le lança à travers la pièce à la jeune enquêteuse.

— Je te laisse, avec Phillip et Gavin, vous chamailler pour savoir à qui revient le tour de nettoyer le tableau. C'était un excellent résultat basé sur votre travail pour localiser les conteneurs d'expédition. Bien joué.

Ses mots furent accueillis par des applaudissements épars, et elle attendit qu'ils s'éteignent avant de s'éclaircir la gorge.

— Bien, passons à la dernière tâche. Ian, tu peux planifier une visite à Helen Taylor et Louise Nivens pour les informer que nous inculpons Alan et Barry avant de rentrer chez toi ? Je les contacterai toutes les deux une fois que le ministère public aura traité tout ça, donc tu peux les assurer que je les tiendrai au courant de l'avancement.

— Je m'en occupe, chef.

— Gavin, il faudra que tu appelles Lucas ce matin pour l'informer que des accusations sont portées afin qu'il puisse libérer les deux corps pour l'enterrement, s'il te plaît.

— Pas de problème, chef.

— Très bien, merci, à tous. C'était un bon résultat dans des circonstances difficiles. Vous pouvez disposer.

Kay rétracta la pointe de son stylo, ferma son carnet et regarda son équipe se disperser vers leurs bureaux.

Une légèreté remplissait désormais la pièce, la pression invisible qui avait sous-tendu la semaine passée se retirant lentement vers les bords tandis que les officiers rangeaient leurs bureaux et classaient les derniers rapports.

Elle savait que ça ne durerait pas longtemps mais, en retournant à son bureau et en regardant l'icône clignotante de messagerie vocale sur son téléphone fixe, elle savoura le moment et laissa le sentiment d'accomplissement qui en résultait l'imprégner.

— Chef ? Tu vas aussi partir bientôt ? demanda Gavin, s'approchant de son bureau pour lui tendre une liasse de documents qui attendaient sa signature.

— C'est le cas, mais j'allais proposer qu'on se retrouve tous plus tard chez moi pour un barbecue, dit-elle. Il semble que ce sera la soirée parfaite pour ça.

— Je ne dirai jamais non à un des barbecues d'Adam, répondit Barnes, levant les yeux de son écran d'ordinateur avec un sourire. J'apporte le vin.

— Ça me va.

Kay croisa le regard de Laura et lui fit signe d'approcher.

— Tu veux te joindre à nous ? Tu n'as pas eu l'occasion de passer du temps avec tout le monde depuis que tu as commencé.

— Ce serait super, chef, merci, rayonna Laura. Je peux apporter quelque chose ?

— Oui, dit Barnes. Des pansements. La chef est peut-être une excellente détective, mais elle est sacrément dangereuse avec un couteau.

Kay bâilla en verrouillant sa voiture puis traversa l'allée gravillonnée jusqu'à sa porte d'entrée.

Elle s'ouvrit avant qu'elle ne puisse insérer sa clé dans la serrure, et Adam l'accueillit avec un baiser et une tasse fumante de café.

— J'ai pris ma journée, dit-il en la faisant entrer dans le salon. Je me suis dit que tu aurais besoin de te reposer après la semaine dernière, et j'ai une date limite pour un article de journal, donc on peut se détendre.

— Très bonne idée.

Kay s'affala sur le canapé, retira ses chaussures et se frotta les pieds, ses paupières sèches par manque de sommeil.

— Je pense que je vais boire ça, puis prendre une douche et dormir. J'ai invité les autres pour un barbecue plus tard, j'ai pensé que ça nous ferait du bien de décompresser un peu.

— Bonne idée. J'irai chercher des steaks et d'autres choses cet après-midi.

Kay prit une autre gorgée de café, puis se redressa.

— Où sont les chatons ?

— Le type de la ligue de protection des chats est passé hier soir pour les récupérer, il pense qu'il pourra tous les faire adopter d'ici une quinzaine de jours.

— C'est bien.

— Tu avais l'air un peu déçue, dit-il en se laissant tomber sur le canapé à côté d'elle.

— Je commençais à m'habituer à les avoir dans les parages.

— Eh bien, si tu penses que tu vas te sentir seule et que tu veux de la compagnie pendant que je serai à Londres pour cette conférence la semaine prochaine, tu pourrais toujours garder Sid le serpent. Son propriétaire part en Floride pour quelques semaines.

Kay plissa les yeux en le regardant.

— Très drôle, Turner. Continue comme ça et tu vas le regretter.

Il rit, passa son bras autour d'elle, puis lui fit un clin d'œil.

— C'est un défi ?

BIOGRAPHIE DE L'AUTEUR

Rachel Amphlett est l'auteure de romans policiers et de thrillers d'espionnage les plus vendus par USA Today, et la plupart de ses livres ont été traduits dans le monde entier.

Ses romans sont disponibles en format numérique, en version imprimée et en livres audio dans les bibliothèques et chez les détaillants, ainsi que sur son site web.

Grande voyageuse et détective privée par accident, Rachel possède les nationalités australienne et britannique.

Pour en savoir plus sur les livres de Rachel, rendez-vous à l'adresse suivante : www.rachelamphlett.com.